Patrick deWitt

Les frères Sisters

Traduit de l'anglais
par Emmanuelle et Philippe Aronson

Alto

**Catalogage avant publication de Bibliothèque et Archives
nationales du Québec et Bibliothèque et Archives Canada**

deWitt, Patrick, 1975-

    [Sisters brothers. Français]

    Les frères Sisters

    Traduction de : The Sisters brothers.

    ISBN 978-2-89694-016-5

    I. Aronson, Emma. II. Aronson, Philippe. III. Titre. IV. Titre :
Sisters brothers. Français.

PS8607.E982S5714 2012   C813'.6   C2012-941063-2
PS9607.E982S5714 2012

Les Éditions Alto remercient de leur soutien financier
le Conseil des Arts du Canada
et la Société de développement des entreprises culturelles du Québec (SODEC).

Les Éditions Alto reconnaissent l'aide financière
du gouvernement du Canada
par l'entremise du Fonds du livre du Canada
pour leurs activités d'édition.

Gouvernement du Québec – Programme de crédit d'impôt
pour l'édition de livres – Gestion SODEC.

Titre original : *The Sisters Brothers*
Éditeur original : Ecco / HarperCollins, New York
© Patrick deWitt, 2011
Illustration de la couverture : Dan Stiles (www.danstiles.com)

Pour ma mère

Oregon City, 1851

un

LE PROBLÈME
AVEC LES CHEVAUX

Assis devant le manoir du Commodore, j'attendais que mon frère Charlie revienne avec des nouvelles de notre affaire. La neige menaçait de tomber et j'avais froid, et comme je n'avais rien d'autre à faire, j'observai Nimble, le nouveau cheval de Charlie. Mon nouveau cheval à moi s'appelait Tub. Nous ne pensions pas que les chevaux eussent besoin de noms, mais ceux-ci nous avaient été donnés déjà nommés en guise de règlement partiel pour notre dernière affaire, et c'était ainsi. Nos précédents chevaux avaient été immolés par le feu ; nous avions donc besoin de ceux-là. Il me semblait toutefois qu'on aurait plutôt dû nous donner de l'argent pour que nous choisissions nous-mêmes de nouvelles montures sans histoires, sans habitudes et sans noms. J'aimais beaucoup mon cheval précédent, et dernièrement des visions de sa mort m'avaient assailli dans mon sommeil ; je revoyais ses jambes en feu bottant dans le vide, et ses yeux jaillissant de leurs orbites embrasées. Il pouvait parcourir cent kilomètres en une journée, telle une rafale de vent, et je n'avais jamais eu à lever la main sur lui. Lorsque je le touchais, ce n'était que pour le caresser ou le soigner. J'essayais de ne pas repenser à lui dans la grange en flammes, mais si la vision arrivait sans crier gare, que pouvais-je y faire ? La santé de Tub était plutôt bonne, mais il aurait été en de meilleures mains avec un propriétaire qui lui aurait demandé moins d'efforts. Il était lourd et bas du garrot et ne pouvait parcourir plus de quatre-vingts kilomètres par jour. J'étais souvent obligé de le cravacher, ce qui ne gêne pas certains, qui même y prennent du plaisir, mais moi je n'aimais pas le faire ; je me disais qu'après, Tub me trouvait cruel et pensait, Quel triste sort, quel triste sort.

Je sentis qu'on me regardait et détachai mes yeux de Nimble. Charlie m'observait de la fenêtre à l'étage, brandissant ses cinq doigts tendus. Je ne répondis pas, et il fit des grimaces pour me faire sourire ; devant mon absence de réaction, il redevint impassible, recula et disparut de ma vue. Je savais qu'il m'avait remarqué en train d'examiner son cheval. Le matin précédent, j'avais suggéré de vendre Tub et d'acheter un autre cheval à deux, et il avait volontiers acquiescé à la proposition, mais plus tard, pendant le déjeuner, il avait dit qu'il valait mieux attendre de terminer notre nouvelle affaire, ce qui n'était pas logique parce que le problème, avec Tub, c'était qu'il risquait d'entraver le bon déroulement de ladite affaire, et donc ne valait-il pas mieux le remplacer au préalable ? Charlie avait des traces de gras dans la moustache, et il avait dit, «Ça vaudra mieux après, Eli.» Il n'avait rien à reprocher à Nimble, qui était aussi bon voire meilleur que son cheval précédent qui n'avait pas de nom. Il faut dire aussi qu'il avait eu tout le temps de choisir entre les deux bêtes parce qu'à ce moment-là j'étais cloué au lit en train de me remettre d'une blessure à la jambe. Je n'aimais pas Tub, mais mon frère était satisfait de Nimble. Tel était le problème avec les chevaux.

Charlie monta sur Nimble et nous partîmes en direction du Pig-King. Nous étions de retour à Oregon City après seulement deux mois d'absence, et pourtant je remarquai que cinq nouveaux commerces, qui tous semblaient prospères, s'étaient installés dans la rue principale. «Quelle espèce ingénieuse», dis-je à Charlie, qui ne me répondit pas. Nous nous assîmes à une table au fond du King et on nous apporta notre bouteille et deux verres. Charlie me servit à boire. D'habitude, entre nous, chacun se sert, donc je m'attendais à ce qu'il m'annonce une mauvaise nouvelle: «C'est moi qui vais diriger les opérations ce coup-ci, Eli.

— Qui a décidé ça?

— Le Commodore.»

J'avalai mon eau-de-vie. «Ce qui veut dire?

— Que c'est moi qui commande.

— Et pour l'argent?

— Plus pour moi.

— Ma part, je veux dire. Pareil qu'avant?

— Moins pour toi.

— Je ne vois pas pourquoi.

— Le Commodore dit qu'il n'y aurait pas eu tous ces problèmes la dernière fois s'il y avait eu un chef.

— Ce n'est pas logique.

— Eh bien, si. »

Il me versa un autre verre et je le bus. Aussi bien pour moi que pour Charlie, je dis, « S'il veut payer pour que quelqu'un dirige les opérations, pourquoi pas? Mais c'est un mauvais calcul de baisser le salaire du numéro deux. J'ai eu la jambe déchiquetée en travaillant pour lui, et mon cheval a péri dans les flammes.

— Mon cheval aussi est mort brûlé. Mais il nous a trouvé de nouvelles bêtes.

— C'est un mauvais calcul. Et arrête de me servir comme si j'étais manchot. » J'écartai la bouteille et lui demandai de m'en dire plus au sujet de l'affaire. Il nous fallait trouver et tuer un chercheur d'or en Californie du nom de Hermann Kermit Warm. Charlie sortit de la poche de sa veste une lettre de l'homme de main du Commodore, un dandy appelé Henry Morris, qui était souvent envoyé sur le terrain avant nous, pour rassembler des informations : « Après avoir passé plusieurs jours à étudier Warm, voici ce que je puis dire quant à ses habitudes et à son tempérament. Il est de nature solitaire, mais passe de longues heures dans les saloons de San Francisco, à lire ses livres de sciences et de mathématiques, ou à dessiner dans leurs marges. Il s'attire les quolibets car il porte ces volumes attachés ensemble avec une sangle, tel un écolier. Il est petit, ce qui accentue le côté comique de son allure, mais gare à ceux qui oseraient se moquer de sa taille. Je l'ai vu se battre à plusieurs reprises, et même s'il perd la plupart du temps, je ne crois pas que ses adversaires éprouvent la moindre envie de se frotter à lui à nouveau. Il n'hésitera pas à mordre, par exemple. Il est chauve, avec une barbe rousse hirsute, de longs bras qui lui donnent une allure dégingandée, et un ventre protubérant de femme enceinte. Il ne se lave pas souvent, et dort où il peut — granges, porches, et, au besoin, dans la rue. Lorsqu'il parle, c'est avec une brusquerie peu engageante. Il porte un Colt Baby Dragoon dans une ceinture en tissu autour de la taille. Il ne boit pas souvent, mais lorsqu'il décide de lever le coude, c'est pour s'enivrer complètement. Il paie son whisky avec des paillettes d'or pur qu'il garde dans une bourse attachée à une longue ficelle, qu'il cache dans les multiples épaisseurs de ses vêtements. Il n'a pas quitté la ville une seule fois depuis que je suis ici, et je ne sais pas s'il a l'intention de retourner à sa concession, laquelle se trouve à une quinzaine de kilomètres de Sacramento (voir carte ci-jointe). Hier, dans un saloon, il m'a poliment demandé une allumette, en s'adressant à moi par mon nom. Je ne sais pas comment il l'a appris, car il n'a jamais semblé remarquer que je le suivais. Lorsque je lui ai demandé comment il se trouvait qu'il connaisse mon identité, il est devenu grossier, et je suis parti. Je n'ai pas de sympathie particulière pour lui, mais certains disent qu'il a un esprit hors du commun. J'avoue qu'il n'est pas comme tout le monde, mais c'est peut-être le seul compliment que je puisse lui faire. »

À côté de la carte de la concession de Warm, Morris avait griffonné la silhouette de l'homme ; mais le trait était si maladroit que je n'aurais pas reconnu Warm même s'il s'était trouvé à côté de moi. J'en fis la remarque à Charlie, qui déclara, « Morris nous attend dans un hôtel à San Francisco. Il nous montrera Warm et nous poursuivrons notre chemin. Il paraît que c'est un bon endroit pour tuer quelqu'un. Lorsqu'ils ne sont pas occupés à réduire la ville en cendres, les travaux de reconstruction retiennent toute leur attention.

— Pourquoi est-ce que Morris ne le tue pas lui-même ?

— Tu poses toujours cette question, et je te réponds toujours la même chose : parce que ce n'est pas son travail, c'est le nôtre.

— C'est idiot. Le Commodore diminue mes gages mais paie ce balourd pour que Warm sache qu'il est suivi.

— Tu ne peux pas traiter Morris de balourd, mon frère. C'est la première fois qu'il fait une erreur, ce qu'il a admis ouvertement. Je crois que le fait qu'il ait été démasqué en dit plus sur Warm que sur lui.

— Mais Warm passe ses nuits dans la rue. Qu'est-ce qui empêche Morris de lui tirer dessus pendant son sommeil ?

— Peut-être parce que ce n'est pas un tueur.

— Mais alors, pourquoi l'envoyer ? Pourquoi est-ce qu'il ne nous a pas envoyés là-bas il y a un mois à sa place ?

— Il y a un mois, nous étions sur une autre affaire. Tu oublies que le Commodore a de nombreuses responsabilités, et qu'il ne peut pas s'occuper de tout à la fois. "À travail bâclé, mauvais résultats." Ce sont ses mots. Il suffit de voir le succès qu'il a pour se rendre compte de leur vérité. »

J'en étais malade de l'entendre citer le Commodore avec autant d'admiration. Je dis, « Ça va nous prendre des semaines pour aller jusqu'en Californie. Pourquoi faire le voyage si ce n'est pas nécessaire ?

— Mais c'est nécessaire. C'est ce qu'on nous demande.

— Et si Warm n'y est plus ?

— Il y sera.

— Et s'il n'y est pas ?

— Il y sera, bon sang. »

Au moment de payer, je désignai Charlie du doigt. «C'est pour le chef.» D'habitude nous partageons l'addition, donc Charlie n'était pas très content. Mon frère a toujours été radin, il tient ça de notre père.

«Ça va pour cette fois, dit-il.

— Le chef et son salaire de chef.

— Tu n'as jamais aimé le Commodore. Et il ne t'a jamais aimé non plus.

— Et je l'aime de moins en moins, ajoutai-je.

— Libre à toi de le lui dire, si cela devient insupportable.

— Tu le sauras, Charlie, si c'est le cas. Tu le sauras, et lui aussi. »

Nous aurions pu continuer à nous chamailler, mais je quittai mon frère pour regagner ma chambre à l'hôtel en face du saloon. Je n'aime pas me disputer, surtout avec Charlie car il est capable de se montrer d'une cruauté verbale hors du commun. Plus tard dans la nuit, je l'entendis parler dans la rue avec des hommes, et je tendis l'oreille pour m'assurer qu'il n'était pas en danger ; ce n'était pas le cas. Les hommes lui demandèrent son nom, il leur répondit et ils le laissèrent tranquille. Je serais allé lui prêter main-forte en cas de besoin, d'ailleurs, j'étais en train d'enfiler mes bottes quand le groupe se dispersa. Lorsque j'entendis Charlie gravir l'escalier, je sautai dans mon lit et fis semblant de dormir. Il passa la tête dans l'entrebâillement de la porte et prononça mon nom, mais je ne répondis pas. Il referma et se rendit dans sa chambre, et je restai dans le noir à songer à quel point les histoires de famille peuvent être insensées et tordues.

Le lendemain matin il pleuvait, une pluie constante et froide qui transformait les routes en marécages. L'eau-de-vie ayant retourné l'estomac de Charlie, je me rendis chez l'apothicaire afin d'obtenir un remède contre la nausée. On me donna une poudre bleu œuf-de-merle inodore que je mélangeai à son café. Je ne sais pas ce qu'il y avait là-dedans, mais une chose est sûre : cette potion le sortit du lit, le mit à cheval et lui prodigua une vitalité confinant à l'égarement. Nous nous arrêtâmes pour nous reposer à une trentaine de kilomètres de la ville, dans une partie désertique de la forêt sur laquelle la foudre était tombée l'été précédent et qui avait été ravagée par les flammes. Nous avions fini de déjeuner et étions sur le point de partir lorsque nous aperçûmes un homme en train de marcher avec un cheval à une centaine de mètres de nous en direction du sud. S'il avait été en selle, je ne crois pas qu'il aurait attiré notre attention, mais c'était étrange de le voir mener son cheval par la bride comme ça. «Pourquoi tu ne vas pas voir ce qu'il fait, dit Charlie.

— Si le chef l'ordonne», rétorquai-je. Aucune réaction : la plaisanterie commence à s'user, me dis-je. Je décidai que je m'abstiendrais dorénavant de la faire. J'enfourchai Tub et partis à la rencontre du marcheur. En approchant je remarquai qu'il pleurait. Je mis pied à terre pour l'aborder. Je suis grand et costaud et j'ai l'air plutôt rude, et je vis tout de suite que l'homme avait pris peur en me voyant ; pour le rassurer, je dis, «Je ne vous veux aucun mal. Mon frère et moi sommes simplement en train de déjeuner. Et comme j'ai préparé trop à manger je me demandais si vous aviez faim.»

L'homme s'essuya le visage de la main, en respirant profondément et en frissonnant. Il essaya de me répondre — du moins ouvrit-il la bouche —, mais il ne parvint à articuler aucun mot ni aucun son, visiblement trop bouleversé pour pouvoir s'exprimer.

Je poursuivis : «Je vois bien que vous êtes malheureux et que vous souhaitez sans doute poursuivre seul votre route. Je vous prie de m'excuser, je ne voulais pas vous déranger, et j'espère que les choses vont s'arranger pour vous.» Je remontai sur Tub et repartis en direction de notre bivouac. J'étais à mi-chemin lorsque je vis Charlie se lever et braquer son pistolet dans ma direction. Je me retournai et me rendis compte que l'homme en pleurs galopait vers moi ; comme il ne semblait pas me vouloir de mal, je fis signe à Charlie de baisser son arme. Arrivé à ma hauteur, l'homme en pleurs me lança, «J'accepte votre proposition. » Lorsque nous arrivâmes au campement, Charlie se saisit de la bride du cheval de l'homme et déclara, «Vous ne devriez pas poursuivre quelqu'un de la sorte. J'ai pensé que vous en vouliez à mon frère, et j'étais sur le point de vous tuer.» L'homme en pleurs balaya d'un geste dédaigneux de la main la remarque de Charlie. Surpris, mon frère me regarda, et me demanda, «Qui est cet individu?

— Il était malheureux, et je lui ai proposé de partager notre nourriture.

— Il ne reste que des petits pains.

— Je refais à manger, alors.

— Non.» Charlie regarda l'homme en pleurs de bas en haut. «Effectivement, il n'a pas l'air à la fête, hein?»

L'homme en pleurs s'éclaircit la gorge avant de parler. «C'est très mal élevé de parler d'une personne en sa présence comme si elle n'était pas là.»

Charlie ne savait pas s'il devait rire ou le frapper. Il se tourna vers moi: «Il est fou?

— Je vous prie de surveiller vos propos, dis-je à l'inconnu. Mon frère ne se sent pas bien aujourd'hui.

— Je vais parfaitement bien, dit Charlie.

— Il est moins charitable qu'à son habitude, ajoutai-je.

— Il a l'air malade, dit l'homme en pleurs.

— J'ai dit que j'allais bien, sacrebleu !

— Il est malade, mais légèrement, dis-je, conscient que la patience de Charlie touchait à sa fin. Je pris quelques petits pains et les donnai à l'homme en pleurs. Il les contempla un long moment, puis se remit à pleurer avec force quintes de toux, reniflements et frissons à faire pitié. Je dis à Charlie, « Il était comme ça quand je l'ai trouvé.

— Qu'est-ce qui lui est arrivé ?

— Il ne m'a pas dit. » Je demandai à l'homme en pleurs, « Monsieur, que vous arrive-t-il ?

— Ils sont partis ! s'exclama-t-il. Ils sont tous partis !

— Qui est parti ? demanda Charlie.

— Partis sans moi ! Et moi je voulais partir aussi ! Être avec eux ! » Il lâcha les petits pains et s'éloigna à pied avec son cheval. Tous les dix mètres environ, il basculait la tête en arrière et se mettait à geindre. Il l'avait fait trois fois lorsque mon frère et moi commençâmes à rassembler nos affaires.

« Je me demande ce qu'il avait, dit Charlie.

— Un chagrin lui aura fait perdre la raison. »

Le temps de nous remettre en selle, l'homme en pleurs avait disparu de notre champ de vision, et la cause de sa tristesse resterait à tout jamais un mystère.

Nous cheminâmes en silence, chacun perdu dans ses pensées. Charlie et moi avions tacitement adopté le principe selon lequel il convenait de ne pas se mettre en route trop vite après un repas. Notre mode de vie présentait suffisamment de difficultés pour que nous améliorions notre confort dès que l'occasion s'en présentait, méthode dont je trouvais qu'elle nous rendait l'existence supportable.

« Qu'est-ce qu'il a fait, ce Hermann Warm ? demandai-je.

— Il a pris quelque chose au Commodore.

— Qu'est-ce qu'il a pris ?

— Nous le saurons bientôt. Avant tout, il faut le tuer. » Charlie ouvrait la marche, et je le suivais. Depuis un moment je voulais lui parler de quelque chose. Depuis notre dernière affaire, en fait, et même avant.

« Cela ne t'a jamais semblé bizarre, Charlie, tous ces hommes qui sont assez stupides pour voler le Commodore ? Un homme aussi redouté que lui ?

— Le Commodore a de l'argent. Qu'est-ce qui attire les voleurs, sinon l'argent ?

— Mais arrivent-ils à le prendre, cet argent ? Le Commodore est connu pour être prudent. Comment est-il possible que tous ces hommes puissent faire main basse sur ses richesses ?

— Il mène ses affaires aux quatre coins du pays. Un homme ne peut pas être à deux endroits à la fois, encore moins dans cent. Et donc c'est une parfaite victime : logique.

— Victime ! dis-je.

— Et comment tu dirais, toi, quand un homme doit faire appel à des gens comme nous pour protéger ses intérêts ?

— Victime ! » Je trouvais le mot franchement amusant. En l'honneur du pauvre Commodore, j'entonnai une balade sentimentale. « *Il cachait ses larmes derrière un voile de fleurs quand de la ville la nouvelle est arrivée.*

— Bon, d'accord.

— *Sa vierge sous une pergola fleurie avait été vue dans des bras dorés.*

— Tu es fâché contre moi parce que c'est moi qui dirige les opérations.

— *Elle lui avait souri, il s'était senti aimé, et maintenant il en paie le prix.*

— Je ne veux plus parler de ça avec toi.

— *Sa bien-aimée succomba au péché, et son amour infini s'évanouit.* »

Charlie ne put s'empêcher de sourire. « Qu'est-ce que c'est, cette chanson ?

— Je l'ai entendue quelque part.

— C'est triste, comme chanson.

— Toutes les bonnes chansons sont tristes.

— C'est ce que Mère nous disait jadis. »

Je marquai une pause. « Les chansons tristes ne me rendent pas *vraiment* triste.

— Tu es comme Mère, pour des tas de choses.

— Pas toi. Et tu ne ressembles pas à Père non plus.

— Je ne ressemble à personne. »

Il avait prononcé ces paroles comme si de rien n'était sauf que c'était le genre de remarque qui rendait impossible toute conversation. Il passa devant : je regardais son dos et il le savait. Il talonna Nimble, qui partit au galop, et je suivis derrière. Nous allions à notre rythme habituel, mais j'avais l'impression d'être à sa poursuite.

Les journées de la fin de l'hiver étaient courtes, et nous fîmes halte dans un ravin à sec pour la nuit. On voit souvent ce genre de scénario dans les romans d'aventures : deux sinistres cavaliers devant le feu en train de raconter leurs histoires salaces et de chanter de poignantes chansons où il est question de trépas et de dentelles. Mais je puis vous assurer qu'après une journée entière à cheval moi je n'ai qu'une envie, c'est de m'allonger et de dormir, et c'est exactement ce que je fis, sans même avaler un repas digne de ce nom. Le lendemain matin, en enfilant mes bottes, je ressentis une douleur aiguë au gros orteil gauche. J'enlevai ma botte et la secouai. Je m'attendais à en voir tomber une ortie lorsqu'une énorme araignée poilue atterrit sur le dos, ses huit pattes gigotant dans l'air froid. Mon cœur s'emballa, et je fus pris d'un étourdissement car j'ai terriblement peur des araignées, des serpents et des choses qui rampent en général, et Charlie, le sachant, se précipita à la rescousse en jetant la créature dans le feu à l'aide de son couteau. Je regardai l'araignée se recroqueviller sur elle-même et mourir, partant en fumée telle une boule de papier, et me réjouis de sa souffrance.

Un frisson glacial me parcourait à présent le tibia et je dis, «C'était un petit animal puissant, mon frère.» La fièvre s'empara alors de moi d'un coup, et je dus m'allonger. Mon teint blafard plongea Charlie dans l'inquiétude ; lorsque je m'aperçus que je ne pouvais plus parler, il raviva le feu et partit à cheval vers la ville la plus proche pour aller chercher un médecin, qu'il ramena contre ou, du moins, partiellement contre, son gré. J'étais dans le brouillard, mais je me souviens des jurons qu'il poussait dès que Charlie s'éloignait. Il me donna un remède contre le venin dont certains ingrédients qui me firent tourner la tête tout en me rendant aussi guilleret que si j'avais été ivre. Tout ce que je voulais, c'était pardonner à la terre entière et fumer du tabac sans discontinuer. Je tombai très vite dans un sommeil profond, et restai inconscient jusqu'au matin suivant. À mon réveil, Charlie se tenait toujours près du feu. Il me regarda et sourit.

«Te souviens-tu de ce dont tu rêvais à l'instant ? demanda-t-il.

— Seulement que j'étais enfermé, répondis-je.

— Tu n'arrêtais pas de dire, "Je suis dans la tente ! Je suis dans la tente"!

— Je ne m'en souviens pas.

— "Je suis dans la tente !"

— Aide-moi à me lever. »

Il obtempéra, et je parcourus le campement sur des jambes raides comme du bois. J'étais légèrement nauséeux ; néanmoins je réussis à manger un repas complet — bacon, café, petits pains — sans vomir. Je décidai que je me sentais suffisamment bien pour voyager, et nous partîmes tranquillement à cheval. Au bout de quatre ou cinq heures, nous fîmes halte de nouveau. Charlie me demandait constamment comment je me sentais, et, chaque fois, je m'efforçais de lui répondre, mais en vérité je ne le savais pas exactement. Était-ce le venin de l'araignée ou le remède antipoison de l'acariâtre médecin ? Quoi qu'il en fût, je ne me sentais pas occuper mon corps pleinement. Je passai une nuit agitée et fébrile, et, au matin, quand je me tournai pour saluer Charlie, il me regarda et poussa un cri d'effroi. Je lui demandai ce qui n'allait pas, et il me tendit une assiette en étain pour que je puisse me regarder dedans.

« Qu'est-ce que c'est que ça ? m'exclamai-je en me voyant.

— C'est ta tête, mon ami. » Il eut un petit mouvement de recul, et siffla.

Le côté gauche de mon visage était enflé de manière grotesque, du haut du crâne jusqu'au cou. Je pouvais à peine ouvrir mon œil, et Charlie, retrouvant son sens de l'humour, déclara que je ressemblais à une espèce de chien et lança un bâton pour

35

voir si j'irais le chercher. Je localisai l'origine du gonflement au niveau des dents et des gencives, et quand je tapotai d'un doigt mes dents du bas, à gauche, une violente douleur vibra à travers tout mon corps.

« Tu dois avoir trois bons litres de sang là-dedans, dit Charlie.

— Où l'as-tu trouvé, ce médecin ? Nous devrions retourner le voir et lui demander de me crever cet abcès. »

Charlie secoua la tête. « Mieux vaut l'éviter. Il y a eu un épisode malheureux concernant ses émoluments. Il serait sans doute ravi de me revoir, mais je ne pense pas qu'il serait prêt à nous aider à nouveau. Il m'a signalé un autre campement à quelques kilomètres plus au sud. C'est peut-être notre meilleure option, si tu penses pouvoir y arriver.

— Je crois que je n'ai pas le choix.

— Comme souvent dans la vie, mon frère, j'imagine que non. »

Nous avancions lentement, bien que le terrain, en pente douce, fût plutôt praticable. Je me sentais étrangement heureux, comme si j'avais participé à quelque petit jeu, jusqu'à l'instant où Tub fit un faux pas. Ma bouche se ferma alors d'un coup, et je poussai un hurlement de douleur tout en me gaussant du ridicule de la situation. Je glissai alors une chique de tabac entre mes dents inférieures et supérieures, pour amortir les chocs. Ma bouche s'emplit d'une salive brune mais il m'était trop pénible de la cracher, donc je me contentai de me pencher en avant pour la laisser s'écouler sur l'encolure de Tub. Nous traversâmes une petite averse de neige ; les flocons me rafraîchirent agréablement le visage. Ma tête dodelinait, et Charlie fit une volte autour de moi pour m'observer dans le détail. « Ça se voit de dos aussi, dit-il. Ton cuir chevelu est gonflé. Tes *cheveux* sont gonflés. » Nous contournâmes la ville du docteur que Charlie n'avait pas payé, et trouvâmes l'autre campement à quelques kilomètres de là, un endroit sans nom qui s'étendait sur quatre cents mètres et abritait à peine une centaine de personnes. Mais la chance était avec nous, et nous trouvâmes un dentiste du nom de Watts qui fumait sa pipe devant sa vitrine. Alors que j'approchais, l'homme sourit et s'exclama, « Quel drôle de métier je fais, à me réjouir quand je vois quelqu'un d'aussi difforme ! » Il me fit entrer dans son petit espace de travail parfaitement organisé, et me désigna un fauteuil tout neuf en cuir rembourré qui couina et soupira lorsque je m'assis. Approchant un plateau d'ustensiles étincelants, il m'interrogea sur mon passé dentaire, mais je ne pus lui répondre de manière satisfaisante. J'avais, de toute façon, l'impression que mes réponses lui importaient peu et qu'il était surtout content de formuler ses questions.

Je lui fis part de ma théorie selon laquelle mon problème dentaire était lié à la morsure de l'araignée ou au remède contre le venin, mais Watts dit qu'aucune preuve médicale n'étayait ma thèse. Il ajouta, « Le corps est un vrai miracle, et qui sait disséquer un miracle ? C'est peut-être l'araignée, il est vrai, mais c'est peut-être aussi une réaction au soi-disant remède du médecin contre le venin, à moins que ce ne soit ni l'un ni l'autre. Cependant, quelle différence cela fait-il de savoir pourquoi vous n'allez pas bien? N'ai-je pas raison?»

J'acquiesçai. Charlie intervint: «J'étais en train de dire à Eli, docteur, que je parie qu'il a au moins trois litres de sang qui se baladent là-dedans.»

Watts dégaina un étincelant bistouri en argent. Il se laissa aller sur sa chaise, et observa ma tête comme s'il contemplait une sculpture monstrueuse. «Voyons voir», dit-il.

L'histoire de Reginald Watts était particulièrement malchanceuse. Il avait connu toutes sortes d'échecs et de catastrophes, mais il en parlait sans amertume ni regret, et semblait même s'amuser de ses nombreux faux pas : « J'ai échoué dans les affaires, j'ai échoué dans les escroqueries, j'ai échoué en amour, j'ai échoué en amitié. J'ai échoué dans tout, absolument dans tout. Allez-y, choisissez quelque chose. N'importe quoi.

— L'agriculture, dis-je.

— J'étais propriétaire d'une exploitation de betteraves à sucre à cent cinquante kilomètres d'ici. Je n'ai pas gagné un sou. Tout juste si j'ai vu l'ombre d'une betterave. Un désastre sur toute la ligne. Choisissez autre chose.

— Transport maritime.

39

— J'avais acheté des parts dans une société qui avait un bateau à roues qui transportait des denrées sur le Mississippi et dont les bénéfices étaient obscènes. Une affaire hautement lucrative, jusqu'à ce que j'arrive. Lors du deuxième voyage, après que j'ai mis de l'argent dans l'affaire, le navire a coulé à pic au fond de la rivière. Il n'était pas assuré, ce qui était mon idée de génie pour économiser quelques dollars sur les frais généraux. J'avais également poussé mes associés à changer le nom du bateau, qui s'appelait la *Pervenche,* et que je trouvais trop frivole, et de le baptiser la *Reine Abeille.* Un échec absolu. Si mes souvenirs sont bons, mes associés étaient prêts à me lyncher. J'ai accroché une lettre de suicide sur ma porte, et me suis empressé de quitter la ville, la queue entre les jambes. J'ai même laissé derrière moi une femme de qualité. Je pense encore à elle, après toutes ces années.» Le dentiste s'interrompit et secoua la tête. «Choisissez autre chose. En fait, non. J'en ai assez de parler de tout cela.

— Vous n'êtes pas le seul», dit Charlie. Il était assis dans le coin, en train de lire le journal.

Je dis, «Pourtant, il semblerait que les choses marchent bien ici, docteur.

— Détrompez-vous, dit-il. Vous êtes mon troisième patient en trois semaines. Il semblerait que l'hygiène buccale ne fasse pas partie des priorités dans cette partie du monde. Non, je pense que je ne réussirai pas non plus dans cette profession. D'ici deux mois tout au plus la banque me forcera à fermer boutique. » Il approcha de mon visage une longue aiguille dégoulinante. « Ça va vous piquer, fiston.

— Aïe, braillai-je.

— Où avez-vous étudié la dentisterie? demanda Charlie.

— Dans une institution des plus respectables », répondit-il. Mais son sourire en coin ne me rassurait guère.

« Il paraît que les études durent plusieurs années, dis-je.

— Des années? dit Watts, et il rit.

— Combien de temps, alors?

— Moi, personnellement? Le temps qu'il m'a fallu pour apprendre le système nerveux, et le temps qu'il a fallu aux abrutis qui m'ont livré ces ustensiles à crédit. » Je jetai un œil à Charlie, qui haussa les épaules et se replongea dans sa lecture. Je touchai ma joue pour vérifier si elle était toujours enflée, et fus surpris de constater que mon visage était insensible.

Watts dit, « N'est-ce pas incroyable? Je pourrais vous arracher toutes vos dents, et vous ne sentiriez pas la moindre douleur. »

Les yeux de Charlie me regardèrent par-dessus son journal. « Tu ne sens rien, vraiment? » Je secouai la tête, et il demanda à Watts, « Comment fait-on pour se procurer ce produit?

— Vous ne pouvez pas, à moins de faire partie de la profession.

— Cela pourrait nous être utile dans notre travail. Que diriez-vous de nous en vendre un peu?

— C'est que ça ne s'achète pas comme ça, dit Watts.

— Nous vous en donnerions un bon prix.

— Je regrette, mais la réponse est non. »

Charlie me regarda d'un air absent, puis disparut derrière son journal.

Watts fit trois incisions sur mon visage, et un fluide coloré se mit à couler. Il restait du liquide dans ma tête, mais il dit que cela descendrait le moment venu, et que le pire était derrière moi. Il m'arracha sans ménagements les deux dents coupables et l'absence de douleur me fit rire. Charlie, qui commençait à se sentir mal, prit la direction du saloon de l'autre côté de la rue. «Trouillard», s'exclama Watts. Il recousit le trou dans ma gencive et bourra ma bouche de coton, après quoi il me mena devant une cuvette en marbre où il me montra une délicate petite brosse avec un manche en bois et une tête rectangulaire en poils drus gris et blancs. «Une brosse à dents, dit-il. Grâce à elle, vos dents resteront propres, et votre haleine agréable. Tenez, regardez-moi.» Le dentiste me montra comment utiliser correctement l'ustensile, puis souffla sur mon visage de l'air parfumé à la menthe. Il me tendit alors une nouvelle brosse, identique à la sienne, ainsi qu'une petite boîte de poudre, qui produisait cette mousse à la menthe, en me disant que je pouvais les garder. Je protestai, mais il m'avoua que c'était un cadeau du fabricant. Je le payai deux dollars pour l'extraction de mes dents, et il sortit une bouteille de whisky pour célébrer ce qu'il appela notre mutuelle et bénéfique transaction. Dans l'ensemble, je trouvai l'homme très charmant, et je me sentis plein de remords lorsque Charlie fit irruption dans le bureau, le pistolet braqué sur le bon docteur. «J'ai essayé de négocier avec vous, dit-il, le visage cramoisi sous l'effet de l'eau-de-vie.

— Je me demande quel sera mon prochain échec, dit Watts tristement.

— Je ne sais pas et je m'en moque. Eli, prends le médicament qui insensibilise, et les aiguilles. Watts, trouvez-moi une corde, et vite. Et ne faites pas le malin avec moi, sinon je vous fais un trou dans la tête.

— Je me demande parfois s'il n'y en a pas déjà un. » Et, s'adressant à moi, il ajouta, « La quête d'argent et de confort m'a épuisé. Prenez soin de vos dents, fiston. Gardez une bouche bien saine. Vos paroles n'en seront que plus douces, n'est-ce pas ? »

Charlie asséna un coup à Watts sur l'oreille, mettant ainsi un terme à son discours.

Nous avions chevauché jusqu'au soir, lorsque j'eus un vertige au point que je craignis de tomber de ma selle. Je demandai à Charlie si nous pouvions nous arrêter pour la nuit, et il accepta, à condition toutefois que nous trouvions un endroit à l'abri pour dormir, car la pluie menaçait. Il huma l'odeur d'un feu dans l'air, et cherchant son origine, nous arrivâmes devant une petite cabane dont la cheminée laissait échapper en spirales une fine colonne de fumée, et à travers l'unique fenêtre de laquelle dansait une faible lueur. Une vieille femme emmitouflée dans des guenilles ouvrit la porte. Elle avait de longs poils gris qui tremblotaient sur son menton, et sa bouche à la mâchoire pendante n'était que chicots noirâtres. Charlie, serrant son chapeau dans ses mains, évoqua nos récentes déconvenues d'une voix théâtrale. Les yeux d'huître de la femme se posèrent sur moi. Son regard me glaça instantanément. Elle s'éloigna de la porte sans un mot. J'entendis une chaise qu'on traînait sur le sol. Charlie se tourna vers moi et me demanda, «Qu'en penses-tu?

— Poursuivons notre chemin.

— Elle nous a laissé la porte ouverte.

— Il y a quelque chose chez cette femme qui ne tourne pas rond.»

Il donna un coup de pied dans un petit amas de neige. «Elle sait comment faire un feu. Que veux-tu de plus? Nous n'allons pas nous installer chez elle indéfiniment.

— Je crois qu'on devrait poursuivre notre chemin, répétai-je.

— La porte! cria la femme.

— Quelques heures dans une pièce chauffée me feraient le plus grand bien, dit Charlie.

— C'est moi qui suis malade, rétorquai-je, et je préfère partir.

— Et moi, rester.»

L'ombre de la femme glissa sur le mur du fond de la cabane, et elle réapparut sur le seuil de la porte. «La porte! hurla-t-elle. La porte! La porte!

— Tu vois bien qu'elle souhaite que nous entrions», dit Charlie.

Oui, me dis-je intérieurement, elle veut surtout nous faire entrer dans sa bouche et dans son estomac. Mais j'étais trop faible pour lutter plus long-temps, et lorsque mon frère me prit par le bras pour me faire pénétrer dans la cabane, je ne résistai pas.

Il y avait dans la pièce une table, une chaise, et un matelas sale. Charlie et moi nous assîmes devant la cheminée, sur le parquet gondolé. La chaleur réchauffa agréablement mon visage et mes mains, et pendant un instant je fus heureux d'être là. Assise à table, la femme ne disait mot, son visage dissimulé dans les épaisseurs de ses nippes. Un tas de petites perles et de pierres rouge et noir sans éclat s'étalait devant elle ; ses mains émergèrent de ses haillons et les saisirent une à une avec agilité, pour les enfiler sur un fil et en faire un long collier ou quelque autre bijou. La flamme vacillante d'une lampe sur la table éclairait la pièce d'une faible lueur jaune.

« Nous vous sommes très reconnaissants, madame, dit Charlie. Mon frère ne se sent pas très bien, et n'est pas en état de dormir dehors. » Devant le mutisme de la femme, Charlie me dit qu'il pensait qu'elle était sourde. « Je ne suis pas sourde », rétorqua-t-elle. Elle prit un bout du fil dans sa bouche et le mâchouilla pour le couper.

« Bien sûr, dit Charlie. Je ne voulais en aucun cas vous offenser. Maintenant je vois à quel point vous êtes adroite. Et votre intérieur est très bien entretenu, si je puis me permettre. »

Elle mit de côté ses perles et ses fils. Sa tête pivota vers nous, mais ses traits restèrent dissimulés dans les ombres fuyantes. « Croyez-vous que j'ignore quel

genre d'hommes vous êtes? demanda-t-elle en désignant d'un doigt tordu les pistolets à nos ceintures.
Pour qui essayez-vous de vous faire passer, et pourquoi?»

L'attitude de Charlie changea ou plutôt il reprit son
expression habituelle, et redevint lui-même. «Très
bien, dit-il, qui sommes-nous alors?

— Ne seriez-vous pas des tueurs?

— Ce sont nos armes qui vous font penser cela,
n'est-ce pas?

— Je ne pense rien. Je le sais grâce aux hommes
morts qui vous suivent.»

Les poils de mon cou se hérissèrent. C'était ridicule, mais je n'osais pas me retourner. Conservant un
ton égal, Charlie demanda, «Craignez-vous que l'on
vous tue?

— Je ne crains rien, et surtout pas vos balles et vos
discours.» Elle posa son regard sur moi, et me lança,
«Craignez-vous que je *vous* tue?

— Je suis très fatigué, répondis-je bêtement.

— Allongez-vous sur le lit, m'enjoignit-elle.

— Où dormirez-vous?

— Je ne dormirai pas. Je dois finir mon travail.
Demain matin je serai plus ou moins partie.»

Le visage de Charlie s'était durci. «Ce n'est pas votre cabane, c'est ça?»

Elle se raidit, et eut l'air de ne plus respirer. Elle écarta ses guenilles et, dans la lueur du feu et de la lampe, je vis qu'elle n'avait presque pas de cheveux sur la tête, seulement quelques touffes blanches éparses, et que son crâne était bosselé, l'air presque mou par endroits comme un vieux fruit écrabouillé. «Chaque cœur a un son qui lui est propre, dit-elle à Charlie, comme c'est le cas pour les cloches. Le son du vôtre est très pénible à entendre, jeune homme. Il malmène mes oreilles, et mes yeux souffrent quand je vous regarde.»

Un long silence s'ensuivit tandis que Charlie et la vieille sorcière s'observaient sans mot dire. Je ne parvenais pas à deviner leurs pensées. Finalement, la femme s'enveloppa à nouveau le crâne, et reprit son ouvrage; Charlie s'allongea par terre. Au lieu de me coucher dans le lit, je m'étendis près de lui, car la femme m'effrayait et je pensais qu'il était plus prudent pour nous de dormir côte à côte. J'étais si faible que, malgré mon inquiétude, je sombrai bientôt dans le sommeil, et rêvai que je me tenais debout à regarder mon propre corps endormi dans la pièce. La vieille femme se levait et s'approchait de nous; mon corps commençait à se débattre et à transpirer, mais Charlie demeurait calme et immobile, et la vieille femme, se penchant sur lui, lui ouvrait la bouche avec ses mains. D'un repli sombre de ses hardes s'écoulait doucement un épais liquide noir qui pénétrait dans la bouche de Charlie; et moi, non pas mon moi endormi mais celui qui observait, je me mettais à hurler pour qu'elle le laisse tranquille. Sur ce, le rêve s'interrompit brutalement, et je me réveillai. Charlie était près de moi, et me regardait les yeux ouverts bien qu'endormi, comme il en avait l'agaçante habitude. La vieille femme était assise derrière lui, et son tas de petites perles avait beaucoup diminué : un long moment s'était écoulé. Elle ne quittait pas la table, mais sa tête était complètement retournée dans la direction opposée, et elle scrutait le coin sombre au fond de la pièce. Je ne sais pas ce qui avait attiré son attention, mais elle resta ainsi pendant si longtemps que je cessai de m'interroger, et reposai ma tête sur le sol. En un clin d'œil, je dormais profondément à nouveau.

Le lendemain matin je me réveillai par terre, et Charlie n'était plus à côté de moi. J'entendis un bruit de pas dans mon dos, me tournai et le vis debout devant la porte ouverte, en train de regarder le champ devant la cabane. La journée était ensoleillée, et j'aperçus au loin les chevaux attachés aux racines d'un arbre mort. Nimble cherchait dans le givre quelques touffes d'herbe ; Tub frissonnait en regardant dans le vide. «La femme est partie, dit Charlie.

— Ce n'est pas pour me déplaire, répondis-je en me levant. La pièce sentait les cendres et le charbon, et les yeux me brûlaient. Pris d'un besoin pressant, je m'apprêtais à sortir quand Charlie me bloqua le passage. Ses traits étaient creusés et fatigués. «Elle est partie, dit-il, mais elle nous a laissé quelque chose qui ressemble à un souvenir.» Il tendit le doigt et je suivis du regard la direction qu'il indiquait. La femme avait accroché le collier de perles autour de l'encadrement de la porte. *Je serai plus ou moins partie,* avait-elle dit — plus ou moins, mais pas tout à fait.

«Qu'en penses-tu?» demandai-je.

Charlie dit, «Que ce n'est pas là pour décorer.

— On pourrait l'enlever», dis-je en tendant la main.

Charlie me prit le bras. «N'y touche pas, Eli.»

Nous reculâmes de quelques pas pour observer la situation, et réfléchir. Les chevaux avaient entendu nos voix et nous regardaient. «Il ne faut surtout pas passer dessous, dit Charlie. La seule chose à faire, c'est de casser le carreau et de sortir par la fenêtre.» Tout en tâtant mon ventre, lequel est et a toujours été proéminent, je dis que je ne pensais pas pouvoir me faufiler par une si petite ouverture. Charlie tenta de me convaincre d'essayer, mais l'idée de ne pas y arriver — d'avoir à faire marche arrière, le visage cramoisi une fois engagé dans le trou — me rebuta, et je refusai.

«Dans ce cas, j'irai seul, dit Charlie, et je reviendrai avec des outils pour agrandir le passage.» Debout sur la chaise branlante de la vieille femme, il brisa la vitre avec le manche de son revolver, et je le poussai par la fenêtre. Puis nous nous fîmes face, de part et d'autre de la porte. Il souriait, moi non. «Et voilà le travail!» dit-il en enlevant d'un revers de la main les éclats de verre sur son ventre.

Je dis, «Je n'aime pas ça. Partir dans la nature en espérant trouver une âme charitable qui voudra bien te prêter ses outils. Tu erreras sans but tandis que je me morfondrai dans ce taudis. Et si la vieille revenait?.

— Elle nous a laissé ses grigris de mauvais augure. Elle n'a aucune raison de revenir.

— Facile pour toi de le dire.

— Je crois que c'est vrai. Et que puis-je faire d'autre? Si tu as une autre idée, c'est le moment de m'en faire part.»

Mais je n'en avais point. Je lui demandai de m'apporter mon sac de nourriture, et il s'éloigna vers les chevaux. «N'oublie pas de me prendre une marmite», criai-je. «Un ermite?» fit-il. «Une marmite! Une marmite!» Je fis mine de touiller dans une marmite, et il opina. Il revint, me passa mes affaires par la fenêtre, et me souhaita un bon petit-déjeuner, avant d'enfourcher Nimble et de disparaître. Je fus très malheureux après leur départ; les yeux rivés sur les arbres à travers lesquels ils avaient disparu, j'eus la prémonition qu'ils ne reviendraient plus.

Convoquant mes ressources de bonne humeur, je décidai de m'installer plus confortablement dans la cabane. Il n'y avait ni bûche ni petit bois, mais les cendres et les charbons étaient encore incandescents, de sorte que je me mis en demeure de démolir la chaise de la vieille femme en la fracassant sur le sol pour la transformer en combustible. J'en entassai dans l'âtre pieds, siège et dossier, et versai dessus un peu de l'huile de la lampe. Un moment plus tard le bois s'enflammait. La lumière et le parfum qui s'en dégageaient me firent chaud au cœur. La chaise était en chêne, et elle brûlerait bien. «De petites victoires», disait toujours ma mère, expression que je me surpris alors à reprendre à voix haute, à mon tour.

Je restai quelques minutes debout devant la porte, à observer le monde extérieur. Il n'y avait pas un nuage à l'horizon, et c'était une de ces journées violacées où le ciel semble plus grand et plus profond que d'habitude. De la neige fondue s'égouttait du toit, et je tendis par la fenêtre ma tasse en étain, pour la remplir. Je la sentis refroidir dans ma main, et lorsque je la portai à ma bouche, de petits morceaux de glace translucide qui flottaient à la surface de l'eau me piquèrent les lèvres. Ce fut un soulagement de me débarrasser de cet affreux goût de terre et de sang séché qui m'était resté dans la bouche depuis la veille. Je réchauffai le liquide de la langue, espérant nettoyer ma plaie mais je fus pris de peur en sentant quelque chose de solide se détacher et bouger. Pensant qu'il s'agissait d'un morceau de chair, je crachai. La chose fit un bruit affreux en atteignant le sol, et je m'accroupis pour regarder de plus près. L'objet était noir et cylindrique, et mon cœur s'emballa : le docteur Watts avait-il à mon insu glissé une sangsue dans ma bouche ? Mais lorsque je touchai la chose avec mon pouce, elle se défit, et je me rappelai le morceau de coton qu'il m'avait tassé contre les gencives. Je le jetai dans le feu où, moussant et fumant, il glissa le long d'un pied de chaise en flammes, laissant derrière lui une traînée de sang et de salive.

J'observai la brume qui s'élevait du champ, et me sentis heureux d'avoir survécu aux événements récents : l'araignée, la tête enflée, la malédiction évitée. Je respirai l'air froid aussi profondément que possible. «Tub! hurlai-je à la cantonade, je suis coincé dans la cabane de l'ignoble sorcière gitane!» Il leva la tête tout en continuant à mâcher de l'herbe croquante. «Tub! Aide-moi donc! L'heure est grave!»

Je me préparai un modeste petit-déjeuner avec du bacon, de la bouillie de maïs et du café. Un morceau de cartilage se logea dans le trou que j'avais dans la gencive, et j'eus beaucoup de mal à l'enlever, ce qui irrita ma plaie et la fit saigner. Je me souvins alors de la brosse à dents, que je retrouvai dans la poche de ma veste, avec la poudre, et je disposai soigneusement le tout sur la table, près de ma tasse en étain. Watts n'avait pas précisé si je devais attendre que ma bouche cicatrise entièrement avant d'utiliser l'ustensile, mais je me dis que je pouvais essayer, toutefois avec précaution. J'humidifiai les poils et étalai dessus l'équivalent d'un dé à coudre de poudre. De haut en bas et de droite à gauche, dis-je, car c'étaient là les mots du docteur lui-même. Ma bouche s'emplit de mousse à la menthe, et je me frottai vigoureusement la langue. En me penchant par la fenêtre, je crachai l'eau rougie de sang dans la terre et la neige. Mon haleine était fraîche et sentait bon, et le frisson agréable que me procura cette brosse à dents m'impressionna grandement. Je décidai que je l'utiliserais chaque jour. J'étais en train de la tapoter sur l'arête de

mon nez, en ne pensant à rien ou en pensant vaguement à plusieurs choses en même temps, lorsque je
vis l'ours sortir du bois d'un pas lourd, et se diriger
vers Tub.

C'était un grizzly. Il était grand mais efflanqué, et venait sans doute de sortir de l'hibernation. Tub le vit ou le sentit et commença à se cabrer et à sauter sans pouvoir se détacher de la racine de l'arbre. Debout dans l'embrasure de la porte, je levai mon pistolet et tirai six coups rapides, mais dans une telle panique qu'aucun n'atteignit sa cible. L'ours ne fut pas le moins du monde impressionné, et poursuivit son chemin. Le temps que je prenne mon deuxième pistolet, il se dressait devant Tub. Je fis feu à deux reprises, sans succès ; il bondit et d'un violent coup de patte à l'œil assomma Tub, qui tomba par terre. L'ours resta derrière lui, et je ne pus ajuster mon tir avec précision sans risquer de toucher mon cheval. Je n'eus d'autre choix que de franchir le seuil maudit sous peine de voir ma bête massacrée, et de me jeter dans la mêlée en criant aussi fort que je le pouvais. Le grizzly remarqua mon arrivée, et fut décontenancé : devait-il continuer à tuer le cheval, besogne déjà bien entamée, ou devait-il s'occuper de ce bruyant bipède ? Tandis qu'il pesait le pour et le contre, je lui logeai deux balles dans la tête et deux dans la poitrine, et il tomba raide mort sur le sol. Je ne savais pas si Tub était mort ou vivant. Il ne semblait pas respirer. Je me retournai vers l'entrée sombre de la cabane. Mes mains et mes jambes se mirent à trembler. Je vibrais de partout.

Je regagnai la cabane. Malédiction ou pas, je ne voyais pas l'intérêt d'informer Charlie de ce qui venait de se passer. Je fis le point sur mon état de santé, mais ne remarquai rien d'inhabituel à part les vibrations, que je mis sur le compte de la nervosité et qui, quoi qu'il en fût, s'atténuaient. Tub demeurait immobile, et j'étais persuadé qu'il était mort ; cependant, lorsqu'une sittelle se posa sur son museau, il se leva d'un bond et secoua son encolure en renâclant. Je m'éloignai de la porte et m'allongeai sur le lit. Il était humide, déformé, avec une odeur de gazon. Je fis un trou et m'aperçus qu'il était plein d'herbe et de terre. Quelque préférence de sorcière, peut-être. Je changeai de place et m'allongeai sur le sol devant le feu. Je me réveillai une heure plus tard. Mon frère criait mon nom et s'attaquait à la fenêtre avec une hache.

Quand je me fus extrait du trou, nous nous approchâmes de l'ours défunt et nous assîmes sur le sol à côté de lui. Charlie dit, «J'ai vu ce monsieur étendu par terre, mais tu ne répondais pas. Alors j'ai regardé par la porte et je t'ai vu allongé sur le dos. C'est très désagréable de vouloir pénétrer dans une maison sans pouvoir le faire.» Il me demanda ce qui s'était passé, à quoi je répondis, «Pas grand-chose. L'ours est sorti des bois et a assommé Tub. Je l'ai visé avec précision et je l'ai tué.

— Combien de fois as-tu tiré?

— J'ai vidé deux pistolets, et je l'ai touché deux fois avec l'un et deux fois avec l'autre.»

Charlie examina les blessures de l'ours. «Tu as tiré depuis la fenêtre ou depuis la porte?

— Pourquoi tu me poses toutes ces questions?

— Pour rien.» Il haussa les épaules. «Bien visé, mon frère.

— J'ai eu de la chance, voilà tout.» Espérant changer de sujet, je lui demandai d'où venait la hache.

«Des prospecteurs qui se dirigeaient vers le sud», dit-il. Un de ses poings était écorché et je lui demandai comment il s'était blessé. «Les hommes hésitaient à me prêter leur outil. Eh bien, ils n'auront plus besoin de hache à présent.» Il se dirigea vers la cabane et y entra par le trou qu'il avait fait. Je ne compris pas d'emblée ce qu'il fabriquait, mais vis bientôt de la fumée qui s'échappait de l'intérieur. Puis mon sac et ma marmite jaillirent de la fenêtre, suivis de près par Charlie, qui affichait un large sourire. Tandis que nous nous éloignions à cheval, la baraque s'était transformée en une tornade de flammes qui sifflaient et s'élevaient dans l'air en tournoyant. L'ours, sur lequel Charlie avait répandu l'huile de la lampe, brûlait lui aussi, impressionnant mais triste spectacle, et j'étais content de quitter l'endroit. Je songeai que j'avais franchi le seuil pour un cheval dont je ne voulais pas, quand Charlie ne l'avait pas fait pour son propre frère. Ainsi va la vie, me dis-je.

L'œil de Tub était rouge et gonflé, comme mort, et la bête se comportait de manière étrange, tournant à droite quand je tirais mes rênes à gauche, s'arrêtant et repartant quand l'envie l'en prenait, avançant de travers. Je dis à Charlie, «Je pense que ce grizzly a endommagé le cerveau de Tub.»

Charlie répliqua, «Il est sonné, c'est tout.» Fonçant la tête la première dans un arbre, Tub se mit à uriner bruyamment. «Tu es trop gentil avec lui. Donne-lui un coup d'éperon et ça va le recadrer, tu verras.

— Je n'avais pas besoin de pousser autant mon autre cheval.»

Charlie secoua la tête. «Ne parlons plus de ça, s'il te plaît.

— Mon autre cheval était plus intelligent que beaucoup d'hommes adultes que je connais.»

Charlie secoua la tête; le sujet était clos. Nous passâmes par le campement des prospecteurs morts, ou des prospecteurs en devenir, ou des prospecteurs qui ne le seraient jamais. Je comptai cinq cadavres à plat ventre, tous éloignés les uns des autres. Charlie me raconta l'histoire tandis qu'il vidait leurs poches et leurs sacs de tout objet de valeur : «Le gros, là, c'était le plus coriace. J'ai essayé de le raisonner, mais il a voulu impressionner ses camarades. Je lui ai tiré dans la bouche et ils se sont tous sauvés en courant. Voilà pourquoi ils sont éparpillés, et qu'ils ont une balle dans le dos, tu vois?» Puis, s'accroupissant devant un corps frêle : «Celui-là ne doit pas avoir plus de seize ans, je dirais. Eh bien, ça lui apprendra à voyager avec de telles têtes brûlées.»

Je restai silencieux. Charlie me regarda pour voir ma réaction, et je haussai les épaules.

«Qu'est-ce qu'il y a? dit-il. Tu as ta part de responsabilité là-dedans, n'oublie pas.

— Je ne vois pas comment tu peux dire ça. Je ne voulais pas passer la nuit dans la cabane de cette vieille femme, tu te souviens?

— Mais c'est ton état de santé qui nous a obligés à nous arrêter.

— Une araignée est entrée dans ma botte, voilà pourquoi j'étais malade.

— Tu es en train de dire que c'est la faute de l'araignée?

— Je ne suis pas en train d'incriminer quiconque.
C'est toi qui as lancé le sujet. »

S'adressant aux cadavres autour de nous, Charlie
déclara, « Mes amis, c'est une araignée qui est responsable de la disparition prématurée de votre groupe.
Une grosse araignée poilue à la recherche d'un peu
de chaleur, voilà ce qui a causé votre mort. »

Je rétorquai : « Tout ce que je dis, mon frère, c'est
que c'est dommage qu'ils aient dû mourir. Et c'est
vrai que c'est dommage. C'est tout. » D'un coup de
botte, je retournai le corps du garçon. Sa bouche était
entrouverte et deux incisives proéminentes poin-
taient entre ses lèvres.

« En voilà un beau garçon », plaisanta Charlie. Mais
il avait des remords, je le voyais bien. Il cracha sur
le sol et balança une poignée de terre par-dessus son
épaule. « Tous ces gens qui viennent faire fortune en
Californie seraient mieux avisés de rester chez eux et
de travailler leur propre terre.

— Je les comprends. Ils cherchent l'aventure.

— Eh bien, ceux-là l'ont trouvée. » Il se remit à
leur vider les poches. « Il a une belle montre à gousset, celui-là. Tu la veux ? Tiens, sens comme elle est
lourde.

— Laisse-lui sa montre, dis-je.

— Je me sentirais mieux si tu prenais quelque
chose.

— Et moi, je me sentirais encore plus mal. Laisse la montre, ou bien prends-la pour toi, mais moi je n'en veux pas. »

Il avait aussi tué leurs chevaux. Ces derniers gisaient ensemble un peu plus loin au fond d'une ravine. En temps normal, cela ne m'aurait pas gêné, mais deux d'entre eux étaient des bêtes de toute beauté, en bien meilleur état que Tub ; j'en fis la remarque à Charlie, qui me répondit, amer, « Oui, et n'importe qui peut voir leurs marquages. Serais-tu assez stupide pour aller en Californie sur le cheval d'un homme assassiné, quand l'homme en question est attendu là-bas ?

— Personne n'attend ces hommes. Et tu sais aussi bien que moi qu'il n'y a pas de meilleur endroit au monde pour se cacher que la Californie.

— J'en ai assez de parler de ton cheval, Eli.

— Si tu crois que je vais m'arrêter, tu te trompes.

— Eh bien, j'en ai assez de parler de ton cheval, pour aujourd'hui. Maintenant, partageons l'argent.

— C'est toi qui les as tués. Garde-le.

— J'ai tué ces hommes pour te libérer de la cabane maudite », protesta-t-il. Mais comme je continuais à décliner son offre, il dit, « Je ne vais pas me battre pour que tu acceptes. De toute façon, j'ai besoin de nouveaux vêtements. Crois-tu que ton cheval estropié et sans cervelle pourra rallier la prochaine ville sans se jeter du haut d'une falaise ? Qu'est-ce qu'il y a ? Tu ne souris même pas. On est en train de se disputer et donc tu mets un point d'honneur à ne pas sourire, c'est ça?» Je restai effectivement de marbre, mais un sourire commença à s'esquisser sur mon visage. «Non, dit Charlie, il ne faut pas sourire quand on se dispute. Tu ne peux pas faire ça, tu le sais bien. Tu dois ruminer et me haïr et passer en revue toutes les misères que je t'ai fait subir quand nous étions petits.»

Nous remontâmes à cheval pour quitter le campement. Je talonnai Tub et il s'effondra sur le sol.

Il faisait nuit lorsque nous atteignîmes la ville la plus proche, et le poste de traite semblait fermé. Cependant, la porte était ouverte, et de la fumée s'échappait de la cheminée. Nous frappâmes et entrâmes. Il faisait bon dans la pièce ; le silence régnait, et l'odeur des vêtements neufs envahit mes narines : des piles de pantalons, de chemises, de maillots de corps, de chaussettes et de chapeaux soigneusement pliés et rangés garnissaient les étagères. Charlie fit claquer le talon de sa botte, et un sémillant vieillard en maillot de corps trop grand émergea d'un lourd rideau de velours noir. Il ne répondit pas à nos salutations, mais parcourut la pièce en silence, allumant les lampes sur le comptoir avec une fine baguette en bois, dont l'extrémité incandescente dansotait et rougeoyait. Bientôt une lueur dorée illumina la pièce, et le vieil homme posa ses mains sur le comptoir en clignant des yeux et en arborant un sourire inquisiteur.

«J'aurais besoin de nouveaux vêtements, dit Charlie.

— La tenue complète? s'enquit le vieil homme.

— Je pensais surtout à une nouvelle chemise.

— Votre chapeau est en piteux état.

— Qu'est-ce que vous pouvez me proposer comme chemise?» demanda Charlie.

Le vieillard examina le torse de mon frère, évalua ses mesures d'un œil expert, puis se tourna, grimpa prestement à l'échelle qui se trouvait derrière lui, et retira des étagères une petite pile de chemises pliées. Il redescendit et posa la pile devant Charlie. Tandis que mon frère les regardait une à une, le vieil homme me demanda, «Et pour vous, monsieur?

— Je n'ai besoin de rien ce soir.

— Votre chapeau n'est pas joli à voir, non plus.

— J'aime mon chapeau.

— On dirait que vous êtes inséparables depuis un moment, à en juger par les traces de sueur.»

Mon visage s'assombrit et je dis, «Il est impoli de parler ainsi des vêtements d'autrui.»

Avec ses yeux noirs et roublards, l'homme me faisait penser à une taupe ou à un genre de rongeur quelconque: rapide, sûr de lui, et résolu. Il dit, «Je n'avais nullement l'intention de vous froisser.

70

Déformation professionnelle. Chaque fois que je vois un homme accoutré avec négligence, je me sens spontanément concerné.» Il écarquilla les yeux en toute innocence, et ses mains, qui s'activaient indépendamment de leur côté tandis qu'il parlait, étalèrent trois nouveaux chapeaux sur le comptoir.

«Ne m'avez-vous pas entendu vous dire que je n'avais besoin de rien? demandai-je.

— Quel mal y a-t-il à en essayer un? glissa-t-il, en installant un miroir. Vous ne ferez que passer le temps tandis que votre ami essaiera des chemises.» Il y avait un chapeau noir, un chocolat et un bleu marine. Je posai le mien et dus admettre que par comparaison, il était dans un triste état. Je dis que j'allais peut-être en essayer un, et le vieillard aboya, «Torchon!» Une jeune fille enceinte et remarquablement laide surgit alors du rideau tenant à la main un torchon fumant. Elle me le lança et retourna sans un mot d'où elle était venue. Tandis que j'étais aux prises avec le chiffon chaud, le passant d'une main à l'autre, pour le refroidir, le vieil homme me prodigua une explication: «Auriez-vous l'amabilité de nettoyer vos mains et votre front, monsieur? Nous ne pouvons pas nous permettre de laisser salir nos articles par tous les clients qui entrent ici.» Je commençai à m'essuyer pendant qu'il se tournait vers Charlie, occupé à essayer une chemise en coton noir avec des boutons pression nacrés. «Voilà qui vous va à ravir», dit le vieillard. Charlie se tenait devant un grand miroir, et examinait la chemise sous toutes ses coutures. Il me regarda et désigna d'un doigt le vêtement, en levant légèrement les sourcils.

«Elle est très jolie, dis-je.

— Je la prends, dit Charlie.

— Et que pensez-vous de ça pour votre ami?»
demanda le vieil homme en posant le chapeau chocolat sur ma tête. Charlie me regarda de profil, puis
demanda à voir comment le noir m'allait. Alors que
le vieillard avait repris le chapeau chocolat et venait
de poser le noir sur ma tête, Charlie opina du chef.
«Si tu as besoin d'un chapeau, nul besoin d'aller voir
ailleurs. Tu ne trouveras pas mieux qu'ici. Et je crois
que j'aimerais bien essayer le bleu tant qu'ils sont
sortis.

— Chiffon!» dit le vieil homme. La fille enceinte
surgit à nouveau, et jeta un chiffon fumant par-dessus
le comptoir, pour disparaître aussitôt. Charlie s'essuya le front et sourit. «C'est votre femme, monsieur?

— Oui, dit-il fièrement.

— C'est votre enfant qu'elle porte?»

Il se renfrogna. «Vous doutez de la qualité de ma
semence?

— Je ne faisais aucune allusion à votre semence.

— Quelle impertinence.»

Charlie leva les mains en signe d'apaisement.
«Vous m'impressionnez, c'est tout. Je n'avais aucunement l'intention de vous offenser, et vous souhaite à
tous deux une longue et heureuse vie.» Ainsi fut clos
l'incident, et nos achats finirent d'apaiser les esprits:

je pris le chapeau et aussi une chemise, et Charlie, dans une frénésie acheteuse, fut rhabillé de la tête aux pieds. Le vieillard repartit se coucher plus riche de quarante dollars, heureux d'être sorti de son profond sommeil pour répondre à notre demande. Tandis que nous nous éloignions à cheval, élégamment vêtus, je dis à Charlie, « Joli travail.

— Plus joli que d'avoir à tuer quelqu'un, acquiesça-t-il.

— Je crois que je pourrais aimer une vie comme ça. Parfois je pense à ralentir la cadence. N'était-ce pas agréable à l'intérieur? Avec toutes ces lampes allumées, et l'odeur des vêtements neufs? »

Charlie secoua la tête. « L'ennui me rendrait fou. La fille muette surgirait pour la centième fois de son trou et je lui mettrais une balle dans la tête. Ou dans la mienne.

— Cela m'a semblé une occupation de tout repos. Je parie que le vieillard dort chaque nuit sur ses deux oreilles.

— Tu ne dors pas bien la nuit? me demanda Charlie avec le plus grand sérieux.

— Non, répondis-je. Et toi non plus.

— Je dors comme une souche, protesta-t-il.

— Tu pleurniches et tu gémis.

— Ha! Ha!

— C'est la vérité, Charlie.

— Hum », dit-il en reniflant. Il marqua une pause pour ruminer mes paroles. Il voulait en vérifier la véracité, je le savais, mais ne trouvait pas le moyen de m'interroger sans paraître démesurément inquiet. Toute joie en lui disparut alors, et ses yeux évitèrent les miens pendant un moment. Je songeai que nous sommes tous susceptibles d'être blessés ; tristesse et inquiétude n'épargnent personne.

Nous nous installâmes dans un hôtel branlant et plein de courants d'air, à l'extrême sud de la ville. Il n'y avait plus qu'une chambre de libre, et Charlie et moi dûmes la partager, alors que d'habitude nous faisions chambre à part. Assis devant la cuvette, je sortis ma brosse à dents et ma poudre et Charlie, qui n'avait pas vu mon attirail jusqu'alors, me demanda ce que je fabriquais. Je le lui expliquai, et lui fis une démonstration, après quoi j'inspirai profondément. « C'est très rafraîchissant pour la bouche », lui dis-je.

Charlie réfléchit. « Je n'aime pas ça, rétorqua-t-il. Je trouve ça idiot.

— Pense ce que tu veux. Notre docteur Watts m'a dit que mes dents ne se gâteront jamais si j'utilise cette brosse comme il faut. »

Charlie demeura sceptique. Il me dit que j'avais l'air d'une bête enragée avec ma bouche pleine de mousse. Je répliquai que je préférerais avoir l'air d'une bête enragée quelques minutes par jour plutôt que d'avoir une haleine fétide toute ma vie, ce qui marqua la fin de notre conversation sur la brosse à dents. À l'évocation du docteur Watts, il se souvint du médicament qui insensibilise, et il alla chercher le flacon et l'aiguille dans ses sacoches. Il voulait l'essayer sur lui, dit-il, et je l'observai tandis qu'il s'en injectait une bonne dose dans la joue. Quand le médicament commença à faire effet, il se mit à se pincer et à se triturer le visage. «Diable», dit-il. Il me fit signe de le gifler, ce que je fis, doucement.

«Je ne sens rien, dit-il.

— Ton visage est flasque comme une crêpe.

— Gifle-moi encore, mais plus fort, m'enjoignit-il, et j'obtempérai. Remarquable, dit-il. Gifle-moi encore, une dernière fois, mais alors de toutes tes forces.»

Je pris mon élan et le giflai avec une telle violence que j'en eus des picotements dans la main. «Celle-là, tu l'as sentie. Tes cheveux se sont dressés. Je pouvais voir la douleur dans tes yeux.

— J'ai reculé sous le choc, mais je n'ai pas eu mal, dit-il, émerveillé. Un homme intelligent pourrait faire bon usage de ce produit.

— Tu pourrais peut-être aller d'une ville à l'autre et gagner ta vie en proposant aux citoyens frustrés de te tabasser moyennant finance.

— Je parle sérieusement. Nous détenons dans ce flacon quelque chose qui rend possible l'impossible. Il y a du bénéfice à faire là-dedans.

— Nous verrons ce que tu penses de ce produit miracle quand les effets se seront estompés. »

Sa bouche était distendue, et un long filet de bave lui coulait sur le menton. «Ça me fait baver», dit-il, en ravalant sa salive. Il haussa les épaules, rangea le flacon et l'aiguille, et me dit qu'il voulait aller au saloon de l'autre côté de la rue. Il m'invita à l'accompagner et, malgré mon peu d'envie de le voir se transformer en bête sous l'effet de l'alcool, je ne souhaitais pas non plus rester seul dans la chambre d'hôtel, avec son papier peint gondolé, ses courants d'air, sa poussière et l'odeur des clients précédents. Le grincement d'un lit qui gémit sous le poids d'un homme qui ne trouve pas le sommeil est le son le plus triste que je connaisse.

Je me réveillai à l'aube avec une douleur persistante à la tête, plutôt due à une fatigue générale qu'à l'abus d'alcool, même si boire n'avait pas amélioré la situation. Je plongeai mon visage dans la cuvette pleine d'eau et brossai mes dents devant la fenêtre ouverte pour sentir la brise sur mon crâne. Il faisait frais dehors, mais le fond de l'air était doux ; je sentais là les prémices du printemps, ce qui me procura une grande satisfaction, accompagnée d'un sentiment d'ordre et de justice. Je traversai la chambre pour voir comment Charlie abordait la journée. Il allait beaucoup moins bien que moi.

« Je me sentais fébrile moi aussi, lui dis-je, mais ça va de mieux en mieux. Je crois que cette poudre pour les dents a un genre de vertus curatives.

— Commande-moi un bain, croassa-t-il, enfoui au milieu des édredons et des draps. Dis à la femme que je le veux brûlant.

— Un bain coûte vingt-cinq cents», dis-je. Je le savais car j'avais remarqué un panneau dans l'entrée de l'hôtel fournissant cette précision, parce que, chez nous, un bain ne coûtait que cinq cents. Mais Charlie se moquait du prix. «Même si ça coûtait vingt-cinq dollars, ça me serait égal. Un bain me sauvera la vie, pour autant qu'elle puisse l'être. Je veux que l'eau soit assez chaude pour cuire un poulet. Et pourrais-tu aussi aller me chercher des médicaments chez l'apothicaire?»

Je dis, «Je me demande ce que dirait le Commodore s'il savait que celui qu'il a choisi pour diriger ses opérations est si souvent malade parce qu'il boit trop.

— Assez parlé, supplia-t-il. Va trouver la femme. Brûlant, dis-lui.

— Je reviendrai après avoir été chez l'apothicaire.

— Dépêche-toi, s'il te plaît.»

Je trouvai la femme en bas dans le hall, assise derrière son comptoir, en train de repriser une taie d'oreiller avec une longue aiguille et du fil. Je ne l'avais vue qu'en passant lorsque nous étions arrivés la veille, mais à présent je me rendais compte qu'elle était plutôt jolie, jeune et plantureuse, le teint diaphane et la chair ferme. La transpiration collait ses cheveux sur son front; son bras s'activait, se tendant au maximum avant de ramener l'aiguille sur son ouvrage. Je frappai sur le comptoir, et elle posa ses yeux sur moi sans dissimuler sa contrariété.

«Mon frère a trop bu hier soir, et il a besoin d'un bain brûlant.

— Trente cents», dit-elle d'une voix monocorde. Je regardai le panneau au-dessus d'elle, qui affichait toujours vingt-cinq cents, mais avant que je puisse dire quoi que ce soit, elle ajouta, «C'était vingt-cinq hier. Mais c'est trente maintenant. Et bientôt ce sera trente-cinq.

— Les affaires reprennent pour les peintres d'enseignes», dis-je, mais la femme se contenta de continuer à coudre. Je poursuivis : «Je ferais mieux de payer maintenant, avant que le prix ne continue à grimper.» Je n'obtins même pas un sourire de cette femme de chambre surchargée de travail. Pour l'agacer davantage, je payai avec une pièce de vingt dollars. Elle regarda durant de longues secondes la lourde pièce avant de s'en saisir prestement et de la fourrer dans la poche crasseuse de sa blouse, et de me rendre ma monnaie. Elle ne faisait pas le moindre effort pour cacher l'antipathie que je lui inspirais, et je songeai qu'il serait prudent de l'avertir : «Mon frère n'est pas aussi patient que moi, mademoiselle, et il n'est pas dans de bonnes dispositions ce matin. Il demande un bain brûlant et il a plutôt intérêt à en avoir un. Ce n'est pas le genre d'homme qu'il faut contrarier, et vous pouvez me croire.

— Il sera brûlant», dit-elle. Elle coinça l'oreiller sous son bras, et se détourna pour vaquer à ses occupations. Tandis qu'elle disparaissait derrière le rideau de perles qui séparait le hall de la cuisine et des marmites pour chauffer l'eau des bains, je remarquai qu'un pan de sa robe était coincé entre ses fesses. Elle le remit en place d'un geste délicat et rapide — un geste automatique auquel elle ne prêta pas attention, mais je lui sus gré de m'avoir permis d'y assister, et me mis à siffler une mélodie joyeuse et enlevée.

Quittant l'hôtel, je me mis à chercher distraitement un apothicaire ou un docteur, et me surpris à penser principalement aux femmes et à l'amour. Je n'avais jamais été plus d'une nuit avec une femme, et c'était chaque fois des prostituées. Et même si, lors de ces rencontres furtives, j'essayai de me montrer aimable avec ces femmes, je savais, au fond de moi, que c'était faux, et me sentais toujours isolé et abattu, après. Cela faisait un an environ que j'avais entièrement cessé de fréquenter les filles parce qu'il me semblait que l'abstinence était préférable à cette pantomime d'intimité humaine ; et bien que de telles pensées fussent déplacées chez un homme dans ma position, je ne pus m'empêcher, en voyant ma corpulente silhouette dans les vitrines des magasins, de me demander, Quand est-ce que cet homme-là trouvera l'amour ?

J'arrivai enfin devant l'officine de l'apothicaire et achetai un petit flacon de morphine. À mon retour à l'hôtel, je croisai la femme qui descendait bruyamment l'escalier. Elle portait sous le bras une bassine en étain, et sa robe était toute trempée sur le côté. Elle s'immobilisa un instant ; je pensai qu'elle souhaitait me saluer, et j'ôtai mon chapeau en la gratifiant de ce qui passe chez moi pour un sourire. Mais je m'aperçus alors qu'elle était essoufflée et semblait affligée. Lorsque je lui demandai ce qu'elle avait, elle déclara, virulente, que mon frère était sans foi ni loi, et que les plus chaudes des eaux de l'enfer ne suffiraient pas à le nettoyer. Je m'enquis de ce qu'il avait fait, mais elle ne me répondit pas et se contenta de passer devant moi pour gagner le hall d'entrée. J'entendis le son du rideau de perles, et celui de la bassine heurtant le mur. Je restai un moment dans l'escalier à écouter les bruits de l'hôtel : pas, craquements, portes s'ouvrant et se refermant, rires étouffés, conversations, pleurs de bébé. Je remarquai une bougie éteinte devant moi. Je l'allumai, puis soufflai l'allumette et la posai contre la bougie. En regardant vers le haut de l'escalier, je vis que la porte de notre chambre était entrouverte ; tandis que je m'approchais, j'entendis Charlie parler en s'adressant à moi, bien qu'il ne sût pas que j'étais rentré. Il parlait à voix haute dans le bain, une habitude qu'il avait prise quand il était petit. Je me faufilai jusqu'à la porte, et tendis l'oreille.

«Mais c'est *moi* le chef. Oui. Parfaitement. Toi ? Tu n'es même pas capable de monter à cheval correctement. Et tu as une santé fragile. Oui, tu as une santé fragile. Tu appelles la maladie et les ennuis. Si tu n'étais pas mon frère, je t'aurais abandonné depuis longtemps. D'ailleurs, c'est ce que le Commodore m'a demandé de faire. Mais j'ai dit non. Il admire ma loyauté. Il semblerait que je sache m'y prendre avec lui. "Votre loyauté sera récompensée par la loyauté", m'a-t-il dit. Il a confiance en moi. Oui, il a confiance en moi, mon frère. C'est ça, rigole. Tu rigoles de tout.

Mais j'ai une question à te poser, très sérieuse. Qui a confiance en toi?»

Il s'interrompit pour s'immerger dans la bassine et se frotter le corps. Tout en l'ouvrant, je frappai à la porte, et entrai avec force bruits de pas ridicules et raclements de gorge. «Charlie, lançai-je, j'ai ton remède.» J'essayai de me donner une contenance et de parler avec naturel, mais ma voix reflétait la douleur que j'avais éprouvée en entendant les mots cruels de mon frère. Quand je pénétrai dans la salle de bains, il se tenait penché à l'extérieur de la baignoire, tout le bas du corps cramoisi, comme s'il avait porté un pantalon, vomissant dans un crachoir, et j'observai ses flancs parcourus de spasmes tandis qu'il expulsait sa bile. Il leva un doigt et dit en haletant, «Reste ici.» Il continua à vomir et je pris une chaise pour m'asseoir près de lui. Mes genoux tremblaient, et j'aurais voulu l'impossible: ne pas avoir entendu ses paroles. Je me levai, posai la morphine sur la chaise, et désignai la porte, comme si une affaire pressante m'appelait de l'autre côté. Je ne crois pas qu'il ait remarqué mon départ, tout occupé qu'il était à vomir.

Je n'avais nulle part où aller, et je ne souhaitais pas que quiconque me voie, de peur que l'on discerne ma tristesse. Ainsi, pendant plusieurs minutes, je restai debout dans le couloir, à me balancer d'un pied sur l'autre, et à respirer profondément pour tenter de libérer mon esprit de toute pensée parasite. Je remarquai que la bougie que j'avais allumée était à nouveau éteinte. Je pensai qu'un courant d'air en avait eu raison, mais en y regardant de plus près, je m'aperçus que mon allumette avait disparu ; je rallumai la mèche, puis posai l'allumette usagée dans le bougeoir. J'eus la sensation de converser avec quelqu'un — qui, je l'ignorais, probablement la femme de l'hôtel. Peut-être fallait-il que je lui écrive un mot en secret ? Mais je n'avais ni papier ni encre, et de toute manière, qu'allais-je lui dire ? *Chère demoiselle, Comme j'aimerais que vous vous laviez le visage et que vous soyez gentille avec moi. J'ai de l'argent. Le voulez-vous ? Je ne sais jamais quoi en faire.*

Je demeurai assis dans les escaliers vingt minutes supplémentaires avant de regagner la chambre. Charlie était sur son lit. Il portait sa nouvelle chemise, mais pas de pantalon. Il tenait ses nouvelles bottes à la main, et les caressait d'un air admiratif. Il avait bu un tiers de la morphine, et les effets commençaient à se manifester ; au coin des yeux, ses paupières s'affaissaient et il avait l'air aussi heureux qu'un cochon en vacances.

« Et ton mal de tête, mon frère, parti ?

— Non, il est toujours là, mais c'est supportable avec le remède, donc cela m'est égal. » Il renversa la botte pour en examiner l'intérieur, et déclara avec solennité, « Le savoir-faire et la patience requis pour fabriquer cette botte me laissent pantois. »

Le dégoût me saisit : « Tu n'es pas bien beau à voir. »

Ses paupières se levaient et tombaient tels des stores que l'on ouvre et que l'on ferme. Il haussa les épaules et dit, « Il y a des jours où nous sommes plus forts… que d'autres.

— Quand est-ce que tu comptes partir ? »

Les yeux fermés, il répondit, « Je ne peux pas voyager dans cet état. Un jour de plus en ville ne changera pas grand-chose. La femme m'a parlé d'un duel qui doit avoir lieu demain matin. Nous partirons juste après.

— Comme tu veux. »

Il entrouvrit à peine les yeux. «Qu'est-ce qui ne va pas? Tu n'es pas comme d'habitude.

— Je me sens pareil.

— Tu m'as écouté pendant que j'étais dans la baignoire, c'est ça?» Je ne répondis rien et il ouvrit grand les yeux. «Il me semblait t'avoir entendu arriver. Tel est le destin des curieux qui écoutent aux portes.» Soudain il se plia en deux, et un mince filet de bile jaune jaillit de sa bouche et tomba par terre. Lorsqu'il leva son visage dégoulinant vers moi, ses lèvres humides se fendirent en un sourire diabolique. «J'ai failli vomir dans ma botte! J'étais sur le point de vomir dedans! Imagine comme j'aurais été contrarié!

— Je reviendrai plus tard, lui répondis-je.

— Comment? dit-il. Non, reste ici avec moi. Je ne me sens pas bien. Je regrette si je t'ai blessé tout à l'heure. Ce n'étaient que des paroles en l'air.

— Non, j'aimerais être seul. Bois ta morphine et dors.»

Je me tournai vers la porte, mais mon frère continua à me parler, comme s'il n'avait pas remarqué que je m'apprêtais à partir. «Je crois que cette eau-de-vie était empoisonnée.» Il eut un haut-le-cœur. «Je n'ai jamais été aussi malade après avoir bu.

— J'ai bu la même eau-de-vie que toi, et je ne suis pas empoisonné.

— Tu n'en as pas bu autant que moi.

— C'est peine perdue de discuter avec un saoulard.

— Ah, je suis un saoulard, maintenant.

— J'en ai assez de toi pour aujourd'hui. Je dois prendre soin de mes points de suture et de mes plaies. On se reverra plus tard, mon frère. Je te conseille d'ici là de rester loin du saloon.

— Je ne sais pas si j'en serai capable, dépravé et saoulard comme je suis. »

Il ne cherchait qu'à se disputer et attiser sa colère à mon égard, afin d'atténuer sa culpabilité, mais je n'allais pas jouer son jeu. Je retournai dans le hall (la bougie, remarquai-je en descendant, était restée allumée, l'allumette intacte), où je trouvai la femme assise à son bureau, en train de lire une lettre qui la faisait sourire. Apparemment, la missive était porteuse de bonnes nouvelles, car elle avait l'air en de meilleures dispositions, et me salua, sinon chaleureusement, du moins pas aussi froidement qu'auparavant. Je lui demandai si je pouvais emprunter une paire de ciseaux et un miroir, et pour toute réponse elle proposa de me couper les cheveux pour cinquante cents, pensant que c'était là ce qui motivait ma requête. Je déclinai en la remerciant, et lui racontai l'histoire de mes points de suture ; elle demanda si elle pouvait m'accompagner dans ma chambre et assister à la sanglante opération. Lorsque je lui avouai que j'espérais passer ainsi un peu de temps loin de mon frère, elle répondit, « Voilà quelque chose que je peux comprendre. » Puis elle me demanda où je

comptais procéder à ma petite intervention chirurgi-
cale ; lorsque j'avouai ne pas y avoir pensé, elle m'invita dans ses quartiers.

« N'avez-vous pas d'autres affaires pressantes ?
demandai-je, vous n'aviez pas un moment à perdre,
ce matin. »

Elle rougit. « Je vous prie de m'excuser si je me suis
montrée expéditive avec vous, dit-elle. Mes employés
ont disparu et je n'en dors plus de la nuit, tant j'ai
accumulé de retard. Par ailleurs, la maladie a frappé
ma famille, et j'étais inquiète d'en savoir plus. » Elle
tapota la lettre et opina du chef.

« Tout va bien, alors ?

— Pas tout, mais presque. » Là-dessus, elle m'invita
à passer derrière son comptoir sacré, et je la suivis à
travers le rideau de perles, jusque dans ses appartements. Le contact des perles était fort agréable : elles
me chatouillèrent le visage en passant, et je frissonnai de bonheur. C'est vrai, pensai-je. Je suis bien
vivant.

Sa chambre n'était pas la chambre que j'aurais imaginé, si j'avais eu le temps d'imaginer sa chambre, ce qui n'était pas le cas. Il n'y avait ni fleurs, ni coquetteries, ni soie, ni parfum, ni choses féminines suspendues par la main délicate d'une femme ; point de volumes de poésie, ni mallette d'affaires de toilette, ni coiffeuse ; point, non plus, de coussins en dentelle ornés de proverbes brodés qui réchauffent le cœur et calment les esprits dans les moments de détresse, ou qui nous aident à traverser la monotonie sans fin des jours qui se suivent et se ressemblent, avec leurs mots rassurants et leurs paroles réconfortantes. Non, sa chambre était une casemate basse de plafond, sans fenêtre ni aucune lumière naturelle, et il y régnait une odeur de graisse, d'eaux usées et de copeaux de savon moisis, car elle était située juste à côté de la cuisine et de la lingerie. Elle dut remarquer mon air désappointé, car elle devint timide, et dit doucement qu'elle pensait que je n'aimais guère ses appartements ; naturellement, à ces mots, j'abondai dans l'autre sens, et chantai les louanges de sa chambre, dont, lui dis-je, le caractère d'impénétrabilité procurait un sentiment de sécurité tout en en faisant un petit nid parfaitement intime. Elle me remercia de mes paroles chaleureuses en précisant toutefois qu'elles n'étaient pas nécessaires. Elle savait qu'il manquait beaucoup de choses dans cette chambre, mais cela ne durerait plus très longtemps, car avec le flot constant de prospecteurs qui s'arrêtaient dans son établissement, ses affaires allaient bon train. « Encore six mois, et je m'installerai dans la plus belle chambre de cet hôtel. » À sa façon de prononcer cette dernière phrase, je compris toute l'importance qu'elle attachait à la chose.

« Six mois, c'est long, dis-je.

— J'ai attendu plus longtemps pour moins que ça.

— J'aimerais pouvoir accélérer les choses pour vous. »

Elle resta perplexe. « C'est étrange de dire une chose pareille à une inconnue », dit-elle.

Puis elle me mena à une petite table en pin, et posa un miroir devant moi. Mon visage trop large surgit, et je l'examinai selon ma coutume, avec un mélange de curiosité et de pitié. Elle attrapa une paire de ciseaux qu'elle me tendit. Je m'en saisis par les lames, que je gardai entre mes paumes pour les réchauffer, puis je coupai les points de suture et commençai à ôter le fil noir de ma bouche. Cela ne faisait pas mal, mais brûlait vaguement, comme lorsqu'une corde vous glisse entre les mains. Il était sûrement trop tôt pour enlever les points, car les bouts de fil étaient tout sanguinolents. Je les laissai tomber à mes pieds, et comme leur odeur était immonde, je les brûlai. Une fois cette première étape achevée, je choisis de montrer à la femme ma nouvelle brosse à dents et ma poudre, que j'avais dans la poche de ma veste. La proposition l'enthousiasma, car elle avait elle aussi récemment adopté cette méthode, et elle se dépêcha d'aller chercher son matériel afin que nous puissions nous brosser les dents de concert. C'est ainsi que nous nous retrouvâmes debout, côte à côte, près de la cuvette, souriants, la bouche pleine de mousse. Après quoi nous ne sûmes que dire, et lorsque je m'assis sur son lit, elle se mit à regarder la porte, comme si elle voulait partir.

« Venez vous asseoir à côté de moi, dis-je, je voudrais vous parler.

— Il faudrait que je retourne travailler.

— Ne suis-je pas client ici ? Vous devez vous occuper de moi, sinon j'écris une lettre de réclamation à la chambre de commerce.

— Bon, d'accord. » Elle ramassa sa robe dans ses mains pour s'asseoir, et demanda, « De quoi aimeriez-vous parler ?

— De n'importe quoi. Que diriez-vous de la missive qui vous faisait sourire ? Qui est-ce qui était malade dans votre famille ?

— Mon frère, Pete. Il a reçu un coup de sabot d'un mulet en pleine poitrine, mais il paraît qu'il s'en remet bien. Mère dit qu'on voit très clairement la trace du pied de la bête.

— Il a de la chance. C'eût été une mort des plus indignes.

— La mort, c'est la mort.

— Vous avez tort. Il existe toutes sortes de morts. » Je les énumérai sur les doigts de ma main : « La mort rapide, la mort lente. La mort prématurée, la mort tardive. La mort courageuse, la mort lâche.

— Quoi qu'il en soit, il est affaibli. Je vais lui écrire en lui demandant s'il souhaite venir travailler avec moi.

— Vous êtes proche de votre frère ? demandai-je.

— Nous sommes jumeaux, dit-elle. Nous avons toujours eu un lien très fort. Parfois, quand je pense à lui, c'est comme s'il était là dans la pièce avec moi. Le soir où il a reçu le coup de sabot, je me suis réveillée avec une marque rouge sur la poitrine. Cela doit vous sembler étrange.

— Oui, en effet.

— J'ai dû me donner un coup dans mon sommeil, poursuivit-elle.

— Oh.

— Cet homme, là-haut, c'est vraiment votre frère ?

— Oui. »

Elle dit, « Vous êtes très différents, tous les deux, hein ? Il n'est pas méchant, je crois. Peut-être est-il simplement trop fainéant pour être bon.

— Nous ne sommes bons ni l'un ni l'autre, mais il est fainéant, c'est vrai. Enfant, il refusait de se laver, jusqu'à faire pleurer notre mère.

— Comment est-elle, votre mère ?

— Elle était très intelligente, et très triste.

— Quand est-elle morte ?

— Elle n'est pas morte.

— Mais vous venez de dire qu'elle était très intelligente.

— Je suppose que je... enfin, pour vous dire la vérité, elle ne veut plus nous voir. Elle n'est pas d'accord avec notre travail, et dit qu'elle ne nous parlera plus tant que nous n'aurons pas trouvé une autre forme d'activité.

— Et que faites-vous, tous les deux ?

— Nous sommes Eli et Charlie Sisters.

— Oh, dit-elle. Oh, je vois !

— Mon père est mort. Il a été tué, et il méritait de l'être

— Très bien », dit-elle en se levant.

J'attrapai sa main. «Comment vous appelez-vous? J'imagine que vous avez déjà un homme? Oui ou non?» Mais déjà elle s'éclipsait vers la porte en déclarant qu'elle n'avait plus une minute à perdre. Je me levai et m'approchai d'elle, lui demandant si je pouvais lui voler un baiser, mais elle affirma à nouveau qu'elle était pressée. J'insistai pour connaître la teneur de ses sentiments à mon égard; elle répondit qu'elle ne me connaissait pas assez bien pour pouvoir se prononcer, et admit avoir une préférence pour les hommes minces, ou du moins pour les hommes un peu moins corpulents que moi. Elle ne disait pas cela pour être cruelle, mais ses mots me blessèrent, et après son départ je restai un long moment devant son miroir, à étudier mon profil, la silhouette avec laquelle je traverse ce monde d'hommes et de femmes.

J'évitai Charlie tout l'après-midi et toute la soirée. Je regagnai notre chambre après le dîner et le trouvai endormi, le flacon de morphine vide renversé sur le sol. Le lendemain matin nous prîmes notre petit-déjeuner ensemble, ou, devrais-je dire, il prit son petit-déjeuner, car j'avais décidé d'en finir avec la gloutonnerie, dans le but de réduire la taille de mon abdomen et d'avoir une allure plus acceptable. Charlie était groggy mais de bonne humeur, et voulait que nous nous réconciliions. Pointant son couteau vers mon visage, il demanda, «Te souviens-tu d'où viennent tes taches de rousseur?»

Je secouai la tête. Je n'étais pas mûr pour la réconciliation. Je dis, «Connais-tu les détails de ce duel?»

Il opina du chef. «L'un est avocat, et d'après ce qu'on dit, il n'a rien à faire dans ce genre d'affrontement. Il s'appelle Williams. Il est opposé à un palefrenier qui a un passé diabolique, un homme du nom de Stamm. On dit que Stamm va tuer Williams, que ça ne fait pas un pli.

— Mais pourquoi se battent-ils?

— Stamm avait engagé Williams pour récupérer le salaire que lui devait un fermier. L'affaire est allée au tribunal et Williams a perdu. Quand le verdict est tombé, Stamm lui a demandé réparation.

— Et Williams n'a jamais tenu une arme dans ses mains?

— J'ai déjà entendu parler de gentlemen tueurs, mais je n'en ai jamais rencontré.

— Ça ne m'a pas l'air d'être un combat très équilibré. J'aimerais autant partir tout de suite.

— Si c'est ce que tu souhaites faire.» Charlie sortit une montre de sa poche. C'était celle du prospecteur qu'il avait tué. «Il est neuf heures passées à présent. Tu peux partir devant avec Tub, et je te rattraperai après le duel, d'ici une heure.

— C'est ce que je vais faire», dis-je.

La femme de l'hôtel frappa à notre porte et entra pour ramasser nos assiettes et nos tasses. Je lui souhaitai le bonjour et elle me répondit gentiment, en posant une main sur mon dos comme elle passait près de moi. Charlie la salua aussi, mais elle fit semblant de ne pas l'avoir entendu. Lorsqu'elle fit une remarque sur mon assiette, à laquelle je n'avais pas touché, je posai la main sur mon estomac et dis que j'espérais maigrir, pour des raisons sentimentales.

«Vraiment? dit-elle.

— Qu'est-ce que c'est que cette histoire?» s'enquit Charlie.

La femme s'était débarrassée de sa blouse tachée, et l'avait remplacée par un chemisier en lin rouge, décolleté, qui révélait sa gorge et sa clavicule. Charlie lui demanda si elle allait assister au duel et elle répondit par l'affirmative, ajoutant, «Vous feriez bien de vous presser, messieurs, si vous voulez une bonne place. Les rues se remplissent vite par ici, et les gens n'aiment pas se pousser.

— Je vais peut-être rester, dis-je.

— Ah?» fit Charlie.

Nous nous rendîmes tous les trois sur le lieu du duel. Tandis que je me frayais un passage à travers la foule, j'eus le bonheur de constater que la femme avait posé son bras sur le mien. Un sentiment de fierté chevaleresque m'envahit. Charlie fermait la marche, en sifflant une mélodie exagérément innocente. Nous trouvâmes des places tant bien que mal, car comme la femme l'avait annoncé, c'était la foire d'empoigne pour en obtenir une. Je menaçai un homme qui l'avait poussée, et Charlie lança, «Prenez garde au Gentleman Enragé, messieurs-dames!» Tandis que les duellistes faisaient leur apparition, je sentis que l'on me tapait dans le dos, une fois, puis une deuxième. Je me tournai pour me plaindre, et m'aperçus qu'il s'agissait d'un homme avec un enfant de sept ou huit ans assis sur ses épaules: l'enfant me donnait des coups de pied avec sa botte. «Je saurais gré à votre fils de s'abstenir de me donner des coups de pied dans le dos, dis-je.

— Des coups de pied? demanda l'homme. Cela m'étonnerait.

— Oui, des coups de pied, et si cela se reproduit, je vous en tiendrai pour responsable.

— Voyez-vous ça, dit-il en prenant une expression qui semblait indiquer qu'il ne me prenait pas du tout au sérieux. J'essayai alors de capter son regard, pour l'avertir du péril dans lequel son attitude à mon égard le mettait, mais il se contenta d'observer par-dessus mon épaule les préparatifs du duel. Je me détournai, bouillant de colère tandis que la femme serrait mon avant-bras pour me calmer, mais désormais en proie à une humeur massacrante, je me tournai à nouveau pour faire face à l'homme : «Quoi qu'il en soit, je ne comprends pas pourquoi vous montrez à cet enfant une telle violence à son âge.

— J'ai déjà vu des gens se faire tuer, me dit le garçon. J'ai vu un Indien se faire découper avec un poignard, ses tripes lui sortaient du ventre comme un gros serpent rouge. J'ai aussi vu un homme pendu à un arbre à l'extérieur de la ville. Sa langue était gonflée dans sa bouche, comme ça.» L'enfant fit une affreuse grimace.

«Malgré tout, je pense que c'est inapproprié», dis-je à l'homme, qui demeurait silencieux. L'enfant continuait à grimacer, et je me retournai pour regarder les duellistes prendre place dans la rue. Ils étaient facilement reconnaissables : Stamm le palefrenier n'était pas rasé, son visage était buriné et il portait du cuir et du coton élimé. Il se tenait debout, seul, sans témoin, et fixait la foule d'un regard vide, les bras ballants. L'avocat, Williams, portait un costume gris fait sur mesure, la raie au milieu ; sa moustache était taillée et lissée. Son témoin, doté de la même allure de dandy, aida Williams à enlever son manteau, et la foule observa l'avocat se livrer à quelques exercices d'assouplissement des genoux. Il pointa un pistolet fantôme sur Stamm, et mima un coup de feu. Devant cette pantomime, des rires étouffés fusèrent dans la foule cependant que le visage de Williams demeurait parfaitement sérieux et solennel. Je me dis que Stamm était saoul ou qu'il l'avait été très récemment.

« Pour qui êtes-vous ? demandai-je à la femme de l'hôtel.

— Stamm est un salopard. Je ne connais pas Williams, mais il m'a l'air du même acabit. »

L'homme à l'enfant sur les épaules nous entendit, et fit, « Monsieur Williams n'est pas un salopard. Monsieur Williams est un gentleman. »

Je me tournai lentement. « C'est un ami à vous ?

— Oui, et j'en suis fier.

— J'espère que vous lui avez fait vos adieux. Il sera mort dans moins d'une minute. »

L'homme secoua la tête. « Il n'a pas peur. »

C'était une chose si stupide à dire que j'éclatai de rire. « Et alors ? »

L'homme balaya mon commentaire d'un geste. Mais l'enfant m'avait entendu ; il me jeta un regard craintif. Je lui dis, « Si ton père veut te montrer de la violence, aujourd'hui, tu vas être servi. » L'homme resta immobile un instant, puis jura entre ses dents, et se fraya un chemin en poussant les gens autour de lui pour voir le duel depuis un autre endroit. J'entendis alors le témoin de Williams apostropher Stamm : « Où est votre témoin, monsieur ?

— Je ne sais pas, et je m'en moque », répondit Stamm.

Williams et son témoin se parlèrent en aparté. Le témoin hocha la tête et demanda à Stamm s'il pouvait examiner son pistolet. Stamm répéta qu'il s'en moquait, et le témoin s'empara de l'arme pour en vérifier la mécanique. En donnant son accord d'un bref signe de tête, il demanda à Stamm s'il souhaitait à son tour contrôler le pistolet de Williams, et Stamm répondit que non. Puis Williams approcha, et les deux hommes se firent face. Malgré son air téméraire, Williams ne semblait pas tenir à se battre ; et comme on pouvait s'y attendre il chuchota quelque chose à l'oreille de son témoin, et ce dernier dit à Stamm, « Si vous souhaitez vous excuser, monsieur Williams considérera l'affaire close.

— Je ne veux pas, dit Stamm.

Très bien », dit le témoin. Il mit les deux hommes dos à dos, annonça vingt pas, et les duellistes se mirent en marche simultanément. Le front de Williams luisait de transpiration, et son pistolet tremblait, tandis que Stamm aurait tout aussi bien pu être en train de se rendre au cabinet d'aisance, tant il avait l'air nonchalant. À vingt, ils pivotèrent et firent feu. Williams manqua sa cible, mais la balle de Stamm toucha l'avocat en pleine poitrine. Le visage de Williams se métamorphosa de manière grotesque sous l'effet de la douleur, de la surprise et, pensai-je, d'un certain sentiment de vexation. Vacillant, il arma son pistolet et fit feu sur les spectateurs. Des cris fusèrent : la balle avait atteint une jeune femme au tibia, et elle était couchée dans la poussière, se tordant de douleur et se tenant la jambe. J'ignore si Williams se rendit compte de sa déplorable erreur ; lorsque je regardai à nouveau dans sa direction, il gisait mort sur le sol. Stamm se dirigeait vers le saloon, le pistolet rengainé, ses bras à nouveau ballants. Le témoin restait seul et regardait, impuissant, à droite et à gauche. Je parcourus la foule du regard, à la recherche de l'homme au garçon sur les épaules, afin de lui adresser une grimace de mépris, mais tous deux avaient disparu.

La femme avait des choses à faire, et s'excusa tandis que je préparais mes sacs. Au moment de partir, l'ayant en vain cherchée dans tout l'hôtel pour lui dire au revoir, je lui fis cadeau d'une pièce de cinq dollars que je cachai sous les draps avec l'espoir qu'elle m'associe dans ses pensées à la notion de lit matrimonial — d'un lit quelconque en tout cas. Ayant surpris mon geste, Charlie déclara qu'il l'admirait mais qu'il était voué à l'échec dans la mesure où même si les draps étaient sales, la crasse continuerait à s'y accumuler, étant donné que la femme n'avait aucun souci de la propreté. «Tu ne fais que donner cet argent au prochain type qui va dormir dans cette chambre.

— Elle le trouvera peut-être, dis-je.

— Non, et en plus, cinq dollars, c'est trop. Laisse-lui donc un dollar à la réception. Elle pourra faire nettoyer sa blouse et il lui restera assez pour se saouler à mort.

— Tu es jaloux parce que tu n'as pas de bonne amie.

— Cette maniaque du ménage est ta fiancée? Mes félicitations. C'est dommage que nous ne puissions pas la présenter à Mère. Elle aurait été si heureuse de rencontrer cette fleur délicate.

— Entre parler avec un sot et se taire, je préfère me taire.

— Elle crache par terre et se mouche dans sa manche: une vraie dame.

— Me taire», dis-je, et je le laissai rassembler ses affaires. Une fois dehors, je retrouvai Tub, le saluai et lui demandai comment il se sentait. Il semblait plus vif que la veille, quoique l'état de son œil se fût grandement détérioré, et j'éprouvai de l'empathie pour l'animal. À tout le moins il était résistant. Je m'avançai pour le caresser, mais lorsque ma main toucha son chanfrein, il fit un écart, et je me sentis honteux qu'il fût si peu habitué à la douceur d'un geste. Je me promis de le traiter mieux. Charlie sortit de l'hôtel, et se gaussa de cette scène de tendresse. «Et voici l'amoureux de toutes les créatures vivantes, lança-t-il. Va-t-il glisser une petite pièce dans le seau de nourriture de sa bête éclopée? Je ne m'en étonnerais pas, mes amis.» Il s'approcha et fit claquer ses doigts de part et d'autre de la tête de Tub. Les oreilles du cheval s'agitèrent et Charlie, satisfait, se dirigea vers

Nimble, pour s'occuper de lui. «Maintenant, on reste dehors jusqu'à la fin du voyage, dit-il. Fini de fainéanter dans les chambres d'hôtel.

— Pour moi, c'est du pareil au même», lui dis-je.

Il resta silencieux un instant. «Ce que je veux dire, c'est que si tu tombes à nouveau malade, je vais devoir continuer sans toi.

— Si je tombe malade? Ça, c'est la meilleure. À deux reprises déjà, tu nous as ralentis avec tes excès d'alcool.

— D'accord, disons que nous avons joué de malchance. Ce qui est fait est fait. Mais tout ça est derrière nous, d'accord?

— Je ne veux plus t'entendre dire que je suis malade tout le temps.

— Très bien, mon frère.» Il monta sur Nimble et regarda la route, en direction des étendues sauvages. J'entendis un bruit de métal choquant du verre, et aperçus la femme de l'hôtel, debout à la fenêtre de notre chambre au premier étage tapant au carreau la pièce de cinq dollars qu'elle tenait entre ses doigts. Y ayant déposé un baiser, elle m'adressa un signe de la main. Croisant les bras, je défiai du regard Charlie, dont le visage demeura de marbre; il talonna Nimble et s'éloigna. Je rendis son signe de la main à la femme, et elle articula quelques mots que je ne pus déchiffrer, mais que j'interprétai comme des remerciements. Je me remis en marche et pensai à la voix de la femme et à sa chambre vide; j'étais content de lui avoir laissé cet argent et espérai que cela la rendrait heureuse, ne fût-ce que pour peu de temps. J'étais déterminé à perdre dix kilos, et à lui écrire une lettre d'amour et de louanges, afin d'adoucir son séjour ici-bas par la grâce du dévouement d'un être cher.

La tempête, la dernière véritable tempête de l'hiver, était à nos trousses, mais nous parvînmes à la laisser derrière nous et à bien progresser jusqu'au soir. Nous installâmes notre campement dans une vaste grotte dont le plafond était noirci par la suie des feux qu'y avaient faits nos prédécesseurs. Charlie nous prépara des haricots, du porc et du pain pour dîner, mais je ne mangeai que les haricots, et donnai en cachette le reste à Tub. Je m'endormis la faim au ventre, me réveillai au milieu de la nuit et trouvai à l'entrée de la grotte un cheval sans cavalier qui respirait bruyamment. Sa robe était noire et luisante de sueur; comme il frissonnait, je m'approchai pour lui poser ma couverture sur le dos.

«Qu'est-ce qui se passe? demanda Charlie en se redressant sur le coude, près du feu.

— Il y a un cheval.

— Où est le cavalier?

— Il n'y en a pas, apparemment.

— Si le cavalier se présente, réveille-moi. » Il se tourna et se rendormit.

L'animal mesurait un mètre soixante-dix au garrot et était tout en muscles. Il n'avait ni marquage ni selle ni fers, mais sa crinière était propre, et il ne craignait pas ma main. Je lui apportai un morceau de pain mais il n'avait pas faim et se contenta de le mordiller. « Où vas-tu comme ça au milieu de la nuit? » lui demandai-je. J'essayai de le mener vers Nimble et Tub en pensant qu'il aurait plus chaud près d'eux, mais il s'écarta et retourna à l'entrée de la grotte où je l'avais trouvé. « Tu comptes me laisser sans couverture, c'est ça? » J'entrai dans la grotte, ravivai le feu et m'allongeai devant, mais, incapable de dormir sans être convenablement couvert, je passai le reste de la nuit à ressasser de vieilles disputes dont je réécrivais l'histoire dans le but d'en sortir vainqueur. Au lever du jour, j'avais décidé de faire de ce cheval le mien. Je fis part de ma résolution à Charlie en lui tendant son café, et il acquiesça. « Tu pourras le faire ferrer à Jacksonville. On obtiendra peut-être un bon prix pour Tub, même si j'en doute. Ils risquent de vouloir l'abattre tout simplement. Quoi qu'il en soit, tu garderas l'argent. Tu en as bavé avec Tub, ce n'est pas moi qui dirai le contraire. Quelle heureuse coïncidence, que ce cheval soit venu jusqu'à toi. Comment vas-tu l'appeler? Que dirais-tu de Fils de Tub? »

Je dis, « À mon avis, un fermier sera content d'acheter Tub. Il a encore quelques bonnes années devant lui.

— Mieux vaut ne pas rêver. » Il se tourna vers Tub et dit, « Viande à ragoût ? Ou pré bucolique, avec la jolie fille du fermier ? » avant de me chuchoter, en aparté, « Viande à ragoût. »

Le cheval noir accepta sans broncher le mors et la selle. Tub baissa tristement la tête quand je passai une corde autour de son encolure, et je ne pus le regarder dans les yeux. Nous avions parcouru trois kilomètres lorsque nous trouvâmes l'Indien mort par terre. « Voici donc le précédent propriétaire du cheval », déclara Charlie. Nous retournâmes son cadavre. Le corps était raide et déformé, le cou à la renverse et la bouche était grande ouverte dans une expression de souffrance absolue.

« C'est étrange qu'un cheval indien accepte le mors et la selle, dis-je.

— Celui-là avait dû le voler à un Blanc, répondit Charlie.

— Mais le cheval n'a ni fer ni marquage.

— C'est un mystère », avoua-t-il. Il désigna l'Indien du doigt et dit, « Demande-lui donc. »

Aucune blessure apparente n'expliquait la mort de l'Indien, et comme il était particulièrement corpulent, nous pensâmes qu'il avait peut-être succombé à une attaque, qu'il était alors tombé de cheval et s'était cassé le cou. « Le cheval a poursuivi son chemin, dit Charlie. Il est probable qu'ils étaient en route pour la grotte. Je me demande ce qu'il aurait fait de nous, cet Indien, s'il nous avait trouvés endormis dans son abri. » Le cheval noir baissa la tête vers l'Indien et le renifla. À cet instant, je sentis le regard de Tub se poser sur moi. Je décidai qu'il était temps de reprendre notre route. Au début, le cheval noir renâcla à s'éloigner, mais une fois que nous fûmes à quelque distance, il se mit à galoper à bonne allure en dépit du terrain accidenté et de Tub qu'il tractait dans son sillage. Une pluie intense s'abattit sur nous, mais la fraîcheur de l'air avait disparu. Je transpirais, et le nouveau cheval aussi. J'aimais son odeur et sa chaleur. Il était alerte et élégant, je m'aperçus qu'il galopait avec une grande facilité, et même si je me sentais coupable d'y penser, je savais que ce serait un vrai soulagement que de me débarrasser de Tub. Je me retournai pour jeter un coup d'œil sur lui, et vis qu'il faisait de son mieux pour suivre le rythme. Son œil coulait et était injecté de sang ; il tenait sa tête en l'air sur le côté, comme pour éviter de se noyer.

Lorsque nous arrivâmes à Jacksonville, je me demandai si Charlie allait respecter son vœu de dormir à la belle étoile ; lorsque je le vis scruter les fenêtres du premier saloon devant lequel nous passâmes, je compris que cela n'était pas le cas. Nous laissâmes nos chevaux à l'écurie pour la nuit. Je dis au palefrenier de ferrer le cheval noir, et lui demandai un prix pour Tub. L'homme approcha sa lanterne de l'œil blessé de Tub, et me répondit qu'il me ferait une proposition le lendemain matin, quand il pourrait mieux le voir. Charlie et moi nous séparâmes dans le centre de la ville. Il voulait boire, et moi, manger. Il désigna un hôtel comme point de ralliement, et j'acquiesçai.

L'averse s'était arrêtée ; la lune était pleine et basse, et les étoiles brillaient dans le ciel. J'entrai dans un petit restaurant, m'assis près de la fenêtre, et regardai mes mains posées sur la table vide. Elles étaient immobiles et couleur d'ivoire à la lueur des astres, et je ne ressentis à leur égard aucun attachement particulier. Un garçon s'approcha et posa une bougie sur la table, mettant ainsi un terme au spectacle, et j'étudiai la carte qui était affichée sur le mur. J'avais très peu mangé au petit-déjeuner, même si je m'étais endormi le ventre vide, et mon estomac criait famine. Mais les plats étaient des plus consistants, et lorsque le garçon arriva à ma table, en s'inclinant, son crayon prêt à l'emploi, je lui demandai s'il pouvait me proposer quelque chose de moins riche.

« Vous n'avez pas faim ce soir, monsieur ?

— Je crève de faim, lui dis-je. Mais je voudrais quelque chose de moins nourrissant que de la bière, du bœuf et des patates au beurre. »

Le garçon tapota son carnet de son crayon. « Vous voulez manger, mais vous ne voulez pas être rassasié ?

— Je veux ne plus avoir faim, répondis-je.

— Et quelle est la différence ?

— Je veux manger, mais pas des choses aussi lourdes, vous voyez ? »

Il dit, « Pour moi, l'intérêt de manger, c'est de ne plus avoir faim.

— Est-ce que vous êtes en train de me dire qu'il n'y a rien d'autre que ce qui figure sur la carte ? »

Le garçon était perplexe. Il s'excusa pour aller chercher la cuisinière. Elle était débordée et contrariée d'être dérangée.

«Quel est le problème, monsieur? demanda-t-elle en s'essuyant les mains sur ses manches.

— Il n'y a pas de problème. Je me demandais simplement s'il y avait des plats plus légers que ce que vous proposez sur la carte.»

La cuisinière jeta un coup d'œil au garçon, puis me regarda à nouveau. «Vous n'avez pas faim?

— On pourrait vous donner la moitié d'une portion si vous n'avez pas faim, dit le garçon.

— Je vous ai déjà dit que je suis affamé. Sauf que j'aimerais manger quelque chose de moins bourratif, vous voyez?

— Quand je mange, je veux être rassasiée, déclara la cuisinière.

— C'est l'objectif quand on mange! renchérit le garçon.

— Et quand vous avez fini, vous vous posez une main sur le ventre et vous dites, "Je n'ai plus faim."

— Tout le monde fait ça.

— Écoutez, dis-je. Je vais prendre une demi-portion de bœuf, sans pommes de terre, et un verre de vin. Est-ce que vous avez des légumes? Des légumes verts?»

Je crus que la cuisinière allait me rire au nez. «Je crois qu'il y a des carottes dans les cages à lapin.

— Donnez-moi quelques carottes avec le bœuf, épluchées et bouillies, s'il vous plaît. Vous n'aurez qu'à me compter le prix d'un plat entier pour le dérangement, ça ira?

— Pourquoi pas, si c'est ce que vous voulez, dit la cuisinière.

— Je vous apporte le vin tout de suite», dit le garçon.

Lorsqu'il posa mon assiette devant moi, elle était garnie d'un tas de carottes chaudes et molles. La cuisinière les avait épluchées en laissant le vert, un oubli malveillant, me dis-je. J'en avalai avec difficulté une demi-douzaine, mais elles semblaient se volatiliser avant d'arriver dans mon estomac, et je commençai à fouiller désespérément mon assiette, à la recherche du bœuf. Je le trouvai enfin, sous le tas de carottes, et en savourai chaque bouchée, mais je le finis beaucoup trop vite, ce qui me démoralisa. Je soufflai la chandelle et observai à nouveau mes mains spectrales. Elles commencèrent à s'engourdir, et je songeai à nouveau à la malédiction de la sorcière gitane de la cabane. Allait-elle se réaliser? Et si oui, quand? Quelles en seraient les conséquences? Le garçon revint pour débarrasser; montrant du doigt les carottes que je n'avais pas mangées, il s'enquit, faussement naïf, «Vous n'avez pas aimé les légumes?

— Si, dis-je. Mais j'ai fini.

— Un peu plus de vin?

— Oui. Un verre.

— Voulez-vous un dessert?

— Mais non, bon sang!»

Et le serveur malmené se sauva.

Le lendemain matin, j'allai voir Charlie et ne fus guère surpris de le trouver malade et peu enclin à voyager. Je commençai à le réprimander timidement, mais sans que cela fût utile : il savait aussi bien que moi que nous ne pouvions nous permettre de passer un jour de plus sans avancer, et il me promit d'être prêt une heure plus tard. J'ignorais par quel miracle il pensait se remettre sur pied en si peu de temps, mais je ne poursuivis pas plus avant la question avec lui ; je le laissai à ses vapeurs et à ses douleurs, et retournai au restaurant de la veille pour prendre un petit-déjeuner dont j'avais le plus grand besoin. Le serveur de la veille était absent, et un jeune homme qui lui ressemblait et que je pris pour son fils était là à sa place. Mais lorsque je demandai, « Où est votre père ? », le jeune homme croisa les mains et dit, « Au Paradis. » Je pris une petite portion d'œufs et de haricots, et quand j'eus fini, j'avais encore très faim. Je restai assis à regarder l'assiette grasse avec une envie furieuse de la lécher, mais les convenances m'interdisaient de me livrer à un tel geste. Lorsque le jeune homme revint, il se saisit de mon assiette qu'il brandit au-dessus de sa tête et s'achemina vers la cuisine. Je contemplai mon plat vide survoler la salle du restaurant jusqu'à ce qu'il eût disparu de ma vue. Le jeune homme revint et me demanda si je souhaitais autre chose avant de régler l'addition. «Nous avons de la tarte, ce matin, dit-il.

— De la tarte à quoi?» demandai-je. Tout en pensant: pourvu qu'elle ne soit pas aux cerises.

«Aux cerises, répondit-il. Elle sort tout juste du four. Ça disparaît très vite. Elle est fameuse, en vérité.» Je dus faire une grimace, car il s'enquit, «Ça va aller, monsieur? Vous avez l'air mal en point.»

Des gouttes de sueur perlaient sur mon front, et mes mains tremblaient. Je la voulais, cette tarte, jusqu'aux tréfonds de mon être. Je tamponnai mon visage avec une serviette de table, et déclarai au jeune homme que tout allait bien, que j'étais simplement un peu fatigué.

«Vous voulez de la tarte, ou pas?

— Non, pas de tarte!» m'exclamai-je. Il posa l'addition et repartit dans la cuisine. Après avoir payé, je sortis pour nous réapprovisionner en nourriture. Fier de moi, je sifflotai en marchant. Un coq se tenait au milieu de route, prêt au combat; me découvrant, je le saluai et il détala dans les flaques d'eau, petite boule de muscles et de plumes sans cervelle.

Comme ma poudre à dents s'épuisait, je demandai au patron du poste de traite s'il en vendait, et il me désigna une petite rangée de boîtes, chacune proposant une senteur ou saveur différente : sauge, pin, menthe, et fenouil. Lorsqu'il me demanda laquelle je souhaitais, je lui répondis que je pensais reprendre menthe, car j'en avais aimé le goût jusqu'à présent, mais l'homme, qui ressemblait à un pigeon en gilet, insista pour que j'essaie les autres. «Cela pimente l'existence», dit-il, et quoique son attitude suffisante me rebutât, j'étais curieux des autres parfums. Je pris les boîtes et me dirigeai vers la cuvette dans l'arrière-boutique afin de goûter aux saveurs les unes après les autres, en prenant soin de ne pas abîmer les boîtes, de peur d'avoir à en acheter une qui ne m'aurait pas plu. De retour dans la boutique, je dis au patron : «J'ai bien aimé le pin, il procure une agréable sensation de propre. La sauge m'a brûlé la gorge ; je ne l'ai guère appréciée. Le fenouil est épouvantable. Je vais reprendre menthe, comme je le disais.

— C'est toujours mieux d'en avoir le cœur net», dit-il, remarque d'une évidence quelque peu inepte et à laquelle je ne pris pas la peine de répondre. Outre la poudre, je fis l'emplette d'une livre de farine, d'une livre de café, d'une demi-livre de sucre, de deux livres de haricots, de deux livres de porc salé, et de deux livres de fruits secs ; mon estomac gargouillait intensément. Je bus un grand verre d'eau et me dirigeai vers l'écurie, mon ventre glouglouttant à chaque pas.

Au moment où j'entrais, le garçon d'écurie venait juste de finir de ferrer le cheval noir. «Je vous donne six dollars pour celui qui est bas de garrot, dit-il. C'est un dollar pour les fers, donc disons cinq dollars en tout.» Je m'approchai de Tub et posai une main sur son museau. «Bonjour», lui dis-je. Je sentis qu'il me reconnaissait; il me regarda franchement, sans crainte ni méchanceté. Le garçon d'écurie se tenait derrière moi. «Il va probablement perdre cet œil, me dit-il. Sera-t-il même capable de tirer un chariot? Je vous en donne quatre dollars.

— J'ai décidé de ne pas le vendre, dis-je.

— Six dollars, fers y compris.

— Non, j'ai changé d'avis. Parlons plutôt du noir.

— Sept dollars, c'est ma dernière offre pour le bas du garrot.

— Que me proposez-vous pour le noir?

— Trop cher pour moi. Huit dollars pour l'autre.

— Faites-moi une proposition pour le noir, dis-je.

— Vingt-cinq dollars.

— Il en vaut cinquante.

— Trente dollars avec la selle.

— Ne faites pas l'idiot. Quarante, sans la selle.

— Trente-cinq.

— Trente-cinq sans la selle?

— Trente-cinq, sans la selle, moins un dollar pour les fers.

— Vous pensez que je vais payer les fers d'un cheval que je ne garde pas?

— C'est vous qui m'avez demandé de le ferrer. Maintenant, vous devez payer le service.

— Vous l'auriez ferré de toute façon.

— Ça n'a rien à voir.

— Trente-quatre dollars. »

Le palefrenier disparut dans ses quartiers pour aller chercher l'argent. Je l'entendis qui se disputait avec une femme. Il marmonnait entre ses dents, et même si ce qu'il disait me restait inintelligible, je saisissais la teneur du propos : *Tais-toi ! Le bougre dehors est un sot !* C'est alors que Charlie pénétra dans l'écurie. Il avait le teint verdâtre, et s'efforçait de faire comme si de rien n'était. Le palefrenier revint avec l'argent et une bouteille de whisky pour célébrer la conclusion de notre affaire. Je proposai un verre à mon frère, et il manqua tourner de l'œil. Nous parcourûmes une quinzaine de kilomètres sans qu'il remarque le résultat de mes transactions, tant ses propres tourments le tracassaient.

«Où est le cheval noir? Comment se fait-il que tu sois encore à monter Tub?

— J'ai changé d'avis. J'ai décidé de le garder.

— Je ne te comprends pas, mon frère.

— Il s'est montré loyal envers moi.

— Je ne te comprends pas. Ce cheval noir était unique. »

Je dis, « Il y a quelques jours tu ne voulais pas que je vende Tub. Il a fallu qu'un autre cheval tombe du ciel pour que tu te rallies à mon avis.

— Tu ressors toujours les vieilles histoires quand on n'est pas d'accord. Mais le passé, c'est le passé, et par conséquent, c'est hors de propos. La Providence t'a donné ce cheval noir. Et qu'advient-il à l'homme qui tourne le dos à la Providence?

— La Providence n'a rien à voir là-dedans. Un Indien a trop mangé et en est mort. Voilà pourquoi la chance m'a souri. Ce que je veux dire, c'est que si tu as accepté qu'on se débarrasse de Tub, c'est seulement parce que cela t'arrangeait financièrement.

— Je suis donc et saoulard *et* radin.

— C'est qui qui ressasse, maintenant?

— Un radin saoulard. Tel est mon triste sort.

— Tu n'es jamais content.»

Il tressaillit, comme s'il venait d'être touché par une balle. «Un saoulard jamais content et radin! Je suis anéanti par la cruauté de ses mots!» Il gloussa avant, l'instant d'après, de demander, pensif, «Et combien avons-nous gagné avec le cheval noir, au fait?

— Nous?» persiflai-je.

Nous accélérâmes l'allure. Les malaises de Charlie ne désarmaient pas et à deux reprises il cracha de la bile. Y a-t-il une chose plus pénible que de monter à cheval quand on a bu trop d'eau-de-vie? Je dois reconnaître que mon frère endura sa souffrance sans se plaindre, mais je savais qu'il ne tiendrait pas le rythme plus de deux heures, et j'étais certain qu'il allait demander à s'arrêter, lorsque nous distinguâmes au loin des chariots regroupés en cercle au passage d'un col. D'un air déterminé, il dirigea son cheval vers eux mais je savais qu'il comptait les secondes qui le séparaient du moment où il pourrait mettre pied à terre et soulager ses viscères martyrisés.

Nous contournâmes les trois chariots, mais ne distinguâmes aucun signe de vie, si ce n'est un petit feu qui flambait. Charlie signala notre présence à la cantonade, mais ne reçut aucune réponse. Il descendit de cheval et s'apprêtait à enjamber le système d'attache entre deux chariots pour s'avancer vers le feu lorsque le canon d'un gros fusil émergea silencieusement, telle une vipère, de la bâche de l'un d'eux. Charlie leva les yeux vers l'arme, en louchant légèrement. «Très bien», dit-il. Le canon se braqua sur son front, et un garçon d'une quinzaine d'années à peine nous dévisagea avec un rictus railleur. Il avait le regard méfiant et hostile, le visage maculé de terre, et les narines et la bouche couvertes d'ampoules; sa main ne tremblait pas, et il paraissait à l'aise avec l'arme: je me dis qu'il avait l'habitude d'en tenir une. En un mot, c'était un jeune homme des plus antipathique; je redoutai qu'il n'assassine mon frère si nous ne nous présentions pas, et vite. «Nous ne te voulons aucun mal, fiston, dis-je.

— C'est ce que ceux d'avant m'ont dit, répliqua le garçon. Puis ils m'ont frappé à la tête et ils m'ont volé toutes mes galettes de pommes de terre.

— Nous ne voulons pas de galettes de pommes de terre, dit Charlie.

— On était faits pour se rencontrer, alors, parce que je n'en ai pas.»

Je voyais bien que le garçon était affamé, et je lui proposai de partager notre porc. «Je l'ai acheté en ville ce matin même, dis-je. Et de la farine, aussi. Ça te ferait plaisir, fiston? Un festin de porc et de petits pains?

— Vous mentez, dit-il. Il n'y a pas de ville près d'ici. Mon père est parti chercher de la nourriture il y a une semaine.»

Charlie se tourna vers moi. «Je me demande si c'est l'homme qu'on a rencontré sur le chemin hier. Tu te souviens, il était pressé de rentrer pour nourrir son fils?

— C'est vrai. Et il venait par ici.

— Est-ce qu'il montait une jument grise?» demanda le garçon, son visage rayonnant soudain d'un pathétique espoir.

Charlie hocha la tête. «Une jument grise, oui, c'est ça. Il nous a dit combien tu étais brave, mon garçon, il était très fier de toi. Il nous a dit qu'il était mort d'inquiétude, et qu'il avait hâte de te retrouver.

— Papa a dit ça? réagit le garçon, dubitatif. Vraiment?

— Oui, il était très heureux d'être sur le chemin du retour. C'est dommage qu'on ait dû le tuer.

— Qu... Quoi?» Avant que le garçon ne recouvrît ses esprits, Charlie lui arracha le fusil des mains et l'assomma d'un coup de crosse à la tête. Le garçon tomba à la renverse dans le chariot, et on ne l'entendit plus. «Faisons du café sur ce feu», dit Charlie en enjambant l'attelage.

Cette nouvelle aventure revigora Charlie — cette montée de sang l'avait remis d'aplomb, dit-il — et il se mit à préparer notre déjeuner avec un enthousiasme rare. Il accepta d'en prélever une part pour le garçon, à condition que j'aille vérifier son état au cas où le coup l'aurait occis. Passant la tête sous la bâche, je me rendis compte qu'il vivait encore. Il était assis, et me tournait le dos. « Nous sommes en train de faire à manger, lui dis-je. Tu n'as pas besoin de sortir pour en profiter si tu n'en as pas envie, mais mon frère te prépare une assiette.

— Salopards, vous avez tué mon papa, dit le garçon qu'étouffaient ses sanglots.

— Mais non, c'était seulement une ruse pour se débarrasser de ton fusil. »

Le garçon se retourna pour me regarder. Il avait une entaille au front, et un filet de sang lui coulait sur le sourcil. « C'est vrai ? demanda-t-il. Vous le jurez devant Dieu ?

— Cela ne veut pas dire grand-chose pour moi, donc non. Mais je le jure sur la tête de mon cheval, qu'en dis-tu ?

— Vous n'avez jamais vu d'homme sur une jument grise ?

— Jamais. »

Il rassembla ses esprits et s'approcha de moi en grimpant par-dessus les sièges du chariot. Je lui pris le bras pour l'aider à descendre ; ses jambes chancelaient tandis que nous marchions en direction du feu. « Tiens ! Voilà celui qui a frôlé la mort, abandonné de tous, dit Charlie gaiement.

— Je veux mon fusil, dit le garçon.

— Tu vas être déçu alors.

— On te le rendra quand on partira », dis-je au garçon. Je lui tendis une assiette de porc aux haricots accompagnée de petits pains, mais il n'y toucha pas, se contentant de regarder tristement la nourriture, comme si elle symbolisait à ses yeux la mélancolie. « Quel est le problème ? demandai-je.

— J'en ai assez, dit-il. Tout le monde me donne des coups sur la tête.

— Tu as de la chance que je ne t'aie pas mis une balle dedans, lança Charlie.

— Nous ne te frapperons plus, ajoutai-je, à condition que tu ne fasses pas le malin avec nous. Maintenant, mange ton porc avant qu'il refroidisse. »

Le garçon vida son assiette mais ne tarda pas à en vomir le contenu. Cela faisait trop longtemps qu'il n'avait rien mangé, et son estomac ne put en accepter autant d'un coup. Il resta assis là à regarder son déjeuner à moitié digéré sur le sol, se demandant, j'imagine, s'il devait le ramasser et essayer de l'avaler à nouveau. « Gamin, dit Charlie, si tu touches à ça je te tue. » Je donnai au garçon la plus grande part de mon assiette, et lui conseillai de manger lentement, puis de s'allonger après sur le dos et de respirer profondément. Il obtempéra, et demeura sur le sol un quart d'heure sans autre incident notable que les bruyants borborygmes qu'émettait son estomac. Puis il s'assit et demanda, « Vous n'allez pas avoir faim, vous ?

— Mon frère jeûne par amour », dit Charlie.

Je rougis et ne soufflai mot. J'ignorais que mon frère était au courant de mon régime, et ne pus soutenir son regard espiègle.

Le garçon me regardait, en quête d'éclaircissements. « Vous avez une bonne amie ? » Je demeurai silencieux. « Moi aussi, poursuivit-il. Du moins, c'était ma bonne amie quand papa et moi avons quitté le Tennessee. »

Charlie demanda, « Comment se fait-il que tu te sois retrouvé seul avec trois chariots, sans animaux ni nourriture ? »

— On était plusieurs et on se dirigeait vers la Californie pour aller chercher de l'or, répondit le garçon. Moi et mon père et ses deux frères, Jimmy et Tom, et un ami de Tom et sa femme. C'est elle qui est morte la première. Elle vomissait tout ce qu'elle mangeait. Papa disait que c'était une erreur de l'avoir emmenée avec nous, et je pense qu'il avait raison. On l'a enterrée et on a continué. Puis l'ami de Tom a fait demi-tour. Il a dit qu'on pouvait garder son chariot et ses affaires, parce que son cœur était brisé et qu'il voulait rentrer pour faire son deuil. Oncle Tom lui a tiré dessus alors qu'il avait à peine fait cinq cents mètres.

— Juste après la mort de sa femme ? m'enquis-je.

— C'était quelques jours après, oui. Tom ne voulait pas le tuer, juste lui faire peur. Histoire de rigoler, comme il disait.

— Ce n'est pas très aimable de sa part.

— Non. Oncle Tom n'a jamais été aimable de sa vie. C'est lui qui est mort ensuite, au cours d'une bagarre dans un saloon. Il a pris un coup de couteau dans le ventre, et il s'est vidé de son sang, qui s'est répandu sous lui comme un tapis. On était tous assez contents qu'il ne soit plus avec nous. Tom n'était pas facile à vivre. Il me cognait la tête plus que tous les autres. Et sans raison, juste pour passer le temps.

— Ton père ne lui disait pas d'arrêter ?

— Papa ne parle pas beaucoup. C'est un taiseux, comme on dit.

— Continue ton histoire, fit Charlie.

— D'accord, répondit le garçon. Donc Tom est mort, et nous avons vendu son cheval. On a aussi essayé de vendre son chariot mais personne n'en a voulu parce qu'il était si mal entretenu. Du coup, on avait deux bœufs qui tiraient trois chariots, et à votre avis, qu'est-ce qui s'est passé après? Eh bien, les bœufs sont morts, de faim et de déshydratation, le dos lacéré de coups de fouet, et on s'est retrouvés, moi, papa et oncle Jimmy avec les chevaux qui tiraient les chariots. L'argent disparaissait à toute allure, comme la nourriture, et on se regardait tous les trois en pensant la même chose : qu'est-ce qu'on va devenir?

— Oncle Jimmy était méchant aussi? demandai-je.

— J'aimais bien Oncle Jimmy jusqu'à ce qu'il disparaisse avec tout notre argent. C'était il y a deux semaines. Je ne sais pas s'il est parti vers l'est, l'ouest, le nord ou le sud. Papa et moi, on est restés coincés ici, à réfléchir à ce qu'on pouvait faire. Comme je disais, il est parti il y a une semaine. J'espère qu'il va revenir bientôt. Je ne sais pas ce qui lui a pris si longtemps. Je vous suis reconnaissant d'avoir partagé votre nourriture avec moi. J'ai failli tuer un lapin hier, mais ils sont difficiles à atteindre, et je n'ai pas beaucoup de munitions.

— Où est ta mère? demanda Charlie.

— Morte.

— Je suis désolé.

— Merci. Mais elle a toujours été morte.

— Parle-nous de ta bonne amie, dis-je.

— Elle s'appelle Anna, et ses cheveux sont couleur de miel. Je n'ai jamais vu de cheveux aussi propres, et elle les a longs jusqu'aux pieds. Je suis amoureux d'elle.

— A-t-elle des sentiments réciproques?

— Je ne connais pas ce mot.

— Est-elle amoureuse de toi elle aussi?

— Je ne crois pas, non. J'ai essayé de l'embrasser et de la tenir dans mes bras, mais elle m'a repoussé. La dernière fois, elle a dit qu'elle demanderait à son père et à ses frères de me casser la figure si j'essayais encore. Mais elle changera de chanson quand elle verra mes poches pleines. Les rivières de Californie charrient tant d'or qu'il suffit de se tenir là avec son tamis pour le ramasser.

— Tu le crois vraiment? demanda Charlie.

— C'était écrit dans le journal.

— Le réveil va être rude.

— Je n'ai qu'une envie, c'est d'y être. J'en ai assez de rester assis ici à ne rien faire.

— Ce n'est plus très loin maintenant, lui dis-je. La Californie est juste après le col, là-bas.

— C'est par-là que papa est parti. »

Charlie éclata de rire.

«Qu'y a-t-il de si drôle? demanda le garçon.

— Rien, répondit Charlie. Il en a sûrement profité pour ramasser quelques kilos d'or. Je suis sûr qu'il sera de retour d'ici l'heure du souper.

— Vous ne connaissez pas mon papa.

— Ah, non?»

Le garçon renifla et se tourna vers moi. «Vous ne m'avez pas parlé de votre bonne amie. De quelle couleur sont ses cheveux?

— Châtain.

— De la couleur de la boue, lança Charlie.

— Pourquoi dis-tu cela?» lui demandai-je en le fixant mais il ne répondit pas.

«Comment s'appelle-t-elle?» demanda le garçon.

Je dis, «Ça, je ne le sais pas encore.»

Le garçon remuait la terre avec un bâton. «Vous ne connaissez pas son nom?

— Elle s'appelle Sally, dit Charlie. Et si tu te demandes comment je le sais et pas mon frère, eh bien, il devrait aussi se poser la question.

— Qu'est-ce que ça veut dire?» rétorquai-je sur un ton sec. À nouveau, il ne répondit rien. Je me levai et le toisai. «Qu'est-ce que ça veut dire, bon sang?

— Je dis ça seulement pour te mettre dans le droit chemin.

— Ça, quoi?

— Que j'ai obtenu gratuitement ce que tu as payé cinq dollars, et que tu attends encore.»

Je m'apprêtais à parler mais me ravisai. Je me souvins d'avoir croisé la femme dans les escaliers de l'hôtel. Elle sortait de la chambre de Charlie, après avoir rempli sa baignoire, et elle était contrariée. «Qu'est-ce que tu lui as fait?

— C'est elle qui a proposé. Je n'y pensais même pas. Cinquante cents pour une besogne à la main, un dollar pour la bouche, et cinquante cents de plus pour la complète. J'ai pris la complète.»

Ma tête résonnait. Je me surpris à tendre la main vers un petit pain. «Pourquoi était-elle si chiffonnée?

— Pour ne rien te cacher, sa prestation manquait de savoir-faire. Je l'ai payée en retour, ou plutôt, devrais-je dire, je ne l'ai pas payée, et elle en a pris ombrage. Il faut que tu saches que je n'aurais pas touché cette fille si j'avais su que tu avais des sentiments pour elle. Mais j'étais malade, tu te souviens, et j'avais besoin de réconfort. Je le regrette, Eli, mais à ce moment-là, je pensais qu'elle était disponible.»

J'engloutis le petit pain en deux bouchées et en attrapai un autre. «Où est la graisse de porc?» Le garçon me tendit la boîte de conserve et j'y trempai le petit pain en entier.

«Je n'ai rien dit sur tes dollars, poursuivit Charlie, mais je ne voulais pas te voir mourir de faim sans raison.» Mon sang bouillonnait sous l'effet de la riche nourriture, tandis que mon cœur était accablé par les révélations sur le caractère de la femme de l'hôtel. Je me rassis en mâchant et en broyant du noir. «Je pourrais préparer plus de porc, proposa Charlie en signe d'apaisement.

— Prépare plus de tout», dis-je.

Le garçon sortit un harmonica de la poche de sa chemise, et le tapota contre sa paume.

«Je vais jouer une chanson à manger.»

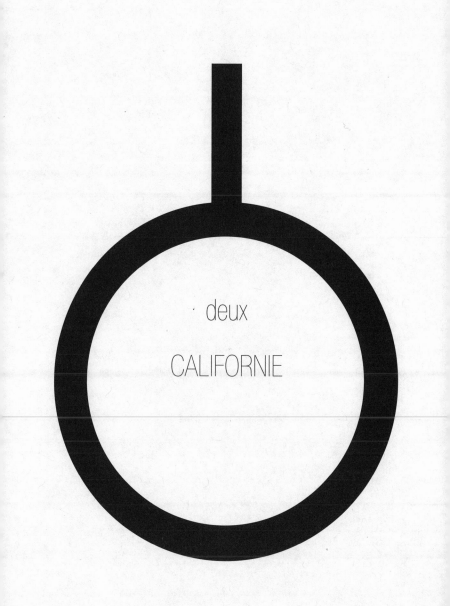

deux

CALIFORNIE

Le garçon nous apprit qu'il avait un cheval caché dans un bosquet tout près, et nous demanda s'il pouvait nous accompagner jusqu'à la frontière californienne. Charlie n'était pas d'accord, mais je n'y voyais aucun inconvénient, et je dis au garçon qu'il avait cinq minutes pour rassembler ses affaires. Il partit et revint avec un cheval, une petite chose chétive sans selle ni autre harnachement, qui avait perdu ses poils par endroits, laissant voir sa chair à vif et ses côtes. Face à nos mines inquiètes, le garçon affirma, « Je sais qu'il n'a l'air de rien, mais Lucky Paul peut grimper ces pentes escarpées comme une araignée sur un mur. »

Charlie me demanda, « Tu vas lui parler, ou c'est moi ? »

Je répondis que je m'en chargerais, et Charlie s'éloigna. Je ne savais pas comment commencer, mais décidai d'aborder le problème d'un point de vue pratique.

«Où est ta selle, mon garçon?

— J'ai une couverture, et mon rembourrage personnel.» Il se tapota le derrière.

«Pas de mors? Pas de rênes?

— Oncle Jimmy les a emportés avec lui. Dieu seul sait pourquoi. Mais ça n'a pas d'importance. Lucky Paul sait dans quelle direction aller.

— Nous ne t'attendrons pas», lui dis-je.

Il donnait un petit pain à son cheval. «Vous ne comprenez pas, mais vous verrez. Il a mangé, il est reposé et il est prêt à avaler les kilomètres.»

Il était sincèrement confiant, et j'espérais que Lucky Paul serait aussi bon galopeur que le disait le garçon, mais ce n'était pas le cas, et nous les perdîmes immédiatement. Le cheval n'avait nullement l'intention d'entamer la longue ascension du col; lorsque je me tournai, je vis le garçon en train de frapper le cheval sur la tête et sur l'encolure. Charlie riait tant qu'il faillit tomber de Nimble, et si je ne fus pas, moi-même, sans apprécier tout le sel de l'épisode, bientôt ce divertissement perdit tout intérêt et nous accélérâmes le pas. Nous atteignîmes le sommet enneigé en quatre heures environ. Malgré son œil blessé, Tub ne trébucha pas une fois, et j'eus pour la première fois le sentiment que nous nous comprenions, lui et moi; je crus déceler chez lui le désir de s'améliorer, ce qui relevait peut-être du vœu pieu ou d'une fantaisie de ma part, mais telles sont les rêveries du voyageur.

Le chemin de l'autre côté du col était plus praticable, et avant le crépuscule, nous franchîmes la ligne de neige, et nous installâmes pour la nuit. Le lendemain matin nous dormîmes tard et chevauchâmes tranquillement jusqu'en Californie. Nous pénétrâmes dans une forêt dense de grands pins en fin d'après-midi et arrivâmes devant un petit ruisseau méandreux. Là, à nos pieds coulait ce qui avait poussé des milliers d'hommes et de femmes intelligents à abandonner pour toujours famille et foyer. Nous le contemplâmes tous deux sans un mot. Finalement, n'y tenant plus, Charlie descendit de cheval, s'accroupit au bord du ruisseau, plongea sa main dans l'eau, et sortit une poignée de sable mouillé, qu'il fouilla du doigt.

Sur la rive opposée, à environ cinq cents mètres en direction du nord, j'aperçus une tente derrière laquelle nous observait un visage barbu et d'une extrême saleté. Je levai la main pour le saluer, et le visage disparut d'un coup. «Je crois que nous avons là un prospecteur en chair et en os, dis-je.

— C'est plutôt éloigné de tout, comme emplacement, tu ne crois pas?

— On dirait. Allons lui rendre visite, pour voir si ses affaires sont bonnes.»

Charlie rejeta le sable dans l'eau. «Il n'y a rien dans ce cours d'eau, mon frère.

— Mais tu n'as pas envie de savoir ?

— Si tu veux aller le voir, tu n'as qu'à y aller tandis que je fais ma toilette. Mais je ne peux pas perdre mon temps avec chaque curiosité.»

Il s'enfonça dans la forêt tandis que je remontais le courant à cheval tout en m'annonçant à la cantonade, mais le barbu ne donna aucun signe de vie. Je remarquai une paire de bottes devant sa tente, et un petit feu de camp ; une selle était posée par terre, mais il n'y avait pas de cheval en vue. J'appelai à nouveau, sans résultat. L'homme s'était-il enfui pieds nus dans les bois plutôt que de faire part à autrui de ses richesses ? Mais non, d'après le triste état du camp, je compris que le prospecteur n'avait pas encore goûté à la réussite. C'était un homme avide d'or mais trop couard pour se confronter à ce nid de vipères qu'était la Californie. Il ne trouverait rien, il mourrait de faim, il délirerait avant de trépasser : je me figurai son cadavre dénudé, picoré par les corneilles. «L'un de ces froids matins», me dis-je.

C'est alors que j'entendis dans mon dos le bruit d'un fusil qu'on armait. «Froids matins, de quoi ?» dit la voix. Je levai les mains et le prospecteur se mit à rire, se délectant de sa position de force.

«Un tunnel sous la rivière, dit-il. Tu n'y pensais pas, à ça, hein ?» Il me donna un violent coup dans la cuisse avec le bout de son fusil, et je commençai à me retourner. «Regarde-moi, je vais t'exploser la cervelle, salopard, siffla-t-il entre ses dents.

— Calmons-nous, dis-je. Je ne te veux aucun mal. »

Il me redonna un coup dans la jambe. « Peut-être que moi, si, tu y as pensé, à ça ? » Il partit d'un rire strident et désabusé, et je songeai qu'il était fou ou en passe de le devenir. Je fus contrarié de devoir admettre que Charlie avait eu raison de laisser l'homme tranquille. « T'es chasseur, c'est ça ? demanda-t-il. Tu traques l'ourse rousse ?

— Je ne suis au courant de rien en ce qui concerne cet ours, dis-je.

— Il y a une ourse rousse, dans les parages. Mayfield offre cent dollars à celui qui la tuera, et du coup les chasseurs veulent à tout prix sa peau. Je l'ai aperçue à trois kilomètres d'ici vers le nord, hier matin. Je lui ai tiré dessus, mais j'étais trop loin.

— Cette histoire ne m'intéresse en aucune façon, et je ne connais personne qui s'appelle Mayfield. »

Il me donna à nouveau un coup sur la jambe. « Est-ce que tu essaies de me faire croire que tu n'étais pas avec lui à l'instant, fils de pute ? Et qu'il n'était pas en train d'examiner le sable du lit de ma rivière ?

— Tu parles de mon frère, Charlie. Nous arrivons de l'Oregon et nous dirigeons vers le sud. Nous ne sommes jamais passés par ici, et nous ne connaissons personne dans le coin.

— Mayfield, c'est le grand patron dans la région. Il envoie des hommes saccager mon campement quand je vais en ville pour me ravitailler. Tu es sûr que ce n'était pas lui il y a une minute ? J'ai cru reconnaître sa stupide face de bouffon.

— Non, c'était Charlie. Il est parti dans les bois faire sa toilette. On part vers le sud pour chercher de l'or. »

Je l'entendis faire le tour de Tub, puis revenir. « Où est ton équipement ? demanda-t-il. Tu dis que tu vas chercher de l'or, mais tu n'as pas d'équipement.

— On a prévu de l'acheter à Sacramento.

— Comme ça, d'entrée, tu vas perdre de l'argent. Seuls les imbéciles achètent leur matériel en ville. »

Je n'avais rien à répondre à cela. Il me frappa la cuisse et dit, « Je te parle. » Je restai silencieux et il me frappa à nouveau.

« Arrête de me taper comme ça. »

Il me donna un coup. « Tu n'aimes pas ça, hein ? » Il récidiva.

« Je te dis d'arrêter.

— Et tu crois peut-être que je vais t'obéir ? » Il me frappa et appuya son fusil contre ma jambe douloureuse. Une brindille craqua quelque part. Il se détourna et la pression du fusil sur ma cuisse se relâcha. Je me saisis du canon et lui arrachai son arme des mains. Le prospecteur se précipita dans les bois. Je me tournai et appuyai sur la détente, mais le fusil n'était pas chargé. Je m'apprêtais à sortir mon pistolet lorsque Charlie apparut de derrière un arbre et abattit nonchalamment le prospecteur dans sa course, d'un impact à la tête qui fit s'envoler l'arrière de son crâne à la manière d'une casquette emportée par le vent. Je mis pied à terre et m'approchai en boitant du corps parcouru de spasmes. Ma jambe me faisait souffrir le martyre et j'étais fou de rage. Le crâne de l'homme baignait dans un sang pourpre qui moussait dans les replis de sa cervelle ; levant le pied, j'enfonçai de tout mon poids le talon de ma botte dans le trou, écrasant ce qui restait du crâne, et l'aplatissant de sorte que la tête n'avait plus rien d'humain. Lorsque je retirai ma botte, c'était comme si je l'avais extraite de la boue. Puis je m'éloignai du corps sans raison particulière sinon celle de fuir ma propre colère. Charlie m'appela, mais ne me suivit pas, car il savait qu'il faut me laisser seul quand je suis dans cet état. Je parcourus cinq cents mètres environ et m'assis sous un grand pin ; genoux contre la poitrine, j'effectuai des mouvements alternés de tension et de relaxation. J'avais les mâchoires si crispées que je coinçai le fourreau de mon couteau entre mes dents, de peur qu'elles ne se brisent.

Je me mis à genoux et baissai mon pantalon pour examiner l'état de ma jambe. Ma peau était enflammée, et je distinguais parfaitement la forme circulaire du canon, ou plutôt d'une série de canons, une demi-douzaine de zéros rouges. À la vue de ces marques, la colère me reprit et je formai le vœu que le prospecteur revînt à la vie afin que je pusse le tuer de mes propres mains, mais lentement. Je me levai dans l'idée de continuer à mutiler le corps, de lui vider mon chargeur dans l'estomac, mais, fort heureusement, je changeai d'avis. J'avais le pantalon toujours baissé, et après avoir recouvré quelque peu mon calme, je me saisis de mon organe pour me compromettre. Quand j'étais jeune homme, et que mes accès de colère devenaient incontrôlables, ma mère me conseillait d'utiliser cette méthode afin de retrouver l'apaisement — technique qui, depuis, m'a été fort utile. Une fois mon affaire finie, je retournai à la rivière. Je me sentais vide et froid, mais la colère m'avait quitté. Jamais je n'ai compris ce qui pousse certains à profiter de la faiblesse des autres pour les tyranniser ; c'est la seule chose capable de me mettre hors de moi.

Je localisai le tunnel — comme il l'appelait — du défunt prospecteur. Je m'étais figuré un passage souterrain permettant de circuler debout, avec des supports en bois et des lanternes suspendues, mais il s'agissait en fait d'un petit boyau à peine assez large pour y ramper, situé au niveau de la partie la plus étroite du ruisseau, là où il y avait à peine un mètre à traverser. Nous traînâmes le corps du prospecteur jusque-là, et le poussâmes dans le trou. Puis je montai sur Tub et lui fis traverser le ruisseau de long en large à cet endroit précis, pour faire s'effondrer le passage. Nous ne trouvâmes que peu d'effets sur sa personne, un couteau de poche, une pipe, et une lettre que nous enterrâmes avec lui, et dans laquelle nous lûmes :

Chère Mère,

Je me sens seul, et les jours sont longs ici. Mon cheval est mort, et c'était mon meilleur ami. Je pense à ta bonne cuisine et me demande ce que je fais là. Je crois que je vais bientôt rentrer. J'ai près de deux cents dollars de paillettes d'or. C'est loin de la fortune que j'avais espérée, mais suffisant dans l'immédiat. Comment va ma sœurette ? Non qu'elle me manque beaucoup. A-t-elle épousé son gros lard ? J'espère qu'il l'a emmenée très loin ! J'ai constamment l'odeur de la fumée dans les narines, et je n'ai pas ri depuis tellement, tellement longtemps. Mère ! Je crois que je vais partir d'ici peu.

Avec tout mon amour,

Ton fils

En y repensant à présent, je me dis qu'il eût été préférable de poster la lettre. Mais comme je l'ai dit, quand la colère m'envahit, tout s'assombrit et devient étriqué dans mon esprit, et de telles pensées ne m'effleurent même pas. C'est triste de songer à ce squelette sans tête sous cette eau vive et froide. Je ne regrette pas la mort de l'homme, mais j'aurais voulu mieux maîtriser mes émotions. Le fait de perdre le contrôle de moi-même m'effraie moins qu'il ne me plonge dans l'embarras.

Une fois débarrassés du prospecteur, Charlie et moi nous mîmes à la recherche de son or. Il ne fut pas difficile à trouver. Il l'avait enterré à une vingtaine de mètres de son campement, en indiquant l'emplacement avec un petit crucifix fait de brindilles. Il n'y avait pas l'air d'en avoir pour deux cents dollars, mais je n'avais jamais eu de paillettes entre les mains et ne pouvais donc pas me reposer sur mon jugement. Nous fîmes moitié-moitié et je vidai ma part dans une vieille blague à tabac que je trouvai au fond de ma sacoche.

Charlie passa la nuit sous la tente, et j'essayai de faire de même, mais je ne pus supporter l'odeur persistante du prospecteur et celle du cadavre de son cheval, qu'il avait découpé et dont la viande séchait sur une claie de fortune à l'arrière de l'abri. Je sortis donc, m'installai près du feu et passai la nuit à la belle étoile. Il faisait froid, mais ce n'était pas un froid pénétrant. Charlie sortit de la tente une demi-heure après le lever du jour ; il avait l'air d'avoir pris dix ans, et beaucoup plus crasseux aussi. Il tapa sur sa poitrine et un nuage de poussière se répandit autour de lui ; il décida qu'un bain matinal s'imposait. Il prit une marmite du prospecteur qu'il remplit d'eau au ruisseau et la posa ensuite sur le feu. Puis il chercha un endroit suffisamment profond, se déshabilla et sauta dans l'eau froide en criant à tue-tête. Assis sur la rive, je l'observai tandis qu'il s'aspergeait et chantait ; il n'avait rien bu la veille, et nul n'avait cherché à contrarier son tempérament impétueux. Quelque chose m'émut dans ce spectacle rare de bonheur innocent. Jeune homme, Charlie avait souvent été heureux et enjoué, avant de devenir dur et méfiant quand nous avions commencé à travailler pour le Commodore. J'éprouvai donc une espèce de tristesse à le regarder batifoler dans cette eau scintillante, avec les sommets enneigés qui se dressaient autour de nous. L'espace d'un instant, il revisitait ses vieilles habitudes, mais son caractère présent n'allait pas tarder à reprendre ses droits. Il sortit de l'eau en courant et se précipita nu près du feu. Ses parties s'étaient rétrécies, et il dit en plaisantant que nager le faisait toujours retomber en enfance. Il souleva la marmite du feu et déversa l'eau chaude sur sa tête, ce qui déclencha une nouvelle salve de cris et de glapissements joyeux.

Après le petit-déjeuner, je profitai de sa bonne humeur pour le convaincre d'essayer ma brosse à dents. «C'est ça, dis-je. De haut en bas. Maintenant, frotte bien la langue.» Il inspira et fut impressionné par la fraîcheur de la menthe dans sa bouche. En me tendant la brosse et la poudre, il déclara, «C'est *très* agréable.

— Je n'arrête pas de te le dire.

— J'ai l'impression de m'être complètement nettoyé la tête.

— On pourrait peut-être t'acheter une brosse à San Francisco.

— Je crois qu'il faudra le faire.»

Nous nous apprêtions à partir lorsque je vis le garçon et Lucky Paul sortir des bois de l'autre côté de la rive. Il avait la tête couverte de sang, et semblait à moitié mort. Il me regarda et leva la main dans ma direction, avant de tomber de son cheval. Il resta allongé par terre, immobile. Nullement affecté par la chute de son cavalier, Lucky Paul s'approcha de la rivière pour s'y désaltérer.

Nous plongeâmes le garçon dans l'eau, et il se réveilla d'un coup. Il était heureux de nous voir, amusé même. Il s'assit. « C'est la première fois que je me réveille dans l'eau. » Il frappa la surface avec la paume de sa main. « Mon *Dieu,* comme c'est froid. »

— Qu'est-ce qui t'est arrivé ? demandai-je.

— À l'entrée des bois, j'ai rencontré un groupe de trappeurs à cheval. Ils étaient quatre et ils ont dit qu'ils cherchaient un ours roux. Quand je leur ai dit que je ne l'avais pas vu, ils m'ont donné un coup de gourdin sur le crâne. Je me suis effondré par terre et ils sont partis en rigolant. Après être revenu à moi, je suis remonté sur ce bon vieux Paul et il m'a mené jusqu'à vous.

— Il a trouvé son chemin jusqu'à l'eau, voilà tout, dit Charlie.

— Non, dit le garçon en caressant la tête de Lucky Paul. Il pensait à moi, et il a fait ce qu'il fallait. »

Charlie dit, « J'ai l'impression d'entendre mon frère quand il parle de son cheval, Tub. » Il se tourna vers moi. « Vous devriez vous associer tous les deux, faire une sorte de comité.

— Dans quelle direction sont partis ces hommes ? demandai-je au garçon.

— L'Association des Protecteurs de Bêtes abruties », lança Charlie.

Le garçon poursuivit : « Je les ai entendus dire qu'ils retournaient voir Mayfield. C'est une ville ? Je me demande si c'est là qu'est mon père.

— Mayfield, c'est le patron, dans le coin », expliquai-je, en relatant à Charlie ce que le prospecteur avait dit à propos des cent dollars de récompense pour la peau de l'ours réputé insaisissable. Charlie déclara que celui qui était prêt à payer si cher pour une peau d'ours était un imbécile. À quoi, tout en se lavant le visage et les cheveux, le garçon rétorqua qu'avec cent dollars il pourrait s'acheter tout ce dont il avait besoin pour une vie entière. Je désignai le campement de l'autre côté de la rive et lui conseillai de s'y abriter quelque temps et d'utiliser le feu. À ces mots il sembla déconcerté. « Je pensais que je vous accompagnerais.

— Ah ça, non, dit Charlie. C'était drôle la première fois, mais maintenant, ça suffit.

— Maintenant que le col est derrière nous, Lucky Paul va vous montrer ce qu'il sait faire.

— La dernière fois tu nous as dit que c'était un grimpeur.

— Il glisse sur le plat comme un patineur.

— Non, c'est non », dit Charlie.

Le garçon me jeta un regard implorant, mais je confirmai qu'il allait devoir continuer seul. Il se mit à sangloter et Charlie s'approcha pour le frapper, mais je le retins, et mon frère retourna alors au campement pour rassembler ses affaires. Je ne sais pas ce qu'il avait, ce gosse, mais il me suffisait, à moi aussi, de le regarder pour avoir envie de lui flanquer une torgnole. Il avait une tête qui incitait à la violence. Il pleurait à chaudes larmes ; la morve fleurissait dans ses narines, et à peine une bulle avait-elle explosé dans la droite, que la gauche prenait la relève. Je lui expliquai que notre situation ne nous permettait pas de nous occuper d'un enfant, et que notre façon de vivre était mouvementée et dangereuse, mais je parlais dans le vide : le garçon n'entendait pas mes mots, tant il était enfermé dans sa propre tristesse. Pour finir, craignant de le frapper s'il ne cessait de geindre, je l'emmenai de l'autre côté du ruisseau, au camp du prospecteur, et sortis de ma sacoche ma blague à tabac. Je lui montrai l'or, et lui dis : « Avec ça, tu devrais pouvoir rentrer chez toi et retrouver ta bien-aimée, si tu réussis à éviter de te faire défoncer la tête. Il y a de la viande de cheval sous cette tente. Je te suggère de manger et de nourrir Lucky Paul, et de te reposer pour la nuit. Aux premières lueurs du jour, je veux que tu fasses demi-tour, et que tu repartes précisément par où tu es venu.» Je lui tendis la blague, et il resta à la fixer dans sa main. Charlie, qui avait observé la transaction du coin de l'œil, s'approcha de nous.

«Qu'est-ce que tu fais? me demanda-t-il.

— Vous me la donnez? dit le garçon.

— Mais qu'est-ce que tu fabriques?» demanda Charlie.

Je dis au garçon: «Retourne au col, et continue vers le nord. Une fois arrivé à Jacksonville, va trouver le shérif et explique-lui ta situation. Si tu sens que tu peux lui faire confiance, propose-lui d'échanger tes pépites d'or contre de l'argent liquide.

— Ha, ha, dit le garçon en soupesant la blague dans sa main.

— Je suis contre, dit Charlie. Tu balances cet argent par les fenêtres.»

Je dis, «C'est de l'argent sorti de terre, dont ni toi ni moi n'avons besoin.

— Sorti de terre et c'est tout? Il me semble pourtant me rappeler que nous ne nous sommes pas contentés de creuser le sol.

— Eh bien, le garçon a ma part, pas la tienne.

— Qu'est-ce que vient faire ma part là-dedans?

— Le sujet est clos, alors.

— C'est toi qui as commencé à en parler.

— Oublions ça. » Je reportai mon attention sur le garçon, et poursuivis : « Une fois que le shérif t'aura réglé ce qui t'est dû en échange des paillettes, je veux que tu te trouves de nouveaux habits, qui te fassent paraître plus vieux. À mon avis, tu devrais t'acheter le chapeau le plus large que tu puisses trouver, afin de te couvrir complètement la tête. Et tu auras aussi besoin d'un nouveau cheval.

— Et Lucky Paul ? demanda le garçon.

— Tu devrais le vendre au prix que tu pourras obtenir. Et si tu ne trouves pas d'acheteur, abandonne-le. »

Le garçon secoua la tête. « Jamais je ne me séparerai de lui.

— Dans ce cas, tu ne rentreras jamais chez toi. Il te ralentira jusqu'à ce que tu n'aies plus d'argent et que vous mourriez tous deux de faim. J'essaie de t'aider, tu comprends ? Si tu ne m'écoutes pas, je vais te reprendre cet or. »

Le garçon se mura dans le silence. Je remis du bois dans le feu et lui suggérai de bien faire sécher ses vêtements avant le coucher du soleil. Il se déshabilla mais ne suspendit pas ses nippes ; elles restèrent là en tas dans la gadoue et le sable, tandis qu'il se plantait devant nous, nu et tout de guingois, abattu et de mauvaise humeur. Avec ses vêtements sur le dos, il n'était pas particulièrement joli à voir ; nu, je me dis qu'il ressemblait à un bouc. Il se remit à pleurer, ce que je pris pour le signal du départ. Je grimpai sur Tub et souhaitai au garçon bon voyage, mais ces mots étaient vides de sens, car il était clairement condamné, et je n'aurais jamais dû lui donner l'or, même si je ne pouvais pas décemment le lui reprendre à présent. Il se tint là à sangloter en nous regardant partir. Derrière lui, Lucky Paul pénétra dans la tente du prospecteur, qui s'effondra, et je songeai, Voici une autre image misérable qu'il va me falloir enregistrer et accueillir dans mes archives.

Nous nous dirigeâmes vers le sud. Nous allions d'un bon pas de part et d'autre du cours d'eau, longeant les rives de sable. Les rayons du soleil transperçaient les cimes des arbres et réchauffaient nos visages ; l'eau était translucide, et d'énormes truites remontaient le courant ou s'y prélassaient. Charlie me cria qu'il était impressionné par la Californie, qu'il y avait dans l'air une sorte d'énergie fortuite — voilà l'expression qu'il a employée. Je n'avais pas le même sentiment que lui, mais comprenais ce qu'il voulait dire : cette pittoresque eau vive représentait non seulement une satisfaction esthétique, mais aussi des richesses potentielles. Comme si la terre elle-même prenait soin de vous, œuvrait en votre faveur. Telle est, peut-être, l'origine de l'hystérie autour de ce que l'on finit par appeler la ruée vers l'or : des hommes désirant se sentir riches ; des masses malheureuses espérant s'emparer de la chance d'autrui, ou profiter de la chance du lieu lui-même. Une idée séduisante, mais dont je me méfiais. Pour moi, la chance était quelque chose que l'on méritait ou que l'on se créait grâce à sa force de caractère. Seule l'honnêteté pouvait mener à elle ; on ne la trouvait pas par la ruse ou le bluff, en louvoyant ou en trichant.

Mais à ce moment-là, comme si la Californie s'était mis en tête de me démontrer que j'avais tort, l'ourse rousse surgit des bois et traversa la rivière à une trentaine de mètres de nous, alors que nous venions de nous arrêter pour boire. L'animal était adulte, et sa fourrure, que j'avais imaginée d'un blond doré, était en fait rouge pomme. Elle nous jeta un rapide coup d'œil et repartit lentement dans la forêt. Charlie arma ses pistolets et se mit à la suivre ; comme je ne bronchais pas, il me demanda ce que j'attendais.

« On ne sait même pas où il habite, ce Mayfield, dis-je.

— On sait que c'est en descendant la rivière.

— On descend la rivière depuis ce matin. Et si on avait déjà dépassé l'endroit ? Je n'ai aucune envie de grimper les collines et les montagnes avec un ours mort attaché à mon cheval.

— Mayfield ne veut que la peau.

— Et qui de nous deux se chargera de l'écorcher ?

— Ça dépend qui la tue. Ce sera l'autre qui s'y collera. » Il s'écarta de Nimble. « Tu ne viens vraiment pas avec moi ?

— Je ne vois pas pourquoi.

« — Dans ce cas, prépare ton couteau », dit-il en disparaissant dans les bois. Je demeurai là à regarder passer les truites et à examiner l'état de l'œil de Tub, qui empirait, en espérant contre toute vraisemblance que je n'entendrais pas résonner l'arme de Charlie. Mais c'était un traqueur de premier ordre, et il ne ratait jamais sa cible. Lorsque cinq minutes plus tard la détonation retentit, j'acceptai mon sort, et, couteau à la main, pris la direction d'où était venu le bruit. Je trouvai Charlie assis près de l'animal mort. Il riait, haletant, tout en donnant des coups de botte dans le ventre de l'ourse.

« Tu sais combien ça fait, cent dollars ? » demanda-t-il. Je lui dis que non et il déclara, « Cent dollars. »

Je roulai l'ours sur son dos et enfonçai mon couteau dans sa poitrine. J'ai toujours pensé que les entrailles d'un animal étaient sales, plus encore que celles d'un homme, ce qui, je le sais, n'est pas logique lorsqu'on songe à tous les poisons que nous faisons absorber à nos corps, mais comme je n'arrivais pas à me débarrasser de ce sentiment, j'étais contrarié à l'idée de devoir écorcher la bête. Après avoir repris son souffle, Charlie partit à la recherche du campement de Mayfield, disant qu'il avait vu des sentiers qui s'écartaient du cours d'eau en direction de l'ouest quelques kilomètres plus tôt. Trois quarts d'heure plus tard, j'étais en train de laver la fourrure de l'ours, de débarrasser mes mains et mes avant-bras de son sang poisseux, et d'étaler la peau aux yeux noirs sur un lit de fougères. La carcasse gisait sur le côté devant moi ; ni mâle ni femelle, elle n'était plus maintenant qu'un amas de viande frémissant sous une nuée grandissante de grosses mouches en extase. Elles ne cessaient de se multiplier, de sorte que je ne distinguais presque plus la chair de l'ours, et que je ne m'entendais plus penser tant leurs bourdonnements étaient assourdissants. Comment des mouches parviennent-elles à faire tant de bruit, et pourquoi? N'ont-elles pas l'impression de hurler? Lorsque soudain le son cessa, je levai les yeux vers la carcasse, pensant qu'elles avaient disparu et qu'un plus gros prédateur était en train de s'approcher, mais les insectes étaient toujours là, silencieux et immobiles sinon quant à leurs ailes, qu'ils ouvraient et fermaient selon leur bon plaisir. Comment expliquer ce silence général? Je ne le saurai jamais. Les bourdonnements avaient repris quand Charlie, de retour de sa ronde de reconnaissance, lâcha un sifflement strident. Les mouches s'envolèrent alors, en un nuage noir. En voyant la carcasse, mon frère lança gaiement, «Le petit boucher du bon Dieu. Le couteau et la conscience même du bon Dieu.»

Jamais je n'avais vu autant de peaux, de têtes, de faucons et de hiboux empaillés en un même lieu que dans le salon parfaitement agencé de monsieur Mayfield, qui se trouvait dans l'hôtel unique de la ville de Mayfield, hôtel qui, je ne fus pas surpris de l'apprendre, s'appelait Mayfield's. L'homme lui-même était assis derrière un bureau, dans un brouillard de fumée de cigare. Comme il ne nous connaissait pas ni ne savait ce que nous faisions et ce qui nous amenait, il ne se leva point pour nous serrer la main ou nous souhaiter la bienvenue. Quatre trappeurs qui correspondaient à la description qu'en avait faite le gamin à tête à claques, se tenaient debout par paires à ses côtés. Ces colosses nous regardaient d'un air confiant qui ne laissait transparaître aucune inquiétude. Ils me semblèrent à la fois intrépides et décérébrés dans leurs tenues dont l'extravagance confinait au ridicule. Ils étaient couverts de fourrures, de cuir, de lanières, de pistolets, et de couteaux ; je me demandai comment diable ils arrivaient à se tenir sur leurs jambes avec tout cet attirail sur le dos. Ils avaient les cheveux longs et filasses, et portaient des chapeaux assortis, que je n'avais jamais vus auparavant : larges, les bords mous, à hauts bouts pointus. Comment se faisait-il, songeai-je, qu'ils se ressemblent tous à ce point, alors que leur accoutrement était si excentrique ? Sûrement que, parmi eux, il y en avait un qui avait lancé la mode. Avait-il été flatté quand les autres s'étaient mis à l'imiter ? Ou cela l'avait-il contrarié, pensant que leur mimétisme dévalorisait son sens des élégances ?

Le bureau de Mayfield était constitué d'une souche de pin d'un mètre soixante environ de largeur et d'une dizaine de centimètres d'épaisseur, et dont l'écorce était intacte. Lorsque je tendis la main pour en toucher le bord rugueux, Mayfield prononça ses premiers mots : « On ne tripote pas, fiston. » Je retirai ma main brusquement, obéissant par réflexe à la réprimande, et une vague de honte me submergea. S'adressant à Charlie, il ajouta, « Les gens adorent tripoter l'écorce. Ça me rend fou.

— Je n'allais pas la tripoter, je voulais juste la toucher », dis-je sur un ton blessé qui ne fit que renforcer mon embarras. Je décidai que jamais de ma vie je n'avais posé les yeux sur meuble plus idiot que cette table.

Charlie tendit la peau de l'ours et le visage de Mayfield se métamorphosa : quittant leur expression blasée, ses yeux se mirent à rayonner comme ceux d'un garçon devant sa première fille nue. « Ah !

164

s'écria-t-il. Ah!» Trois clochettes en cuivre, de forme identique mais de taille différente, trônaient sur son bureau; il agita la plus petite, et une vieille bique qui travaillait dans l'hôtel déboula. Elle fut priée de suspendre la peau sur le mur derrière lui et la déroula d'un coup sec. Mais j'avais omis de racler la peau, et le geste envoya une giclée d'épais globules rouges voler à travers la pièce, pour aller se coller contre le carreau de la fenêtre. Mayfield grimaça avec dégoût et demanda que la peau fût nettoyée. La femme la replia et disparut, les yeux baissés.

Cependant, les trappeurs, mécontents de nous voir usurper leur gloire avec l'ourse, étaient, pensai-je, sur le point de faire des commentaires désobligeants. Afin de déjouer leurs intentions, je nous présentai, Charlie et moi, en déclinant notre identité complète, ce qui leur cloua le bec. Désormais, ils nous détesteront encore plus, mais en cachette, me dis-je. Charlie trouvait ces hommes amusants, et ne put s'empêcher d'y aller de son commentaire: «Il semblerait, messieurs, que vous soyez tous les quatre engagés dans un concours à celui qui se rapprochera le plus de la forme circulaire, je me trompe?»

Mayfield éclata de rire. Les trappeurs se regardèrent les uns les autres, mal à l'aise. Le plus gros du groupe dit, «Vous ne connaissez pas les coutumes par ici.

— Si je devais rester, pensez-vous que je finirais par ressembler à un bison?

— Avez-vous l'intention de rester?

— On ne fait que passer pour le moment. Mais j'aime bien apprendre à connaître les endroits où je m'arrête. Donc, ne soyez pas surpris si vous me voyez sur le chemin du retour.

— Rien au monde ne pourrait me surprendre, dit le trappeur.

— Rien ? » demanda Charlie, en m'adressant un clin d'œil.

Mayfield congédia les hommes. Alors que le soir tombait, il demanda que la lumière fût allumée en agitant la clochette de taille moyenne, qui produisait un son différent et qui fit apparaître un garçon chinois d'une douzaine d'années ; nous l'observâmes virevolter d'une bougie à l'autre avec une précision admirable et sans perdre une seconde. Charlie dit, « Il se déplace comme si sa vie en dépendait.

— Pas sa vie, celle de sa famille, dit Mayfield. Il économise pour les faire venir de Chine. La sœur, la mère, le père, qui est invalide d'après ce que j'ai compris, même si, pour vous dire la vérité, je ne sais pas trop ce qu'il raconte la plupart du temps. Et vu comment il se démène, il risque d'arriver à ses fins, le petit merdeux. » Lorsque le jeune garçon eut fini, la pièce était baignée de lumière. Il se planta devant Mayfield, ôta son chapeau en soie, et s'inclina. Mayfield frappa dans ses mains et dit, « Et maintenant, fais-nous une petite danse, chinetoque ! » Le garçon se mit alors à danser frénétiquement et sans grâce, à la manière de quelqu'un forcé de marcher pieds nus sur des charbons ardents. Le spectacle était affligeant, et si je ne m'étais pas déjà forgé une opinion au sujet de Mayfield, je savais à présent à quoi m'en tenir. Lorsqu'il frappa dans ses mains une seconde fois, le garçon se prosterna à genoux devant lui, pantelant et exténué. Mayfield jeta au sol une poignée de pièces, et le garçon les récolta dans son chapeau. Il se leva, s'inclina, quitta la pièce à pas de velours.

La vieille bique revint bientôt avec, dûment raclée, la peau rousse qu'elle avait installée sur une structure qui ressemblait à un tambour posé sur le côté, pour la tendre. Elle entra en tirant cet encombrant appareillage ; comme je me levai pour lui prêter main-forte, Mayfield me somma, un peu trop sèchement à mon goût, de m'asseoir. «Laisse-la faire», dit-il. Elle traîna son dispositif dans un coin éloigné de la pièce, afin que nous pussions examiner l'étrange couleur de la fourrure. La vieille bique s'essuya le front avec sa manche et quitta la pièce d'un pas lourd.

Je dis, «Cette femme est trop âgée pour ce genre de tâches.»

Mayfield secoua la tête. «Elle ne s'arrête jamais. J'ai essayé de lui donner des travaux plus simples et plus légers à faire, mais elle ne veut pas en entendre parler. En un mot comme en cent, elle adore s'occuper.

— On ne dirait pas. Mais peut-être s'agit-il d'un plaisir intérieur que les étrangers ne peuvent pas comprendre.

— Je vous conseille de ne plus vous embêter avec ça.

— M'embêter n'est pas exactement l'expression que j'emploierais

— C'est moi que vous embêtez.»

Charlie dit, «Et à propos de la récompense pour cette peau.»

Mayfield m'observa un moment, puis se tourna vers Charlie. Il jeta sur la table cinq pièces en or de vingt dollars, que Charlie ramassa avant de m'en tendre deux, que je pris. Je décidai que j'allais dépenser cet argent encore plus à tort et à travers que d'habitude. Que serions-nous, pensai-je, sans ce fardeau de l'argent qui nous pend au cou, qui pend à nos âmes mêmes?

Mayfield soupesa et secoua la troisième clochette, la plus grosse. Cette fois-ci nous entendîmes des pas précipités dans le couloir, et je me préparai à voir les trappeurs faire irruption et se jeter sur nous, quand des filles de joie, au nombre de sept, envahirent la pièce. Elles avaient toutes le visage peinturluré, portaient toutes des tenues affriolantes, et étaient toutes déjà saoules. Elles se mirent à s'exhiber pour nous, jouant tour à tour les curieuses, les attentionnées, les amoureuses, les coquines. L'une d'entre elles trouvait judicieux de parler comme un bébé. Leur présence me déprimait, mais ravissait Charlie, et je constatai que son intérêt pour Mayfield allait grandissant. Je me rendis compte que cet homme était l'incarnation même de l'avenir de Charlie, pour autant qu'il traversât les dangers qui jalonnaient notre existence; et il était vrai, comme l'avait souligné le défunt prospecteur, que Charlie et Mayfield se ressemblaient, même si ce dernier était plus vieux, plus corpulent et avait le visage davantage marqué par l'alcool. Autant j'aspirais à la vie tranquille de commerçant, autant Charlie souhaitait continuer à vivre entre passions et violence perpétuelles mais sans plus s'engager personnellement, donnant ses instructions à l'abri d'un rideau de sbires bien armés tandis qu'il se prélasserait dans des chambres au doux parfum où des femmes bien en chair lui verseraient à boire et ramperaient par terre pareilles à d'hystériques nourrissons, le derrière à l'air, frissonnantes de rires, d'eau-de-vie, et de fourberies. Mayfield devait trouver que je ne faisais pas preuve d'un enthousiasme suffisant, car il m'interrogea, dépité : « Tu ne les trouves pas à ton goût, ces femmes ?

— Si, elles sont très bien, merci.

— Peut-être est-ce l'eau-de-vie qui te fait grimacer quand tu parles.

— L'eau-de-vie est parfaite, elle aussi.

— Il y a trop de fumée dans cette pièce, c'est ça ? Faut-il que j'ouvre une fenêtre ? Voudrais-tu un ventilateur ?

— Tout va bien.

— Il est peut-être d'usage, chez toi, de regarder ton hôte de travers. » En se retournant vers Charlie, il déclara, « Je dois avouer que je n'ai pas aimé Oregon City la fois où j'y suis allé.

— Que faisiez-vous à Oregon City? demanda Charlie.

— Tu sais, je ne me souviens plus vraiment. Dans le temps, j'étais un jeune chien fou et j'allais d'une idée à l'autre sans vraiment savoir pourquoi. Quoi qu'il en soit, mon séjour à Oregon City a été un échec sur toute la ligne. Je me suis fait dépouiller par un boiteux. Aucun de vous deux ne boite, n'est-ce pas?

— Vous nous avez vus arriver, dis-je.

— Je n'y ai pas prêté attention alors.» Il demanda, presque sérieusement, «Verriez-vous un inconvénient à vous lever et à claquer des talons pour moi?

— Oui, j'y verrais un sacré inconvénient, dis-je.

— Nous sommes tous deux solides sur nos jambes, affirma Charlie avec assurance.

— Mais tu ne le ferais pas? me demanda-t-il.

— Je préférerais mourir plutôt que de claquer mes talons pour vous.

— C'est lui, le grincheux? dit Mayfield à Charlie.

— On alterne, répondit Charlie.

— En tout cas, je te préfère à lui.

— Et qu'est-ce qu'il vous a pris, ce boiteux? demanda Charlie.

— Il m'a dérobé une bourse pleine d'or, d'une valeur de vingt-cinq dollars, et un Colt Paterson à crosse d'ivoire, inestimable à mes yeux. Le saloon s'appelait le Pig-King. Vous connaissez? Je ne serais pas surpris s'il n'existait plus, étant donné que ces villes changent si vite.

— Il est toujours là, dit Charlie.

— L'homme qui m'a dépouillé avait un couteau avec une lame arquée, comme une petite faux.

— Ah, vous parlez de Robinson», dit Charlie.

Mayfield se redressa. «Quoi? Tu connais cet homme? Tu es sûr?

— James Robinson, acquiesça-t-il.

— À quoi tu joues?» demandai-je. Charlie se pencha et me pinça la cuisse. Mayfield tâtonna à la recherche de son encrier et nota le nom.

«Vit-il toujours à Oregon City? demanda-t-il, essoufflé.

— Oui. Et il a toujours la même lame arquée dont il s'est servi pour vous détrousser. Il boitait à l'époque à cause d'une blessure qui a depuis cicatrisé, mais ce n'est plus le cas maintenant. Vous le trouverez toujours assis au King, comme avant, en train de faire des plaisanteries que personne n'apprécie, et qui en vérité ne veulent jamais rien dire.

— J'ai souvent pensé à lui ces dernières années», dit Mayfield. Il posa sa plume sur son porte-plume et nous dit, «Je le ferai étriper avec sa petite faux. Je le ferai pendre avec ses propres intestins.» Je ne pus m'empêcher de rouler les yeux en entendant cette tirade. Un morceau d'intestin ne supporterait pas le poids d'un enfant, et encore moins celui d'un homme adulte. Mayfield s'excusa pour aller uriner ; dans l'intervalle de trente secondes pendant lequel il s'absenta, mon frère et moi échangeâmes rapidement, à mots couverts :

«Qu'est-ce qui te prend, de livrer Robinson de la sorte ?

— Robinson est mort du typhus il y a six mois.

— Quoi ? Tu es sûr ?

— Sûr de sûr. J'ai rendu visite à sa veuve la dernière fois que nous étions en ville. Tu savais qu'elle avait de fausses dents ? J'ai failli avoir un haut-le-cœur quand elle les a crachées dans son verre d'eau. » Une fille passa devant lui en lui chatouillant le menton ; il lui sourit et me demanda distraitement, «Et si on restait pour la nuit ?

— Je préférerais partir. Tu seras malade demain matin, et on va encore perdre une journée. En plus, on va avoir des ennuis avec Mayfield.

— Si ennui il y a, ce sera pour lui, pas pour nous.

— Les ennuis, c'est les ennuis. Je préfère partir. »

Il secoua la tête. «Je regrette, mon frère, mais le mirmidon part en guerre ce soir.»

Mayfield sortit des cabinets en reboutonnant son pantalon. «Qu'est-ce que c'est que ça? Je n'aurais jamais pensé que les fameux frères Sisters faisaient des messes basses.»

Cependant que derrière nous dans la pièce, les filles de joie rôdaient, tels des chats.

Charlie avait bu trois verres d'eau-de-vie, et son visage prenait cette couleur écarlate annonciatrice d'un état d'ébriété des plus affligeant. Il commença à interroger Mayfield sur ses affaires et ses succès, d'un ton empreint d'une déférence que je n'aimais pas entendre dans la bouche de mon frère. Mayfield répondait vaguement aux questions, mais je déduisis de ses propos qu'il avait touché le gros lot et qu'à présent il se consacrait à dépenser ses richesses aussi vite que possible. Je me lassai de leur bavardage emprunté, et m'enivrai en silence. Les femmes ne cessaient de s'approcher de moi et de me titiller en s'asseyant sur mes genoux jusqu'à ce que mon organe s'engorge. Après quoi, éclatant de rire, elles s'écartaient pour aller retrouver mon frère ou Mayfield. Je me souviens m'être levé pour remettre en place mon appendice enflé, et avoir remarqué que mon frère et Mayfield étaient congestionnés eux aussi. Ainsi nous étions là, autour d'une table à débattre, en gentlemen civilisés, des événements du jour, avec de palpitantes érections. Sous l'effet croissant de l'eau-de-vie, je n'arrivais plus à faire la différence entre les filles ; leurs gloussements et leurs parfums formaient un amalgame tapageur qui m'attirait et me révulsait tout à la fois. Mayfield et Charlie étaient apparemment en pleine conversation, mais en vérité ils se parlaient à eux-mêmes, et ne souhaitaient entendre que leurs propres mots et leurs propres voix : Charlie se moqua de ma brosse à dents, et Mayfield réfuta le pouvoir des baguettes de sourcier. Ils continuèrent de la sorte encore et encore, jusqu'à ce que je les déteste tous deux. Lorsqu'un homme est vraiment saoul, songeai-je, c'est comme s'il était enfermé dans une pièce avec lui-même — une barrière insaisissable mais tangible le sépare de ses congénères.

J'avalai une eau-de-vie puis une autre, et remarquai une nouvelle femme dans un coin éloigné du salon, qui se tenait seule devant une fenêtre. Elle était plus pâle et moins potelée que les autres, et l'inquiétude ou le manque de sommeil cernaient ses yeux. Malgré son physique frêle, c'était une véritable beauté avec ses yeux couleur de jade et ses cheveux dorés qui lui tombaient jusque dans le bas du dos. Enhardi par l'eau-de-vie et la crétinerie qu'elle engendre, je la regardai fixement jusqu'à ce qu'elle ne pût m'ignorer et me lançât un sourire charitable. Je lui fis un clin d'œil et elle eut encore plus pitié de moi. Elle traversa le salon pour partir, sans me quitter des yeux. Elle sortit et je restai à observer la porte qu'elle avait laissée entrouverte.

« Qui était-ce ? demandai-je à Mayfield.

— Qui? dit-il.

— C'était qui le kiki », dit Charlie, et toutes les filles éclatèrent de rire.

Je quittai la pièce à mon tour et la trouvai en train de fumer une cigarette dans le couloir. Elle ne fut pas surprise de me voir, ce qui, pour autant, ne signifiait pas qu'elle en fût contente. Il est probable que, chaque fois qu'elle quittait une pièce, un homme ou un autre la suivait, et qu'elle avait dû s'y habituer, à force. Je tendis la main pour ôter mon chapeau, mais il n'était pas sur ma tête. Je lui dis, « Je ne sais pas ce que vous en pensez, mais moi j'en ai assez de ce qui se passe dans cette pièce. » Elle resta silencieuse. « Mon frère et moi avons vendu une fourrure à Mayfield. Et maintenant nous sommes obligés de rester là à l'écouter se vanter et raconter ses mensonges. » Elle continua à regarder dans le vide en avalant sa fumée, un sourire suspendu aux lèvres, et je ne parvenais pas à déchiffrer ses pensées. « Que faites-vous ici? demandai-je.

— J'habite ici. Je suis la comptable de monsieur Mayfield.

— Vous avez une chambre dans cet hôtel, ou vivez-vous ailleurs? » Je me dis, Voici précisément le genre de question à ne pas poser, et je la pose à cause de l'alcool. Arrête de boire de l'eau-de-vie! Heureusement, la femme ne s'en formalisa pas. « Oui, j'ai une chambre ici, mais parfois je dors dans une autre, quand il y en a de disponibles, parce que cela m'amuse.

— En quoi est-ce amusant ? m'enquis-je. Ne se ressemblent-elles pas toutes ?

— Elles se ressemblent en apparence. Mais en vérité les différences sont notables. »

Je ne savais pas quoi répondre. L'eau-de-vie m'implorait de continuer à palabrer, mais alors que j'ouvrais la bouche pour articuler quelque chose, une sagesse inespérée s'empara de moi, et je resserrai les mâchoires en gardant le silence. J'étais en train de me féliciter intérieurement quand la femme se mit à chercher du regard un endroit pour se débarrasser de sa cigarette. Je proposai de m'en charger et elle déposa le mégot fumant dans ma paume ouverte. J'écrasai le bout incandescent entre mes doigts tout en continuant à la regarder calmement, dans l'espoir, j'imagine, de l'impressionner par ma capacité à endurer la douleur, qui a toujours été au-dessus de la normale : Arrête de boire de l'eau-de-vie ! Je mis la cendre et le papier calciné dans ma poche. L'attention de la femme n'en fut pas affectée et demeura distante. Je dis, « Je ne sais que penser de vous, madame.

— Que voulez-vous dire ?

— Je n'arrive pas à savoir si vous êtes heureuse, triste, folle ou autre chose.

— Je suis malade.

— Malade comment ? »

Elle sortit de la poche de sa robe un mouchoir maculé de sang, qu'elle exhiba avec un amusement macabre. Mais je ne pris pas la chose à la légère ; en vérité, la vue des taches me révolta. Sans réfléchir, je lui demandai alors si elle était mourante. Son visage s'assombrit, et je me confondis en excuses : «Ne me répondez pas. J'ai trop bu. Me pardonnerez-vous ? S'il vous plaît, dites-moi que oui.»

Elle n'en fit rien, mais elle ne sembla pas non plus me tenir rigueur de mes propos, et je décidai de poursuivre comme si je n'avais pas commis d'impair. Aussi naturellement que je le pus, je demandai, «Où allez-vous à présent, sans indiscrétion ?

— Nulle part en particulier. Il n'y a pas d'autre endroit que cet hôtel, la nuit.

— Eh bien, dis-je en faisant un claquement de langue, on dirait que vous m'attendiez ici.

— Non.

— Vous avez laissé la porte entrouverte, afin que je puisse vous suivre.

— Non.

— Moi je crois que si.»

J'entendis un craquement dans le couloir ; la femme et moi nous tournâmes et vîmes un trappeur qui se tenait debout, en haut de l'escalier. Il était en train de nous surveiller, et son visage était renfrogné. «Tu devrais regagner ta chambre maintenant, lui dit-il.

— En quoi cela te concerne ? répliqua-t-elle.

— Je travaille pour le patron, non?

— Moi aussi. Je discute avec l'un de ses invités.

— Il va y avoir des problèmes si tu continues.

— Des problèmes avec qui?

— Tu sais. Avec lui.

— Toi, là, dis-je au trappeur.

— Quoi?

— Disparais. »

L'homme marqua une pause, puis plongea sa main dans sa barbe d'un noir bleuté, pour se gratter la joue et la mâchoire. Il tourna les talons, redescendit l'escalier et la femme me dit, « Il me suit partout dans l'hôtel. Je dois fermer ma porte à clé la nuit.

— Mayfield est votre homme, c'est ça? »

Elle désigna le salon plein de catins. « Il n'a pas de femme attitrée. » Comme elle éludait la question, je pris une mine désappointée, et elle ajouta, « Mais non, nous n'avons pas de lien intime. Ce fut le cas à une époque peut-être. »

Le rire tonitruant de mon frère me parvenait à travers la porte. Charlie a un rire stupide et sonore. Il brait plus qu'autre chose. « Cette ville ne me fait pas grande impression », dis-je.

La femme s'approcha de moi. Voulait-elle que je l'embrasse? Non, elle voulait seulement me faire part d'un secret. «J'ai entendu ce trappeur et les autres parler de vous et de votre frère. Ils ourdissent un plan contre vous. Je n'ai pu comprendre exactement de quoi il s'agissait, mais tous les soirs ils boivent, et ce soir ils n'ont pas touché une goutte. Vous devriez prendre garde.

— J'ai trop bu pour ça.

— Dans ce cas, vous devriez retourner à la fête. Rester près de Mayfield est ce que vous avez de mieux à faire, je crois.

— Non, je ne resterai pas une minute de plus là-dedans. Je ne veux qu'une chose, c'est dormir.

— Quelle chambre Mayfield vous a-t-il choisie ?

— Aucune pour le moment.

— Je vais vous trouver un endroit sûr», dit-elle en m'entraînant à l'extrême bout du couloir, où elle ouvrit une porte avec une clé qu'elle sortit de sa poche. Elle agissait avec précaution pour ne pas faire le moindre bruit, et je me surpris à adopter un comportement similaire. Nous pénétrâmes dans la pièce sombre, et elle ferma la porte derrière nous. Elle me poussa contre un mur et m'ordonna de rester immobile pendant qu'elle cherchait une bougie. Je ne pouvais pas la voir, mais j'entendais ses mouvements, ses pas, ses mains qui fouillaient dans des tiroirs et qui parcouraient des dessus de table ; j'aimais la sentir proche de moi, et l'entendre s'affairer, sans savoir ce qu'elle faisait. Je décidai alors que j'avais de l'affection pour elle ; j'étais flatté par l'attention qu'elle m'accordait, et songeai qu'il ne fallait guère plus pour me rendre heureux.

Elle alluma une bougie et ouvrit les rideaux, laissant pénétrer la lumière de la lune. C'était une chambre d'hôtel typique, si ce n'est qu'elle était poussiéreuse et qu'elle sentait le renfermé. Elle m'expliqua, « Cette chambre est toujours vide car la clé a été égarée, et Mayfield est trop flemmard pour faire venir un serrurier. Sauf que la clé n'a pas été perdue, c'est moi qui l'ai prise. Je viens ici parfois quand j'ai envie d'être seule. »

Je hochai la tête poliment et dis, « Oui, eh bien, il me semble évident que vous êtes amoureuse de moi.

— Non, dit-elle en rougissant. Ce n'est pas ça.

— Je le vois bien. Désespérément amoureuse, et incapable de lutter contre. Vous ne devriez pas vous en vouloir, cela s'est déjà produit auparavant. Il semblerait que je ne puisse pas sortir dans la rue sans qu'une femme ne vienne à ma rencontre, les yeux enflammés de passion et de désir. » Je me jetai sur le petit lit et roulai sur le matelas. La femme me trouvait amusant mais cela ne l'empêcha pas de se diriger vers la porte. Je continuai à gigoter, et le lit émit des grincements plaintifs. Elle me dit, « Vous feriez mieux d'arrêter. La chambre des trappeurs est juste en dessous de nous.

— Oh, arrêtez de parler d'eux. Je m'en moque, et ils ne peuvent rien contre moi.

— Mais ce sont des tueurs, chuchota-t-elle.

— Moi aussi, chuchotai-je en retour.

— Comment ça ? »

Quelque chose dans son regard, sa pâleur ou son manque d'assurance, me rendit fou, et une sorte de cruauté ou d'instinct animal s'empara de moi. Je me levai, et criai, « La mort nous traque tous, mortels que nous sommes ! » Ces mots sortaient de je ne sais où, et ils m'inspirèrent prodigieusement. Je m'écartai du lit en titubant, pris mon pistolet, et tirai un coup de feu dans le plancher. La détonation fut assourdissante ; le son résonna entre les murs, et la chambre s'emplit de fumée ; horrifiée, la femme tourna les talons et me quitta en fermant à clé derrière elle. J'avançai à sa suite, repoussai le verrou et rouvris la porte en grand, puis m'assis sur le lit, pistolets à la main, chargés et pointés vers l'entrée de la chambre. Mon cœur battait la chamade et je me tenais prêt à un combat de tous les diables, mais au bout de cinq minutes mes paupières devinrent lourdes. Au bout de dix, je décidai que les trappeurs n'avaient pas entendu mon coup de feu. Ils n'étaient pas dans leur chambre, ou bien j'avais fait feu dans une chambre qui n'était pas la leur. L'aventure tournait court. Je me lavai les dents, me mis au lit et m'endormis.

Le lendemain matin il faisait beau, j'étais allongé dans le lit et par la fenêtre ouverte une douce brise me caressait le visage. J'étais entièrement habillé, et la porte était verrouillée. La comptable était-elle revenue durant la nuit pour me protéger? J'entendis une clé dans la serrure et elle entra, s'assit au bord du lit, et sourit. Je demandai des nouvelles de Charlie et elle m'apprit qu'il se portait bien. Elle me proposa d'aller me promener avec elle, et même si elle avait encore la mine d'une morte vivante, elle sentait bon, était poudrée de frais et ne semblait pas mécontente de me voir. Je m'extirpai du lit, m'approchai de la fenêtre, et me penchai pour regarder la rue en contrebas. Des hommes et des femmes allaient et venaient et se saluaient, s'inclinant et soulevant leurs chapeaux. La femme s'éclaircit la gorge et dit, «Hier soir vous me disiez que vous ne saviez pas que penser de moi. À présent, c'est moi qui ne sais pas que penser de vous.

— Que voulez-vous dire ?

— Pour commencer, pourquoi diantre avez-vous tiré dans le sol ?

— Je m'en veux pour ça, admis-je. Je regrette de vous avoir fait peur.

— Mais pourquoi l'avoir fait ?

— Parfois, quand je bois trop et que je me sens un peu triste, quelque chose au fond de moi voudrait mourir. » Je pensai, Qui exhibe à présent son mouchoir plein de sang ?

« Pourquoi vous sentiez-vous triste ?

— Pourquoi les gens se sentent-ils tristes ? Ça vous tombe dessus parfois.

— Mais vous étiez heureux l'instant d'avant, puis soudain tout a basculé. »

Je haussai les épaules. J'aperçus dans la rue un homme dont le visage me sembla familier, mais que je n'arrivais pas à resituer. Il marchait d'un pas lourd, apparemment sans but précis, et avait l'air hébété. « Je connais cet homme », dis-je en le désignant du doigt. La femme s'approcha de moi pour voir, mais l'homme avait disparu. Elle ajusta sa robe et demanda, « Vous venez vous promener avec moi, ou pas ? »

Je mastiquai un peu de poudre pour les dents, et elle me mena dans le couloir en me tenant par le bras. Tandis que nous passions devant la porte ouverte du salon de Mayfield, j'aperçus le patron qui dormait, le visage posé sur le bureau, la tête et les bras entre les bouteilles vides, les mégots de cigare et les trois clochettes renversées. Une catin corpulente complètement dénudée était étalée par terre sur le dos, à côté de lui. Son visage était détourné, et je m'arrêtai pour observer son corps endormi, sa poitrine et son estomac se soulevant et s'abaissant au rythme de sa respiration. C'était l'image même de la débauche, et je fus interloqué à la vue de son bas-ventre aux poils emmêlés et aplatis. Je remarquai mon chapeau qui était suspendu aux bois d'une tête d'élan accrochée au mur du fond, et je traversai la pièce pour le récupérer. Alors que je revenais sur mes pas, en époussetant la cendre qui recouvrait les bords de mon chapeau, je trébuchai et tombai par terre. Je m'étais pris les pieds dans la structure sur laquelle était tendue la fourrure qui, je m'en rendis compte alors, avait disparu. Sans même prendre la peine de la détacher, on l'avait grossièrement découpée à la va-vite. Je regardai la comptable, qui se tenait dans l'embrasure de la porte ; elle avait les yeux fermés, et elle dessinait lentement des cercles avec sa tête. Je me dis, Cette femme est prisonnière du poids de ses fardeaux.

La route était boueuse et jonchée de flaques profondes, et pour traverser nous dûmes marcher tant bien que mal sur une série de planches en bois, ce qui amusait la femme, dont le rire clair et sonore résonnait dans l'air frais du matin. Son rire et l'air frais, pensai-je. Voilà tout ce dont j'ai besoin pour me changer les idées. Il est étrange de songer que ce fut pour moi une aventure, moi qui en ai connu tant, et de particulièrement dangereuses, mais j'étais là, à tenir sa main et à l'aider à avancer sur les planches branlantes ; la nausée n'était jamais bien loin, mais cela ne fit que rendre encore plus comique, et donc joyeuse, cette péripétie. Le temps d'arriver de l'autre côté de la route, mes bottes étaient couvertes de boue, mais les siennes n'avaient pas la moindre tache, et elle prononça le mot « Merci ». En sécurité et au sec sur le trottoir en bois, elle continua à me tenir le bras pendant une demi-douzaine de pas, puis me lâcha pour se recoiffer. Il n'y avait, je pense, aucune raison particulière qu'elle relâche son étreinte, ni qu'elle l'eût fait par souci du bon goût et de la bienséance. Je pense qu'elle appréciait sentir mon bras et qu'elle aurait voulu le tenir plus longtemps. C'est en tout état de cause ce que je souhaitais croire.

Je demandai, «Comment ça se passe avec Mayfield?

— Il me paie plutôt bien, mais il n'est pas facile à vivre. Il veut toujours avoir raison. C'était un homme bien, avant qu'il ne fasse fortune.

— On dirait qu'il dépense sa fortune à toute allure. Peut-être qu'il redeviendra l'homme qu'il était quand il ne lui en restera plus.

— Il changera, mais il ne sera jamais plus l'homme qu'il était. Il deviendra encore un autre homme. Et je pense que celui-là sera encore moins aimable que celui qu'il est maintenant.» Je demeurai silencieux et elle ajouta, «Oui, il n'y a pas grand-chose à ajouter.» Un moment s'écoula, et elle s'approcha pour me prendre le bras derechef. Je me sentis fier, et je marchai d'un pas plus assuré. Je dis, «Pourquoi ma porte était-elle fermée ce matin? Êtes-vous revenue me voir durant la nuit?

— Vous ne vous souvenez pas? demanda-t-elle.

— Je regrette, mais non.

— Cela me fait de la peine.

— Allez-vous m'expliquer ce qui s'est passé?»

Elle réfléchit un moment, et dit, « Si vous voulez vraiment le savoir, vous vous en souviendrez par la seule force de votre esprit. » Songeant à quelque chose, elle partit d'un rire cristallin.

— Votre rire est frais comme l'eau vive », dis-je. Je sentis mon cœur se serrer à ces mots, et j'aurais facilement pu fondre en larmes : étrange.

« Vous êtes tellement sérieux tout à coup, me dit-elle.

— Pas seulement », dis-je.

Lorsque nous atteignîmes l'extrémité de la ville, nous franchîmes une autre rangée de planches, et reprîmes la direction de l'hôtel. Je pensai à ma chambre, au lit dans lequel j'avais dormi ; j'imaginai l'empreinte que mon corps avait laissée sur les couvertures. Soudain, je me souvins, et m'exclamai, « C'est l'homme en pleurs !

— Qui ça ? demanda la femme.

— L'homme que j'ai aperçu par la fenêtre et qui me disait quelque chose. Je l'ai rencontré dans l'Oregon il y a quelques semaines. Mon frère et moi venions de quitter Oregon City et nous avons rencontré un homme seul qui marchait en tenant son cheval par la bride. Il était en grande détresse, mais n'a pas accepté notre aide. Sa peine était profonde et lui avait fait perdre la raison.

— Avez-vous pu remarquer si les choses s'étaient améliorées pour lui ?

— Apparemment pas.

— Pauvre hère.

— Il voyage à bonne allure pour un homme désespéré qui marche à pied.»

Elle s'arrêta un instant, et lâcha mon bras.

«Hier soir vous avez évoqué des affaires pressantes à San Francisco», dit-elle.

J'acquiesçai: «Nous sommes à la poursuite d'un homme du nom de Hermann Warm. D'après nos informations, il vit là-bas.

— Qu'entendez-vous par "à la poursuite"?

— Il a fait quelque chose de mal et nous avons été engagés pour le faire payer.

— Mais vous n'êtes pas des hommes de loi.

— Nous sommes tout le contraire.»

Elle devint pensive. «Ce Warm est-il vraiment un homme mauvais?

— Je ne sais pas. La question n'est pas claire. On dit que c'est un voleur.

— Qu'a-t-il volé?

— Ce que les gens volent habituellement. De l'argent, sans doute.» J'avais honte de mentir ainsi, et je cherchai du regard quelque chose qui pût me changer les idées, sans succès. «Pour être honnête, en

192

fait, il n'a probablement rien volé du tout. » Elle baissa les yeux et je lâchai un petit rire en ajoutant, «Je ne serais pas du tout surpris d'apprendre qu'il est parfaitement innocent.

— Et vous partez souvent à la poursuite d'hommes que vous croyez innocents?

— Chaque affaire est différente.» Soudain, je n'avais plus envie de parler de cela. «Je n'ai plus envie d'en parler.»

Ignorant ce que je venais de dire, elle demanda, «Vous aimez votre travail?

— Ça dépend. Parfois, c'est une simple escapade, mais d'autres fois c'est un véritable enfer.» Je haussai les épaules. «Toute tâche est rendue plus honorable. si elle est salariée. Dans un sens, ce n'est pas rien d'avoir quelque chose d'aussi important que la vie d'un homme entre ses mains.

— La mort d'un homme», rectifia-t-elle.

Jusqu'alors, je n'étais pas sûr qu'elle eût bien compris en quoi consistait mon travail. Je fus soulagé de m'apercevoir que si: je n'avais pas besoin d'entrer dans les détails. «Appelez ça comme vous voudrez, dis-je.

— N'avez-vous jamais songé à arrêter?

— Si», avouai-je.

Elle reprit mon bras. «Que ferez-vous après vous être occupé de ce Warm?»

Je lui dis, «J'ai une petite maison à l'extérieur d'Oregon City, que je partage avec mon frère. Le paysage est joli, mais la maison est exiguë et pleine de courants d'air. Je voudrais déménager, mais je n'arrive pas à trouver le temps pour repérer un autre endroit. Charlie a beaucoup de fréquentations peu respectables. Ce sont des gens qui se couchent à n'importe quelle heure.» Mais comme la femme semblait s'agacer de ma réponse, je poursuivis : «Que me demandez-vous au juste?

— J'espère vous revoir.»

Ma poitrine sursauta comme si j'avais reçu un coup, et je songeai, Je suis un parfait nigaud. «Votre souhait sera exaucé, promis-je.

— Si vous partez, je ne crois pas que je vous reverrai un jour.

— Je reviendrai, je vous le promets.» Cependant, la femme ne me crut pas, ou ne me crut qu'en partie. Levant les yeux sur moi, elle me pria d'enlever mon manteau, ce que je fis, et elle sortit de ses vêtements une longue soie d'un bleu éclatant, qu'elle attacha autour de mon épaule en faisant un nœud serré ; puis elle recula de quelques pas pour me regarder. Elle était très triste, et belle ; ses yeux étaient humides et ses paupières alourdies par les poudres et les charmes immémoriaux. Je posai mes mains sur l'écharpe mais les mots me manquèrent.

Elle me dit, «Portez-la toujours comme ça, et quand vous la verrez vous vous souviendrez de moi

194

et de votre promesse de revenir me voir. » Elle caressa l'étoffe, et sourit. « Votre frère sera-t-il très jaloux ?

— Je crois qu'il voudra que je lui raconte tout.

— N'est-elle pas magnifique ?

— C'est très chatoyant. »

Je remis mon manteau et le boutonnai pour protéger la soie. Elle s'approcha et m'enlaça ; posant son visage sur mon cœur, elle écouta ses battements frénétiques. Puis elle prit congé, se tourna et s'engouffra dans l'hôtel, mais j'eus le temps de glisser les quarante dollars de Mayfield dans la poche de sa robe. Je lui lançai à la cantonade que je la reverrais à mon retour, mais elle ne répondit pas et je restai seul, avec mes pensées qui allaient et venaient, et mouraient. Je n'avais pas envie de rentrer, et préférai continuer à marcher. J'aperçus une rangée de maisons en retrait de la rue principale, et partis dans cette direction.

INTERMÈDE I

Je rencontrai une petite fille de sept ou huit ans, élégamment vêtue, qui se tenait droite devant la clôture du jardin d'une pittoresque maison fraîchement peinte. Elle regardait la bâtisse d'un air méchant ou d'intense dégoût : elle fronçait les sourcils, les poings serrés, et elle pleurait en silence. Lorsque je m'approchai d'elle pour lui demander ce qui n'allait pas, elle me répondit qu'elle avait fait un cauchemar.

«Tu viens de faire un cauchemar ? m'étonnai-je, car le soleil était haut dans le ciel.

— Non, cette nuit. Je l'avais oublié, jusqu'à maintenant, quand ce chien me l'a rappelé. » Elle désigna du doigt un gros chien couché de l'autre côté de la clôture. Je fus surpris quand je vis ce qui ressemblait à la patte du chien gisant à ses côtés, mais en y regardant de plus près je me rendis compte qu'il s'agissait du fémur d'un agneau ou d'un veau, un os à ronger encore couvert de viande et de cartilage. Je souris à la fillette.

« J'ai cru que c'était la patte du chien », dis-je.

La petite fille essuya les larmes sur ses joues. « Mais *c'est* la patte du chien. »

Je secouai la tête et montrai du doigt l'animal. « Il est couché sur sa patte, tu ne vois pas ?

— Non. Regardez. » Elle siffla ; le chien s'éveilla et se dressa, et je m'aperçus qu'il lui manquait véritablement la patte au niveau de l'os qui se trouvait par terre, mais la peau de l'animal avait cicatrisé depuis longtemps. C'était une vieille blessure, et bien que perturbé, je poursuivis : « Ce que tu vois par terre, c'est le fémur d'un agneau, pas celui du chien. Ne vois-tu pas qu'il a perdu sa patte il y a un certain temps, et qu'il n'a plus mal ? »

Mes propos fâchèrent la petite fille, et elle me regardait à présent avec le même air méchant que j'avais surpris sur son visage lorsqu'elle observait la maison. « Mais si, il a mal, insista-t-elle. Ce chien a bel et bien mal ! »

Je fus décontenancé par la violence de ses mots et de sa colère ; je m'écartai d'elle. « Tu es une petite fille bizarre, dis-je.

— La vie sur terre est bizarre », répliqua-t-elle. Je ne sus que répondre. Quoi qu'il en fût, j'avais rarement entendu quelque chose d'aussi véridique. La petite fille poursuivit, d'une voix douce et innocente : « Mais vous ne m'avez rien demandé sur mon rêve.

— Tu as dit que c'était à propos de ce chien.

— Mais il n'y avait pas que le chien. J'ai aussi rêvé de la clôture, de la maison, et de vous.

— J'étais dans ton rêve ?

— Il y avait un homme. Un homme que je ne connaissais pas et qui m'était indifférent.

— C'était un homme gentil, ou malintentionné ? »

Elle chuchota : « C'était un homme protégé. »

Aussitôt je pensai à la sorcière gitane, à la porte de sa cabane, et au collier. « Comment était-il protégé ? demandai-je. Protégé de quoi ? »

Mais elle ne répondit pas à ma question et poursuivit : « Je venais ici voir ce chien, que je déteste. Et alors que je lui donnais du poison pour le tuer, un nuage d'un gris sombre et gros comme un poing est apparu. Il tourbillonnait et grossissait à vue d'œil. Il n'a pas tardé à être aussi gros que la maison, et le vent qui s'en échappait, un vent très froid, me brûlait le visage. » Elle ferma les yeux et leva la tête vers le ciel, comme pour se souvenir de la sensation qu'elle avait éprouvée.

« Quel genre de poison as-tu donné au chien ? demandai-je car je remarquai qu'il lui restait entre les doigts de la main droite quelques grains de poudre noire.

— Le nuage devenait énorme, poursuivit la terrible petite fille en haussant le ton et en s'agitant de plus en plus, et pour finir il m'a aspirée. Je suis restée suspendue dans l'air à tournoyer doucement sur moi-même. Cela aurait pu être apaisant si le chien à trois pattes, mort à présent, ne s'était pas retrouvé à virevolter avec moi.

— C'est un rêve épouvantable, petite.

— Le chien à trois pattes, mort à présent, qui virevoltait avec moi!» Elle frappa dans ses mains, tourna les talons et partit. Je restai là, ahuri et quelque peu secoué. Je pensai, Comme j'aimerais trouver une compagne digne de confiance. La petite fille avait disparu au coin de la rue avant que je me retourne vers le chien, qui était à nouveau allongé sur le ventre, de la bave lui coulant des babines, les côtes immobiles, indiscutablement mort. Les rideaux de la maison s'écartèrent et je m'éloignai aussi prestement que la petite fille, mais dans la direction opposée, sans me retourner. Il était temps de dire au revoir et bon débarras à Mayfield, pour l'instant.

FIN DE L'INTERMÈDE

Je jetai un œil dans le salon en passant devant. Mayfield ainsi que la femme nue avaient disparu, et le cadre qui avait servi à tendre la peau était redressé. Plus loin, dans le couloir, l'une des catins se tenait la tête appuyée sur la porte de la chambre voisine de la mienne. Je m'approchai d'elle et lui demandai si elle avait vu Charlie. «Il vient de me congédier.» Elle avait le teint verdâtre, elle était malade à cause de l'eau-de-vie. Appuyant sur sa bouche son poing fermé, elle réprima un renvoi. «Mon Dieu», dit-elle. J'ouvris la porte de ma chambre et lui demandai de prier Charlie de se dépêcher. «Je ne lui dirai rien du tout, monsieur. Je vais retrouver mon lit pour endurer mon calvaire en privé.» Je la regardai s'éloigner d'un pas mal assuré, s'appuyant du poing sur le mur. La porte de Charlie était verrouillée, et lorsque je frappai il émit un son rauque par lequel se manifestait son désir de solitude. Je l'appelai alors et il vint m'ouvrir, tout nu, en me faisant signe d'entrer.

«Où étais-tu? demanda-t-il.

— Je suis allé me promener avec la fille d'hier soir.

— Quelle fille d'hier soir?

— La jolie, toute menue.

— Il y avait une fille jolie et menue?

— Tu étais bien trop occupé à te marrer comme une baleine pour remarquer. Tu as vu comme tu as la tête rouge?»

J'entendis la voix irritée de Mayfield qui nous parvenait faiblement du salon. Je dis à Charlie que la fourrure avait disparu, et il se raidit. «Que veux-tu dire, disparu? demanda-t-il.

— Disparu. Plus là. Le cadre a été renversé, et la peau a été découpée.»

Il réfléchit à ce que je venais de lui apprendre, puis commença à s'habiller. «Je vais en parler à Mayfield, dit-il entre deux gémissements tout en enfilant son pantalon. Nous nous sommes très bien entendus hier soir. C'est sûrement un de ces sales trappeurs qui a fait le coup.»

Il partit et je m'assis lourdement dans une chaise basse en osier. Je remarquai que le matelas était sur le sol et qu'il avait été éventré avec un couteau, et son rembourrage arraché. Je pensai, Sa propension à d'absurdes carnages cessera-t-elle un jour? Il était en train de se disputer avec Mayfield, mais je ne pouvais saisir la teneur de leurs propos. Je tombai de fatigue, et étais à moitié endormi lorsque Charlie revint, le visage crispé, les poings serrés, blancs aux jointures. « En voilà un qui sait donner de la voix. Quel fort en gueule.

— Pense-t-il que nous avons pris la fourrure ?

— Il en est persuadé, et tu sais pourquoi ? Un de ces trappeurs affirme t'avoir vu courir dans le couloir en la tenant sous le bras. J'ai demandé à Mayfield de fouiller nos chambres et nos bagages mais il a répondu qu'il ne s'abaisserait pas à une chose pareille. Il a murmuré quelque chose à sa pute et elle a déguerpi. Elle est partie chercher les trappeurs, j'imagine. » Il s'approcha de la fenêtre, et regarda la route principale en contrebas. « Cela me met hors de moi, quand je pense qu'ils nous ont joué un tel tour. Si je ne me sentais si faible j'irais les trouver de ce pas. » Il leva les yeux vers moi. « Et toi, mon frère ? Es-tu en état de te battre ?

— Pas vraiment. »

Il plissa les yeux, et demanda, « Qu'est-ce que tu as sous ton manteau ?

— Un cadeau de la fille.

— Y a-t-il une parade de prévue ?

— C'est juste un morceau d'étoffe, pour me souvenir d'elle. Une *bomboniera,* comme dirait maman. »

Il eut un claquement de langue. « Tu ne devrais pas le porter, dit-il avec fermeté.

— C'est un tissu très cher, je pense.

— La fille s'est moquée de toi.

— C'est quelqu'un de sérieux.

— Tu as l'air d'une oie qui a gagné un premier prix. »

Je détachai l'étoffe, l'enlevai, puis la pliai soigneusement. Je décidai de la garder, mais de ne la contempler que quand je serais seul. « Qui a pris cette satanée fourrure ? » dit Charlie. Il se retourna vers la fenêtre, frappa au carreau, et dit, « Ha, nous y voilà. »

Je le rejoignis à la fenêtre et vis la catin que j'avais aperçue gisant sur le sol du salon en pleine discussion avec le plus grand des trappeurs. Il se tenait debout à l'écouter, en train de rouler une cigarette et il hochait la tête ; lorsqu'elle eut fini, il lui dit quelque chose, et elle repartit en direction de l'hôtel. Je la suivis du regard jusqu'à ce qu'elle eût disparu de mon champ de vision, puis je me tournai à nouveau vers le trappeur, qui nous avait repérés à la fenêtre, et nous observait sous les bords mous de son chapeau pointu. « Mais où diable est-ce qu'on trouve un chapeau pareil ? s'interrogea Charlie. Ils doivent les fabriquer eux-mêmes. » Le trappeur alluma sa cigarette, souffla une volute de fumée, et s'éloigna. Charlie se frappa la cuisse et cracha. « Je déteste devoir le dire, mais ils nous ont eus. Donne-moi tes pièces, et je vais rendre les miennes aussi.

— Si tu rends notre argent, tu reconnais qu'on est coupables.

— C'est notre seule option. Sinon il faut se battre ou s'enfuir, ce que nous ne sommes pas en état de faire. Allez, donne-les moi. » Il s'avança vers moi en tendant la main. Je feignis de fouiller mes poches, triste pantomime que Charlie perça à jour. Il gratta son cou mal rasé et dit, «Tu as donné ton argent à la femme, c'est ça?

— C'était mon argent. Que j'avais gagné de mes propres mains. Et ce qu'un homme fait de son argent ne regarde que lui. » Me souvenant du poing fermé avec lequel la catin qui sortait de chez lui s'était couvert la bouche, j'ajoutai, «Et toi, tu n'en aurais pas donné aussi, des pièces?

— Tu sais, je n'y avais pas pensé. » Il fouilla sa bourse et rit avec amertume. «Et Mayfield avait dit que c'était la maison qui offrait. »

Des cris nous parvinrent du salon. Le son d'une clochette résonna, et le bruit d'un verre brisé retentit.

«J'espère que tu ne comptes pas payer l'homme avec nos propres sous, dis-je.

— Non, je ne suis pas enclin à ce point à me faire des amis. Laisse-moi rassembler mes affaires, puis on ira chercher les tiennes. On sortira par ta fenêtre en espérant ne pas se faire remarquer. Nous nous battrons s'il le faut, mais je préférerais attendre demain, qu'on ait retrouvé tous nos moyens. » Le sac dans la main, il parcourut la chambre du regard et demanda, «On a tout? C'est bon? Allons-y. Traversons le couloir dans un silence d'or. »

Silence d'or, songeai-je, tandis que nous marchions à pas de velours en direction de ma chambre, saisi par la dimension poétique de la formule.

Nous passâmes par la fenêtre de ma chambre et nous faufilâmes sur la corniche qui surplombait le trottoir, ce qui s'avéra commode, car Tub et Nimble étaient dans une écurie qui jouxtait l'hôtel, et nous parcourûmes de la sorte la distance qui nous en séparait sans qu'une âme ne nous remarquât. À mi-chemin, Charlie fit halte derrière un panneau tout en hauteur pour observer le plus grand des trappeurs appuyé contre une barre d'attache en contrebas. Puis les trois autres arrivèrent et chacun, dans le cercle ainsi formé, se mit à parler dans sa barbe sale. «Ils terrorisent sans doute les blaireaux du coin, dit Charlie, mais ces types sont tout sauf des tueurs.» Il désigna le chef. «C'est lui qui a volé la peau, j'en suis sûr. Si on doit se battre, je m'occuperai de lui. Tu verras que les autres détaleront au premier coup de feu.»

Les hommes se dispersèrent et nous poursuivîmes notre chemin jusqu'au bout de la corniche. Puis nous sautâmes à terre et nous glissâmes dans l'écurie, où je trouvai le palefrenier aux dents de lapin debout près de Tub et Nimble, en train de les regarder stupidement. Il sursauta au son de nos voix et ne fit aucun effort pour nous aider à harnacher nos chevaux, ce qui aurait dû éveiller mes soupçons, mais j'étais trop préoccupé par l'idée de fuir pour analyser clairement la situation. Charlie et moi étions en train d'attacher nos sacoches quand les quatre trappeurs sortirent sans bruit de la stalle derrière la nôtre. Lorsque nous les entendîmes, il était trop tard. Ils nous avaient cueillis à froid et les canons de leurs pistolets étaient braqués droit sur nos cœurs.

« Vous comptez quitter Mayfield ? demanda le plus grand des trappeurs.

— Oui, nous partons », dit Charlie. Je ne savais pas comment il pensait procéder, mais il avait pour habitude de faire craquer ses index avec ses pouces juste avant de dégainer, et je restai à l'affût, les oreilles grandes ouvertes.

« Vous ne partirez pas sans rendre l'argent que vous devez à monsieur Mayfield.

— Monsieur Mayfield, dit Charlie. Le patron bienaimé. Dites-moi, vous le bordez aussi, tous les soirs ? Et vous lui réchauffez les pieds avec vos petites mains pendant les longues soirées d'hiver ?

— Cent dollars, ou je vous descends. De toute façon, je finirai sans doute par vous tuer. Vous pensez que je suis lent avec cette fourrure et ce cuir, mais bientôt vous vous rendrez compte que je suis beaucoup plus rapide que ce que vous croyiez. Et ne soyez pas surpris lorsque mes balles vous transperceront le corps. »

Charlie dit, « Vous êtes lent, trappeur, mais ce n'est pas à cause de votre accoutrement. C'est votre esprit, le coupable. Car à mon avis, vous êtes aussi bête que les animaux que vous traquez dans la boue et la neige. »

Le trappeur rit, ou fit semblant de rire, en se donnant un air de légèreté et de bonne humeur. Il fit, « Je vous ai entendu vous saouler hier soir et je me suis dit que pour ma part, je ne boirais pas une goutte au cas où j'aurais à vous tuer ce matin. Et maintenant c'est le matin et je vous demande pour la dernière fois : allez-vous rendre l'argent, ou la fourrure ?

— Tout ce que vous obtiendrez de moi, c'est la Mort. » Charlie prononça ces mots tout naturellement, comme s'il parlait de la pluie et du beau temps ; un frisson parcourut ma nuque, et mon pouls s'accéléra. Il est merveilleux dans de telles situations, il garde son sang-froid et ne manifeste pas l'ombre d'une crainte. Il avait toujours été comme ça, et même si je l'avais vu à l'œuvre à de nombreuses reprises, j'étais néanmoins chaque fois rempli d'une admiration intacte.

« Je vais vous descendre, dit le trappeur.

— Mon frère va compter, dit Charlie. Quand il arrive à trois, on tire. »

Le trappeur hocha la tête et rengaina son pistolet. «Il peut compter jusqu'à cent si ça lui chante», dit-il en ouvrant et en fermant la main pour la détendre.

Charlie fit une grimace. «Comme c'est idiot de dire ça. Vous ne pourriez pas trouver autre chose? Les dernières paroles d'un homme se doivent d'être plus dignes.

— Je parlerai toute la journée et jusque tard dans la nuit, et je raconterai à mes petits-enfants la fois où j'ai tué les célèbres frères Sisters.

— Voilà qui est mieux. Ça fera aussi un détail cocasse à raconter.» À mon attention, Charlie ajouta, «Il va nous tuer tous les deux maintenant, Eli.

— J'ai été heureux ces derniers jours, à voyager et à travailler avec toi, répondis-je.

— Mais l'heure des adieux a-t-elle vraiment sonné? demanda-t-il. Si tu observes attentivement cet homme, tu verras que son cœur n'y est pas. Regarde comme sa peau brille. Quelque chose en lui tente de le prévenir de son erreur.

— Comptez, que diable! dit le trappeur.

— Voilà l'épitaphe qu'on mettra sur votre tombe, dit Charlie, qui fit bruyamment craquer ses doigts. Compte jusqu'à trois, mon frère, lentement et distinctement.

— Vous êtes prêts, tous les deux ? demandai-je.

— Je suis prêt, dit le trappeur.

— Prêt, dit Charlie.

— Un », dis-je, et Charlie et moi fîmes feu, quatre balles tirées simultanément, et dont chacune atteignit sa cible, en pleine tête. Les trappeurs s'effondrèrent sur le sol, pour ne plus jamais se relever. C'était une tuerie parfaite, la plus propre et la plus efficace dont je me souvienne, et à peine étaient-ils tombés que Charlie éclata de rire, tout comme moi, même si pour ma part c'était plus par soulagement qu'autre chose, tandis qu'à mon avis, Charlie était ravi pour de vrai. Ce n'est pas suffisant d'avoir de la chance, pensai-je. Un homme se doit d'avoir l'esprit équilibré s'il veut garder son calme dans une situation où la plupart des êtres sont tout sauf sereins. Le trappeur avec la barbe d'un noir de geai haletait encore, et je m'avançai vers lui, pour le regarder de plus près. Il semblait déconcerté, et ses yeux allaient et venaient en tous sens.

« C'était quoi, ce bruit ? demanda-t-il.

— C'était une balle qui vous a atteint.

— Une balle m'a atteint ? Où ça ?

— Dans la tête.

— Je ne sens rien. Et je n'entends presque rien. Où sont les autres ?

— Allongés à côté de vous, avec une balle dans la tête aussi.

— C'est vrai? Est-ce qu'ils parlent? Je ne les entends pas.

— Non, ils sont morts.

— Mais moi, je ne suis pas mort.

— Pas encore, non.

— Tch», dit-il. Ses yeux se fermèrent et sa tête s'immobilisa. J'étais en train de m'éloigner lorsqu'il tressaillit et rouvrit les yeux. «C'est Jim qui voulait vous faire la peau. Pas moi.

— D'accord.

— Il pense que parce qu'il est grand, il doit faire de grandes choses.

— Il est mort maintenant.

— Il en a parlé pendant toute la nuit. On allait écrire des livres sur nous, qu'il disait. Il n'a pas apprécié que vous vous moquiez de nos vêtements, c'est pour ça.

— Aucune importance à présent. Fermez les yeux.

— Vous êtes là? dit le trappeur. Vous êtes là?» Il me regardait mais je ne crois pas qu'il me voyait.

«Fermez les yeux. Tout va bien.

— Je ne voulais pas le faire, protesta-t-il. Jim pensait qu'il pourrait vous donner une leçon, et qu'ensuite il le raconterait à tout le monde.

— Vous devriez fermer les yeux, et vous reposer, dis-je.

— Tch, tch, tch. » Puis la vie le quitta, et il mourut. Je retournai vers Tub et le sellai. Cette façon de «compter jusqu'à trois» était une de nos vieilles astuces. Nous n'en avions pas honte, sans en être fiers non plus. Il va sans dire que nous ne l'utilisions que dans les pires des situations, et elle nous avait sauvé la mise à plus d'une reprise.

Charlie et moi nous apprêtions à partir lorsque nous entendîmes le frottement d'une botte dans le grenier au-dessus de nous. Au lieu de se sauver, le palefrenier s'était caché pour assister au combat; malheureusement pour lui, il avait également assisté à notre petit tour de passe-passe, et nous grimpâmes à l'échelle pour aller le chercher. Cela prit un certain temps, car le grenier était plein de balles de foin entassées, ce qui lui permettait de se dissimuler facilement. «Sors de là, mon gars, criai-je. On en a fini ici, et on ne te fera pas de mal, promis. » Un silence s'ensuivit, puis nous entendîmes de petits pas précipités dans un coin éloigné. Je tirai au hasard mais mon projectile se perdit dans le foin. Nouveau silence, nouveaux petits pas. Charlie dit, «Mon gars, sors de là. On va te tuer. Tu n'as aucune chance de t'en sortir. Soyons raisonnables.

— Ouhouhouh! fit le palefrenier.

— Tu nous fais perdre notre temps. Et nous n'en avons plus à perdre.

— Ouhouhouh!»

Après nous être débarrassés du palefrenier, nous rendîmes visite à Mayfield dans son salon. Il eut un choc
en nous entendant frapper à sa porte, à tel point qu'il
ne put articuler un mot ou se mouvoir pendant un
moment ; je le menai jusqu'à son canapé où il resta
assis à attendre de connaître son triste sort. Je dis à
Charlie, «Il n'est pas comme hier soir.

— Voici l'homme tel qu'il est vraiment, me répondit Charlie. Je l'ai su dès que nous sommes entrés.»
À l'attention de Mayfield, il dit, «Comme vous l'avez
peut-être deviné, nous avons descendu vos hommes
de main. Les quatre, ainsi que le garçon d'écurie, ce
qui n'était pas prévu, et qui est fort malheureux. Je
tiens à souligner que tout cela est entièrement de
votre fait, dans la mesure où nous vous avons apporté la fourrure rousse sans aucune arrière-pensée, et
que nous n'avons rien à voir avec sa disparition.
Ainsi la mort de vos hommes et du jeune garçon doit

peser entièrement sur votre conscience, et pas sur les nôtres. Je ne vous demande pas nécessairement d'être d'accord, mais seulement d'admettre que je viens de vous aviser de la situation. Compris?»

Mayfield ne répondit pas. Ses yeux fixaient un point sur le mur derrière moi. Je me tournai pour voir ce qui attirait son regard, et me rendis compte qu'il n'y avait rien. Lorsque je lui fis face à nouveau il se frottait le visage avec les mains, comme s'il se lavait.

«Bon, poursuivit Charlie. Vous n'allez pas aimer ce qui suit. Mais c'est le prix à payer pour ce que vous nous avez fait subir, à mon frère et à moi. Vous m'écoutez, Mayfield? Hé oui, je veux que vous nous indiquiez maintenant où se trouve votre coffre.»

Mayfield resta silencieux si longtemps que je crus qu'il n'avait pas entendu la question. Charlie était sur le point de répéter ce qu'il venait de dire quand Mayfield répondit, d'une voix à peine audible, «Je ne vous dirai rien.» Charlie s'approcha de lui. «Dites-moi où se trouve le coffre ou je vous frappe la tête avec mon pistolet.» Mayfield ne pipa mot et Charlie, sortant son pistolet de son étui, l'attrapa par le canon. Il marqua une pause, puis, de la crosse en noyer, asséna un coup sur le sommet du crâne de Mayfield. Ce dernier tomba à la renverse sur le canapé en se couvrant la tête avec les mains et en émettant de petits cris de douleur, une sorte de couinement entre les dents relevant, à mes yeux, d'un manque de dignité manifeste. Il se mit immédiatement à saigner et Charlie lui fourra un mouchoir dans la main tout en le ramenant en position assise. Au lieu de bouchonner le tissu et de l'appliquer sur sa blessure comme n'importe qui l'aurait fait, il l'étala à plat, telle une nappe, sur sa tête et, comme il était chauve, le sang fit adhérer le mouchoir à son crâne. Qu'est-ce qui lui prenait de faire ça? S'agissait-il d'une inspiration soudaine? Ou de quelque chose qu'il avait appris quelque part? Mayfield nous observait d'un air maussade. Il ne portait qu'une seule botte, et je remarquai que son pied nu était rouge, et ses orteils enflés. Je dis, «Des engelures, Mayfield?

— Qu'est-ce que c'est que ça?

— C'est comme ce que vous avez aux pieds.

— Je ne sais pas ce que j'ai, justement.

— Je crois que ce sont des engelures», dis-je.

Charlie claqua des doigts, à la fois pour me faire taire et pour regagner l'attention de Mayfield. «Si vous ne me répondez pas cette fois, dit-il, je vous frappe deux fois.

— Vous ne partirez pas avec tout, dit Mayfield.

— Où est le coffre?

— J'ai travaillé pour gagner cet argent. Il n'est pas à vous.

— Très bien.» Et Charlie donna deux coups de crosse à Mayfield qui se plia à nouveau en deux sur le canapé en poussant des gémissements plaintifs. Charlie n'avait pas enlevé le mouchoir avant de le frapper, et les coups rendirent un désagréable son spongieux. Il le redressa à nouveau. Les mâchoires de Mayfield étaient crispées, il haletait et il avait la tête entièrement couverte de sang : le mouchoir lui-même dégoulinait. Il avançait méchamment sa lèvre inférieure pour avoir l'air courageux, mais ne réussit qu'à avoir l'air ridicule avec ses allures de morceau de viande à l'étal d'un boucher, tant le sang qui lui coulait le long du menton et du cou imbibait son col. Charlie dit, « Mettons les choses au clair. Vous n'avez plus d'argent. C'est aussi simple que ça, un état de fait, et si vous luttez contre, nous vous tuerons, *après quoi* nous trouverons votre coffre. Je veux que vous réfléchissiez : pourquoi devriez-vous vous faire malmener et mourir pour quelque chose qui est déjà acquis ? Pensez-y. Votre attitude est absurde.

— Vous allez me tuer d'une manière ou d'une autre.

— Ce n'est pas nécessairement vrai, dis-je.

— Absolument, ajouta Charlie.

— Vous me donnez votre parole ? » demanda Mayfield.

Charlie m'interrogea du regard : *Lui laissons-nous la vie sauve ?* Et mes yeux lui répondirent, *Je m'en moque*. Il dit, « Si vous nous donnez l'argent, nous vous laisserons comme nous vous avons trouvé, en vie.

— Jurez-le.

— Je le jure », dit Charlie.

Mayfield l'observa, comme s'il cherchait quelque signe de malveillance. Rassuré, il me regarda. « Vous le jurez aussi ?

— Si mon frère le dit, c'est que c'est vrai. Mais si vous voulez que je jure que je ne vous tuerai pas, eh bien, je le jure. »

Mayfield ôta le mouchoir imbibé de sang et le jeta par terre ; au son que cela fit en atterrissant, il eut un air de dégoût. Puis il réajusta son gilet et se leva en titubant avant de se rasseoir, ayant manqué s'évanouir sous l'effort. « J'ai besoin de boire un verre, et de quelque chose pour nettoyer ma tête. Je n'ai pas envie de traverser mon hôtel avec l'air que j'ai. » Je lui versai un grand verre d'eau-de-vie, qu'il avala en deux longues gorgées. Charlie disparut dans les cabinets et en ressortit avec des serviettes, un bol d'eau et un miroir qu'il plaça sur la table basse devant Mayfield. Nous le regardâmes se nettoyer. Son visage n'exprimait aucune émotion, et j'éprouvai soudain pour lui une sourde admiration. Il était sur le point de perdre toutes ses économies et son or, et pourtant, il avait l'air aussi indifférent qu'un homme en train de se raser. J'étais curieux de savoir à quoi il songeait, et je lui posai la question ; lorsqu'il me dit qu'il pensait à l'avenir, je lui demandai de m'en dire davantage. Il posa le miroir à l'envers sur la table, et dit, « Cela dépend entièrement de la somme que vous allez m'autoriser à garder.

— À garder ? » demanda Charlie en haussant les sourcils. Il était en train de passer en revue les tiroirs du bureau de Mayfield. «Je croyais qu'il était clair qu'il ne vous resterait plus rien.»

Mayfield souffla. «Rien du tout. Vous voulez dire absolument rien?»

Charlie me regarda. «Ce n'est pas ce qui était prévu?»

Je répondis, «Si je ne me trompe pas, nous avions prévu de le tuer. Maintenant que nous avons modifié ce détail, nous pouvons au moins aborder cette nouvelle question. J'avoue que cela semble cruel de le laisser sans un sou.»

Les yeux de Charlie s'assombrirent, et il se replia sur lui-même. Mayfield commença: «Vous me demandiez ce que je pensais. Eh bien, je vais vous le dire. Je me disais qu'un homme comme moi, après avoir essuyé un revers tel que celui que vous venez de m'infliger, n'a que deux possibilités pour continuer à exister. Soit il poursuit sa vie, le cœur blessé, et fait part à qui veut l'entendre de sa folle haine; ou bien il recommence à zéro, le cœur vide, en veillant à ne remplir, dorénavant, ce dernier que de choses dignes, afin d'alimenter son esprit ravagé et cultiver le positif.

— Est-ce qu'il invente tout ça au fur et à mesure? demanda Charlie.

— Je vais choisir la deuxième option, poursuivit Mayfield. Je suis un homme qui doit reconstruire, et la première chose à laquelle je vais travailler, c'est à être résolu. Je vais me rappeler à moi-même qui je suis, ou qui j'étais, car je crains que ma vie douillette ici ne m'ait rendu paresseux. Je dois dire que la facilité avec laquelle vous avez pris le dessus sur moi en est la preuve.

— Il confond oisiveté et couardise avec paresse, dit Charlie.

— Et avec cinq morts sur le carreau, ajoutai-je, il prétend qu'il nous a été facile de faire main basse sur sa fortune.

— Il a du mal à trouver le mot juste», dit Charlie.

Mayfield continua : «J'espère, et je vous le dis, messieurs, sans ambages, que vous me laisserez suffisamment d'argent pour me permettre de me rendre à Oregon City, où j'ai l'intention d'aller de ce pas, afin d'anéantir ce sous-homme à la lame en forme de faux, James Robinson. »

À ces mots mon frère et moi fûmes traversés de la même pensée diabolique.

«C'est parfait, n'est-ce pas ? dit Charlie.

— Mais c'est trop tragique, répondis-je.

— Vous protégeriez ce criminel après m'avoir fait ce que vous m'avez fait ? lança Mayfield avec indignation. Ce n'est que justice que vous m'aidiez à arriver à mes fins. Vous allez me prendre tout ce que je possède, mais vous pourriez vous racheter, du moins en partie, si seulement vous me laissiez une portion de ma fortune. »

Ce discours suffisant scella son destin. Nous nous mîmes d'accord pour donner cent dollars à Mayfield, afin de lui permettre de rallier Oregon City, d'où il ne pourrait repartir, et où la première personne à qui il le demanderait, l'informerait du décès de Robinson ; il comprendrait alors que nous étions au courant, et se rappellerait avec colère et amertume notre air amusé. Nous le payâmes avec de l'or poinçonné que nous prélevâmes directement dans son coffre qui se trouvait dans le sous-sol de l'hôtel. Devant la porte ouverte, Mayfield déclara, « C'est la seule fois où j'ai eu de la chance dans toute ma vie. J'ai pu remplir un coffre d'or et de billets. En tout cas, la plupart des gens ne peuvent pas en dire autant. » Il hocha la tête solennellement, mais son ton bravache céda bientôt la place à une émotion débridée ; son visage s'affaissa, et des larmes jaillirent dans ses yeux. « Mais, dieux du ciel, que la chance est difficile à conserver ! » s'exclama-t-il, avant de s'essuyer le visage et de jurer avec une tranquille véhémence, « Je sens que la chance m'a quitté, c'est un fait », poursuivit-il. Il avait l'air pitoyable avec sa petite bourse dont il pinçait du doigt les cordons comme on tient une souris morte par la queue. Nous l'accompagnâmes dehors et le regardâmes rajuster ses vêtements et ses sacoches. Il donna l'impression de vouloir faire un discours, mais que les mots ne lui vinssent pas ou qu'il nous jugeât indignes de les entendre, il garda le silence. Il enfourcha le cheval et s'éloigna après nous avoir fait un bref signe de tête et jeté un regard qui disait, « Je ne vous aime pas, vous autres. » Nous regagnâmes le sous-sol pour compter le contenu du coffre. Nous partageâmes et empochâmes les billets dont le montant s'élevait à mille huit cents dollars. L'or s'avérant trop lourd à transporter, nous le cachâmes sous le gros poêle installé sur une palette de bois dans le coin le plus éloigné du sous-sol. Nous dûmes démonter le conduit de cheminée en étain pour déplacer le poêle, et une pluie de suie noire nous tomba dessus ; mais quand nous eûmes fini, je me dis qu'aucune âme jamais ne trouverait notre trésor, car personne ne songerait à regarder dans un tel endroit. Il y avait pour environ quinze mille dollars de métal précieux ; ma part multipliait par trois mes économies, et, tandis que nous remontions les escaliers pour quitter ce sous-sol crasseux et gagner la lumière, j'étais partagé entre la joie suscitée par ce coup de chance et un sentiment de vide, car mon bonheur n'était pas complet ; ou plutôt de la peur que ma joie fût forcée ou fausse. Je songeai, Peut-être que l'homme n'est pas censé être vraiment heureux. Peut-être que cela n'existe pas dans notre monde, après tout.

Nous parcourûmes les couloirs de l'hôtel ; les filles de joie étaient en effervescence depuis qu'elles avaient appris que Mayfield était parti, avec une blessure à la tête, et que les trappeurs avaient disparu. J'aperçus la catin de Charlie, à peine moins verdâtre que tantôt, et la pris à part pour lui demander où était la comptable.

« On l'a emmenée chez le médecin.

— Est-ce qu'elle va bien ?

— Je suppose. Ils sont tout le temps en train de l'emmener là-bas. »

Je glissai cent dollars dans sa main. «Je veux que tu lui donnes ça quand elle sera de retour.»

Elle regarda l'argent fixement. «Dieu du ciel tout-puissant.

— Je reviendrai d'ici deux semaines. Si j'apprends qu'elle n'a pas eu cet argent, il y aura un prix à payer, tu comprends?

— Monsieur, je ne faisais que me tenir là, dans ce couloir.»

Je lui tendis une pièce de vingt dollars. «Ça, c'est pour toi.»

Elle glissa la pièce dans sa poche. Ses yeux se perdirent dans la direction où Charlie avait disparu, et elle dit, «J'imagine que votre frère ne me donnera pas cent dollars, à moi.

— Non, je ne crois pas.

— C'est vous qui avez tout le sang romantique, c'est ça?

— Nous sommes du même sang, mais nous n'en faisons pas le même usage.»

Je tournai les talons et m'éloignai. J'avais fait quelques pas quand elle me demanda, «Et me direz-vous ce qu'elle a fait pour mériter ça?»

Je m'arrêtai, réfléchis, et répondis, «Elle était jolie, et elle a été gentille avec moi.»

À l'expression du visage de cette pauvre catin, je compris qu'elle ne savait que penser de ce que je venais de dire. Elle rentra dans sa chambre, claqua la porte, et hurla par deux fois.

Nous quittâmes la ville et longeâmes la rivière. Nous étions en retard de plusieurs jours à notre rendez-vous, mais aucun de nous deux ne semblait s'en inquiéter. J'étais en train de répertorier et de revivre les événements des trente-six dernières heures, quand Charlie se mit à glousser. Tub et moi allions en tête ; sans me retourner, je lui demandai ce qu'il y avait de si amusant.

«Je pensais au jour où Père est mort.

— Et alors ?

— Toi et moi, on était assis dans le champ derrière la maison en train de déjeuner quand je l'ai entendu se disputer avec maman. Tu te souviens de ce qu'on mangeait ?

— Mais de quoi tu parles ? demandai-je.

— On mangeait des pommes. Mère nous les avait enveloppées dans un morceau de tissu et nous avait envoyés dehors. Je crois qu'elle savait qu'ils allaient se disputer.

— Le tissu était d'un rouge délavé, dis-je.

— C'est vrai. Et les pommes étaient vertes et pas mûres. Je me souviens que tu avais fait la grimace en les mangeant, et j'ai été surpris que tu y prêtes attention, tu étais si jeune.

— Je me rappelle qu'elles étaient amères. » Le souvenir de ce moment était si vif que je fis spontanément la moue, et avalai ma salive.

Charlie dit, « C'était la journée la plus chaude d'une très grosse vague de chaleur, et nous étions assis là dans l'herbe haute en train de manger et d'écouter Père et Mère se crier dessus. Ou bien moi j'écoutais. Je ne sais pas si tu avais remarqué quoi que ce soit. »

Cependant, tandis qu'il parlait, l'histoire se précisait dans mon esprit. « Je crois que j'avais remarqué », dis-je. Puis j'en fus certain. « Il y a eu quelque chose de cassé, non ?

— Oui, dit-il. Tu te souviens vraiment.

— Quelque chose s'est cassé, et elle a hurlé. » Ma gorge commença à se nouer, et je dus retenir mes larmes.

« Père a cassé la fenêtre d'un coup de poing puis il l'a frappée sur le bras avec le manche de la hache.

Je crois qu'il était devenu fou. Il avait déjà frôlé la folie auparavant, mais quand je suis retourné dans la maison pour aider Mère, j'ai eu le sentiment qu'il était complètement dément. Il ne m'a pas reconnu lorsque je suis entré avec mon fusil.

— Comment se fait-il que les gens deviennent fous?

— Ça arrive, c'est tout.

— Peut-on vraiment perdre l'esprit et redevenir normal ensuite?

— Pas complètement. Non, je ne crois pas.

— J'ai entendu dire que c'était héréditaire, que c'est le père qui transmettait la folie aux enfants.

— Je n'y ai jamais pensé. Pourquoi? Tu te sens fou, parfois?

— Parfois je me sens impuissant.

— Je ne crois pas que ce soit la même chose.

— Espérons».

Il dit, «Tu te souviens de mon premier fusil? Celui que Père appelait ma sarbacane? Il a arrêté de s'en moquer quand j'ai commencé à lui tirer dessus avec.» Charlie s'interrompit. «J'ai tiré deux fois, une balle dans le bras et une autre dans la poitrine, et c'est alors qu'il est tombé par terre. Il est resté là, allongé, à me cracher dessus, encore et encore... à cracher et à jurer et à me haïr. Je n'ai jamais vu une telle haine

231

de ma vie, ni avant ni depuis. Notre père, étendu là, qui toussait un sang épais et me le crachait à la figure. Mère était assommée. Elle avait une vilaine fracture au bras, et elle s'était évanouie de douleur. C'est une bénédiction, je suppose, qu'elle n'ait pas vu son fils tuer son mari. Quand la tête de Père est finalement retombée et qu'il est mort, je l'ai traîné hors de la maison, jusqu'à l'écurie, et le temps que je revienne, Mère s'était réveillée et était folle de douleur et de peur. Elle n'arrêtait pas de dire, "À qui est ce sang ? À qui est ce sang par terre ?" Je lui ai répondu que c'était le mien. Je ne savais pas quoi dire d'autre. Je l'ai aidée à se lever, à sortir, et à monter dans le chariot. Le chemin était long jusqu'à la ville, et elle hurlait à chaque bosse sur la route. Son avant-bras était plié comme un chevron, ou comme un fusil ouvert pour être chargé.

— Que s'est-il passé ensuite ? demandai-je, car je ne m'en souvenais pas.

— Le temps de lui trouver des médicaments, de lui mettre une attelle et l'après-midi était déjà bien avancé. Et ce n'est que sur le chemin du retour que je me suis souvenu de toi.» Il toussa. «J'espère que tu ne t'en sens pas blessé, mon frère.

— Non.

— J'étais déstabilisé. Et toi, tu étais toujours dans ton petit monde imaginaire, tranquille dans ton coin. Mais comme je disais, il faisait très chaud ce jour-là. Et bien sûr, dès que je t'avais laissé, tu avais enlevé ton bonnet. Et tu étais resté là assis au soleil quatre ou cinq heures durant, avec tes cheveux clairs et ta peau blanche. Mère dormait dans le chariot, droguée, et je l'ai laissée là pour me précipiter et voir comment tu allais. Je n'avais pas pensé que tu puisses prendre un coup de soleil : j'avais peur qu'un coyote soit passé par là et t'ait dévoré, ou que tu sois descendu à la rivière et que tu te sois noyé. Donc j'étais très soulagé de te retrouver assis là, en un seul morceau. Et j'ai dévalé la pente pour aller te chercher. Tu étais aussi rouge et brûlé qu'on puisse l'être. Tes yeux étaient injectés de sang. Tu es resté aveugle pendant deux semaines, et tu as pelé. Ta peau se détachait en lambeaux telles les couches d'un oignon. Et voilà, Eli, pourquoi tu as des taches de rousseur. »

trois

HERMANN KERMIT WARM

De prime abord, je ne compris pas comment le port était organisé. Il y avait tant de navires à l'ancre que leurs mâts semblaient inextricablement emmêlés; des centaines de mâts, si densément assemblés qu'on avait l'impression de voir une forêt de troncs tanguer au gré de la houle. Charlie et moi nous frayâmes un chemin jusqu'au bord de l'eau; tout n'était que chaos autour de nous: des hommes de tous âges et toutes races se précipitaient, criaient, poussaient, se battaient; des vaches et des moutons avançaient dans un sens ou dans l'autre; des chevaux tiraient des chariots chargés de bois et de briques sur une route boueuse jusqu'au sommet de la colline, et le martèlement des travaux résonnait depuis la ville jusqu'à la mer. Des rires fusaient, qui ne me donnaient pas l'impression d'être gais, mais me semblaient plutôt chargés d'excitation et d'agressivité. Tub était nerveux, et moi aussi. Je n'avais jamais rien vu de tel, et je me demandai comment nous allions pouvoir trouver un homme dans ce labyrinthe de rues et d'allées où tout paraissait étrange, sombre, et caché.

«Mettons-nous en quête de Morris, dis-je.

— Il nous attend depuis des semaines, dit Charlie. Une heure de plus ne changera rien.» Naturellement, mon frère *aimait* cette atmosphère, et n'était pas inquiet le moins du monde

Bien que chargés de marchandises, de nombreux navires avaient l'air d'être de longue date à l'ancre. J'interrogeai à ce sujet un homme qui passait. Il allait pieds nus et portait un poulet sous son bras, qu'il ne cessa, durant toute notre conversation, de caresser avec amour sur la tête.

«Abandonnés par leurs équipages, nous dit-il. Quand la fièvre de l'or vous prend, il n'y a pas une seconde à perdre. Qui donc irait décharger des caisses de farine pour un dollar par jour quand résonne, tout près, l'enchanteresse mélodie des rivières?» Clignant des yeux vers l'horizon il ajouta, «Souvent, je regarde ces bateaux et j'imagine leurs armateurs incrédules en train d'enrager à New York et Boston sans pouvoir faire quoi que ce soit, et cela me réjouit. Sans indiscrétion, vous venez d'arriver à San Francisco? Que pensez-vous de la ville?

— Tout ce que je puis dire, c'est que j'ai hâte de la connaître mieux», répondit Charlie.

L'homme dit, «Mes sentiments pour San Francisco vont et viennent avec mes humeurs. Ou est-ce la ville qui joue sur mon moral, et, en conséquence, sur mon jugement? Quoi qu'il en soit, un jour elle est ma meilleure amie, et quelques jours plus tard ma pire ennemie.

— Et quel est votre sentiment ce matin? m'enquis-je.

— Là, je suis entre deux. De manière générale, je vais plutôt bien, merci.»

Charlie dit, «Comment se fait-il que ces vaisseaux n'aient pas été pillés?

— Oh, nombre d'entre eux l'ont été. Ceux qui sont restés intacts sont soit gardés par leurs capitaines obstinés soit ont des cargaisons sans valeur. Personne ne s'intéresse au blé ou au coton en ce moment. Ou presque personne, devrais-je dire.» Il désigna du doigt un homme seul à bord d'une barque dans la baie, qui ramait entre les grands navires. Sa petite embarcation était grossièrement surchargée, et il s'employait à ramer avec précaution afin de ne pas chavirer. «Ce type là-bas s'appelle Smith. Je le connais plutôt bien. Que fera-t-il quand il accostera? Il chargera ses lourdes caisses sur le dos de sa mule malingre, et les portera chez Miller's. Miller donnera à Smith un prix dérisoire en échange de cette marchandise, et l'argent de ce travail de galérien disparaîtra en une seule partie de cartes, ou lui paiera à peine un repas. Avez-vous eu l'occasion de dîner dans notre bonne ville? Mais non, je le saurais si c'était le cas, car vos visages seraient exsangues et vous ne cesseriez de blasphémer entre vos dents.»

Charlie dit, «J'ai payé vingt-cinq dollars pour une fille à Mayfield.»

L'homme rétorqua, «Vous paierez la même somme ici pour vous asseoir au bar avec elle. Pour coucher avec, il faudra lâcher un minimum de cent dollars.

— Qui paierait une telle somme? demandai-je.

— On fait la queue ici pour la payer. Les putains travaillent quinze heures d'affilée, et il paraît qu'elles gagnent des milliers de dollars par jour. Vous devez comprendre, messieurs, qu'économiser son argent et le dépenser à bon escient sont deux traditions qui ont disparu ici. Ça n'existe plus, tout simplement. Par exemple, la dernière fois que je suis rentré de mon placer, j'avais un bon petit sac de paillettes d'or, et même si je savais que c'était pure folie, j'ai décidé de m'offrir un souper plantureux dans le restaurant de la ville le plus cher que j'aie pu trouver. Je venais de passer trois mois à dormir dehors et à me nourrir de truites, de graisse de porc et encore de truites. J'avais les reins brisés d'avoir tant travaillé, et j'avais désespérément besoin de chaleur, de confort, de douceur, à n'importe quel prix. Et c'est ainsi que j'ai bu de la bière et mangé de la viande, des pommes de terre, et de la glace, un repas plutôt copieux sans toutefois être particulièrement savoureux, et pour ce souper, qui m'aurait coûté peut-être cinquante cents dans ma ville natale, j'ai déboursé la somme de trente dollars.

Charlie était indigné. «Seul un idiot paierait une telle somme.

— Je suis bien d'accord, dit l'homme. D'accord à cent pour cent. Et heureux de vous souhaiter la bienvenue dans une ville exclusivement peuplée d'idiots. Par ailleurs, j'espère que lorsque vous vous transformerez vous-même en idiot, l'expérience ne sera pas trop désagréable. »

Le long de la plage à environ un kilomètre, je remarquai un énorme système de poulies fait de hauts poteaux et de grosses cordes, qui se dressait au bord de l'eau. Grâce à cet assemblage, on était en train de haler sur le rivage un bateau à vapeur. Un homme en costume noir avec un chapeau noir à large bord fouettait des chevaux qui faisaient tourner un cabestan. Je demandai à l'homme au poulet le but de cette opération, et il expliqua, «Voici quelqu'un qui a autant d'ambition que Smith, mais qui, en plus, fait marcher sa tête. L'homme au chapeau s'est approprié ce bateau, qui était abandonné, et il est en train de le mettre à sec sur une bande de terre qu'il a eu la bonne idée d'acheter il y a quelque temps. Il va l'installer sur des cales et en louer à l'unité les cabines à ceux qui cherchent où dormir, ou à des commerçants. Il se fera, comme ça, une petite fortune en un rien de temps. C'est une leçon pour vous, messieurs. Ce n'est peut-être pas avec les rivières ellesmêmes qu'on gagne de l'argent, mais avec les hommes qui y travaillent. Extraire l'or de la terre est par trop hasardeux. Il y faut non seulement du courage et de la chance, mais il faut aussi pouvoir travailler comme une bête de somme. Alors pourquoi s'échiner quand nous sommes déjà si nombreux à le faire, qu'on s'entasse en ville les uns sur les autres, et qu'on s'empresse de dépenser jusqu'à la dernière paillette?

— Pourquoi n'ouvrez-vous pas une boutique?» demandai-je.

La question le surprit, et il réfléchit un instant à la réponse qu'il pourrait me donner. Lorsque celle-ci lui vint, de la tristesse apparut dans son regard, et il secoua la tête. «J'ai bien peur que mon rôle dans tout cela ne soit déjà écrit», dit-il.

J'étais sur le point de lui demander à quel rôle il faisait allusion lorsque j'entendis un son porté par le vent, le bruit sourd de quelque chose qui s'écrase ou se brise dans le lointain, suivi d'un sifflement qui transperça l'air dense de l'océan. La corde d'une des poulies s'était rompue, et je vis l'homme au costume noir se pencher au-dessus d'un cheval couché sur le côté dans le sable. Voyant qu'il n'était pas en train de le fouetter, je compris que l'animal était mort ou mourant.

«C'est la folie ici, non? dis-je à l'homme.

— La folie, oui. Et je crains que cette folie n'ait altéré mon être. En tout cas, elle en a sans aucun doute dénaturé plus d'un.» Il hocha la tête, comme s'il se répondait à lui-même. «Oui, elle m'a corrompu.

— Comment ça, corrompu?

— Comment pourrais-je ne pas l'être? s'interrogea-t-il.

— Ne pourriez-vous pas rentrer chez vous pour recommencer à zéro?»

Il secoua la tête. «Hier j'ai vu un homme se jeter du toit de l'Orient Hotel, et il a ri tout au long de sa chute, et quand il a touché le sol il a explosé pour ainsi dire. Il était saoul, a-t-on dit. Mais je l'avais vu complètement sobre juste avant. Il y a ici quelque chose qui peut vous corrompre jusqu'à l'os, si vous ne vous en défendez pas. C'est la folie du possible. Le geste ultime de cet homme incarne l'esprit collectif de San Francisco. Je l'ai parfaitement compris. J'ai eu une très forte envie d'applaudir cet homme, si vous voulez savoir la vérité.

— Je ne comprends pas pourquoi vous me racontez cette histoire, dis-je.

— Je pourrais partir d'ici, rentrer chez moi, mais je ne serais plus celui que j'étais avant, expliqua-t-il. Je ne reconnaîtrais personne, et personne ne me reconnaîtrait.» Il se tourna pour contempler la ville, et caressa sa volaille en gloussant. Un coup de feu retentit au loin. Puis on entendit le galop d'un cheval; et le hurlement d'une femme qui bientôt se transforma en ricanement. «Un grand cœur avide», dit-il avant de disparaître dans la foule. Sur la plage, l'homme s'était éloigné du cheval mort; il contemplait la baie, et la multitude de mâts. Il avait ôté son chapeau. Il doutait, et je ne l'enviai point.

À l'hôtel, nous frappâmes à la porte de Morris, mais il ne répondit point. Charlie crocheta la serrure et nous entrâmes. Nous trouvâmes ses affaires de toilette, ses parfums et ses pommades entassées sur le sol près de l'entrée. Rien d'autre ne signalait sa présence : ni vêtements ni bagages ; le lit était fait et les fenêtres soigneusement fermées. J'eus l'impression que Morris était parti depuis plusieurs jours. Son absence manifeste en devenait presque inquiétante, car même s'il était vrai que nous arrivions en retard, Morris avait reçu l'ordre de nous attendre aussi longtemps que nécessaire, et cela ne lui ressemblait guère de ne pas respecter les arrangements convenus. Je proposai d'aller voir les propriétaires de l'hôtel pour vérifier s'il ne nous avait pas laissé de message, et Charlie approuva. Comme je me dirigeais vers la porte, je remarquai, sortant du mur près du lit, un gros entonnoir de couleur foncée à l'intérieur duquel était suspendue une clochette en cuivre.

Sur un petit panneau au-dessous on pouvait lire, sonnez la cloche et parlez. Je suivis les instructions et une sonnerie retentit dans la chambre. Charlie sursauta et tendit le cou dans ma direction. «Que fais-tu?

— J'ai entendu parler de ce système dans les hôtels de la côte est.

— Quel système?

— Tu vas voir.» Un instant s'écoula, et une voix féminine étranglée et lointaine sortit des entrailles du bâtiment.

«Allô, monsieur Morris?»

Charlie se tourna complètement. «Elle est dans le mur? D'où ça sort?

— Allô, répéta la voix. Vous désirez?

— Dis quelque chose», dit Charlie. Mais, pris d'une inexplicable timidité, je lui fis signe de le faire à ma place. Il obtempéra : «Vous m'entendez là-dedans?

— Je vous entends à peine. Parlez bien dans l'entonnoir s'il vous plaît.»

Ravi, Charlie se leva du lit, s'approcha de l'engin et mit son visage tout entier dans l'entonnoir. «Et comme ça? C'est mieux?

— C'est mieux, dit la voix. Que puis-je faire pour vous aujourd'hui, monsieur Morris? Je suis soulagée de vous savoir de retour. Nous nous sommes inquiétés quand nous vous avons vu partir avec cet étrange petit monsieur barbu. » Charlie et moi échangeâmes un regard. Puis, parlant à nouveau dans l'entonnoir, Charlie dit :

« Ce n'est pas Morris qui vous parle, madame. J'arrive de l'Oregon pour lui rendre visite. Nous travaillons tous les deux pour la même personne là-bas. »

La voix demeura silencieuse un instant. « Et où est monsieur Morris ?

— Ça, je ne saurais le dire.

— Nous venons juste d'arriver, dis-je, ne pouvant m'empêcher de prendre la parole.

— Qui était-ce ? dit la voix.

— C'était mon frère, dit Charlie.

— Donc, vous êtes deux, maintenant.

— Nous avons toujours été deux, lui répondis-je. Depuis le jour de ma naissance. » Ni Charlie ni la femme ne comprirent ma plaisanterie, et ils n'eurent aucune réaction, comme si je n'avais rien dit. La voix lança sèchement, « Qui vous a autorisés à entrer dans la chambre de monsieur Morris ?

— La porte n'était pas fermée, mentit Charlie.

— Et alors ? Vous ne pouvez pas entrer comme ça dans la chambre de quelqu'un d'autre et parler dans son appareil.

— Veuillez nous en excuser, madame. Nous avions rendez-vous ici avec Morris il y a quelques jours, mais nous avons été retardés. Dans ces circonstances, nous étions pressés de le retrouver, et avons fait fi du règlement.

— Il ne nous a pas signalé de rendez-vous.

— Il n'avait pas à le faire.

— Hum », fit la voix.

Charlie poursuivit : « Vous disiez qu'il était parti avec un barbu. Cet homme s'appelait-il Warm ? Hermann Warm ?

— Je n'ai pas demandé son nom, et monsieur Morris ne m'a pas mise dans la confidence.

— De quelle couleur était sa barbe ? demandai-je.

— C'est votre frère à nouveau ?

— Est-ce que c'était une barbe rousse ? insistai-je.

— Oui, rousse.

— Depuis quand Morris est-il parti ? dit Charlie.

— Cela fait quatre jours. Il a réglé la chambre jusqu'à demain matin. Quand il a dit qu'il nous quittait plus tôt, je lui ai proposé de lui rembourser une partie de son argent, mais il a refusé. Un vrai gentleman, ce monsieur.

— Et il n'a pas laissé de message à notre attention ?

— Non.

— A-t-il indiqué où il allait ?

— À la rivière illuminée, m'a-t-il dit. Avec l'homme à la barbe rousse, ils ont ri à ce sujet. Je ne sais pas pourquoi.

— Vous dites qu'ils riaient ensemble ?

— Oui, en tout cas ils ont ri au même moment. J'imagine qu'ils riaient pour la même chose. J'ai cherché la rivière sur une carte mais ne l'ai pas trouvée.

— Et monsieur Morris ne semblait pas être sous la contrainte, comme si son départ était forcé, par exemple ?

— Je ne crois pas. »

Charlie réfléchit, et déclara, « Cette amitié me semble bien étrange.

— À moi aussi, approuva la voix. J'avais pensé au début que monsieur Morris n'aimait pas cet homme, puis tout à coup ils sont devenus inséparables et ont passé tout leur temps ensemble, enfermés dans la chambre où vous êtes.

— Êtes-vous bien certaine qu'il n'a laissé aucune instruction pour nous ?

— Je crois que je le saurais, répondit-elle avec hauteur.

— Il n'a donc rien laissé derrière lui ?

— Ce n'est pas ce que j'ai dit. »

Charlie regarda froidement l'entonnoir. « Madame, dites-moi s'il vous plaît ce qu'il a laissé. »

J'entendais la respiration de la femme. « Un livre, dit-elle enfin.

— Quel genre de livre ?

— Un cahier dans lequel il écrivait.

— Qu'a-t-il écrit dans ce cahier ?

— Je ne sais pas. Et même si je le savais, je ne vous le dirais pas.

— Des écrits personnels, c'est ça ?

— Tout à fait. Naturellement, dès que j'ai compris de quoi il s'agissait, je l'ai refermé.

— Et qu'avez-vous appris ?

— Qu'il n'a pas eu beau temps quand il a commencé son voyage pour San Francisco. Mais j'en sais déjà trop. Je respecte la vie privée de mes pensionnaires.

— Oui.

— Mes pensionnaires peuvent compter sur mon absolue discrétion.

— Je vois. Permettez-moi de vous demander où se trouve ce cahier à présent.

— Il est avec moi, dans ma chambre.

— J'aimerais beaucoup que vous nous le montriez. »

Elle réfléchit un instant. « Je ne pense pas que cela soit possible.

— Je vous dis que nous sommes ses amis.

— Dans ce cas, pourquoi n'a-t-il pas laissé de message à votre attention ?

— Peut-être qu'il a laissé le cahier pour nous.

— Il l'a oublié. Je l'ai trouvé sous ses draps, au pied de son lit. Non, il était pressé de partir, et il s'est dépêché de rassembler ses affaires. Il ne cessait de regarder par-dessus son épaule. Si ça se trouve, c'est vous qu'il souhaitait éviter.

— Vous refusez donc de me montrer le cahier, c'est bien ça ?

— Je ferai ce que je dois faire pour ne pas trahir la confiance de mes hôtes.

— Très bien, dit Charlie. Pouvez-vous nous monter à déjeuner avec de la bière ?

— Vous restez avec nous ?

— Pour une nuit, au moins. Cette chambre fera très bien l'affaire.

— Mais si monsieur Morris revient ?

— S'il est parti avec Warm, comme vous le dites, il ne reviendra pas.

— Mais s'il revient malgré tout?

— Eh bien, vous ferez un joli chiffre d'affaires en champagne, car ce seront de joyeuses retrouvailles.

— Vous voulez un déjeuner chaud ou froid?

— Un déjeuner chaud, avec de la bière.

— Donc, deux déjeuners complets et chauds?

— Avec de la bière. »

La femme raccrocha et Charlie retourna s'allonger sur le lit. Je lui demandai ce qu'il pensait de la situation, et il répondit, « Je ne sais qu'en penser. Bien sûr, il va falloir que nous jetions un œil à ce livre.

— Je ne crois pas que la femme nous le montrera.

— On verra ça », dit-il.

Ouvrant une fenêtre, je me penchai pour respirer l'air marin. L'hôtel était bâti sur une pente escarpée et j'observai un groupe de Chinois avec leurs tresses, leurs costumes en soie et leurs chaussons couverts de boue, en train de pousser un bœuf pour lui faire grimper la colline. L'animal refusait d'avancer et ils lui donnaient des claques sur la croupe. Ils parlaient une langue qui ressemblait à des pépiements d'oiseaux, des sons complètement différents et étranges, mais très beaux. Toutefois, ils ne faisaient probablement que jurer. On frappa à la porte et la propriétaire de l'hôtel, une femme rondouillarde aux lèvres fines et sèches, entra avec nos déjeuners, qui étaient tièdes, sinon chauds. La bière était fraîche et délicieuse, et j'en bus la moitié d'un trait. Je demandai à la femme combien m'avait coûté cette longue gorgée, et elle scruta le verre. « Trois dollars, estimat-elle. Avec les deux repas, cela fait dix-sept dollars. » Comme elle semblait vouloir être payée sur-le-champ, Charlie se leva et lui tendit une pièce de vingt dollars ; elle était en train de fouiller dans sa poche pour lui rendre la monnaie, quand il lui saisit le poignet en lui disant qu'elle pouvait tout garder, pour compenser l'incorrection dont nous avions fait preuve en pénétrant sans permission dans la chambre de Morris. Elle garda l'argent, sans toutefois le remercier, et semblait, à vrai dire, mécontente de le recevoir. Lorsque Charlie sortit une deuxième pièce de vingt dollars et la brandit dans sa direction, le visage de la femme se durcit.

« Qu'est-ce que c'est que ça ? dit-elle.

— Pour le cahier.

— Je vous l'ai déjà dit, je ne vous le donnerai pas.

— Bien sûr, vous allez le garder, nous souhaitons seulement pouvoir y jeter un coup d'œil.

— Jamais vous ne le verrez », répliqua-t-elle. Elle serrait les poings et ses mains étaient rouges ; elle était profondément offensée. Elle sortit de notre chambre avec précipitation, sans doute pour partager avec ses employés sa dernière victoire morale en date, et Charlie et moi nous assîmes pour manger. La tristesse m'envahit en pensant au sort de cette femme. Devant ma mine consternée, Charlie me dit, «Tu ne peux pas dire que je n'ai pas essayé avec elle», et je devais admettre que c'était vrai. Soit dit en passant, la nourriture n'avait rien de remarquable, hormis son tarif. Lorsque la femme revint pour débarrasser, Charlie se leva. «Eh bien?» lança-t-elle d'un air supérieur, le cou dressé. Au lieu de répondre, Charlie plia les genoux et lui enfonça son poing dans l'estomac; la femme tomba alors à la renverse dans un fauteuil, et s'assit en se tenant le ventre, bavant, toussant et tentant de retrouver son souffle. Je lui apportai un verre d'eau, en lui présentant nos excuses et en lui expliquant que nous avions réellement besoin de ce cahier, et que, d'une façon ou d'une autre, nous l'obtiendrions. Charlie ajouta, «Nous espérons ne pas vous faire plus de mal, madame. Mais comprenez que nous ferons tout ce qu'il faut pour l'obtenir.» Elle était dans un tel état d'indignation qu'elle en resta muette; je ne croyais pas qu'elle eût compris le sens de nos propos, mais lorsque je l'accompagnai dans sa chambre, elle me tendit malgré tout le cahier, sans tergiverser. J'insistai pour qu'elle prenne la pièce de vingt dollars supplémentaire, qu'elle finit par accepter et dont j'aimais à penser qu'elle atténuerait quelque peu l'affront qu'elle avait subi en recevant un coup de poing pareil mais je ne crois pas que ce fut le cas. Ni Charlie ni moi n'étions enclins à user d'une telle violence contre un être physiquement inférieur — la violence des lâches comme diraient certains —, mais il s'agissait d'une absolue nécessité, comme le prouveront les pages qui suivent.

Ce qui va être retranscrit ici correspond aux passages les plus pertinents du journal d'Henry Morris quant à sa mystérieuse association avec Hermann Kermit Warm, et à l'abandon de son poste au service du Commodore en tant qu'homme de main et confident de longue date.

★ Abordé par Warm aujourd'hui à l'improviste, après l'avoir à peine vu pendant près d'une semaine. J'arpentais le hall de l'hôtel et il a surgi à mes côtés, me prenant par le coude comme un gentleman qui aide une femme à marcher sur un terrain accidenté. Le geste m'a surpris, naturellement, et j'ai reculé en sursautant. Il a alors semblé blessé, et m'a demandé, « Sommes-nous fiancés ou non ? » Il était neuf heures du matin mais il était ivre, de toute évidence. Je lui ai dit de cesser de me suivre, ce qui m'a surpris tout autant que lui, car même si j'avais eu l'impression que quelqu'un m'espionnait ces derniers temps, c'était un sentiment diffus et je ne me l'étais pas formulé de la sorte jusqu'à présent. Mais à son expression coupable, j'ai compris qu'il m'avait suivi, et j'étais heureux d'avoir été ferme avec lui. Il m'a demandé de lui prêter un dollar, et j'ai refusé. Il a alors soulevé son haut-de-forme usé et poussiéreux, et s'est acheminé vers la sortie de l'hôtel, les pouces accrochés au revers

257

de sa veste et la tête fièrement rejetée en arrière. Il est passé sous l'auvent et a fait un pas dans la rue. Dans la douce chaleur du soleil il a étiré les bras de plaisir, comme pour s'imbiber de lumière. Des chevaux tiraient un chargement d'ordures au sommet de la colline et Warm a sauté nonchalamment à l'arrière de la charrette, avec une telle agilité que le conducteur n'a rien remarqué. Warm ne manquait pas de prestance, je ne peux le nier ; pourtant il avait beaucoup moins bonne allure que la première fois que je l'avais vu, non seulement à cause de l'alcool mais aussi parce qu'il ne prend guère soin de lui d'une manière générale. Il sent affreusement mauvais. Je ne serais pas surpris s'il mourait avant que ces deux gars d'Oregon City n'arrivent pour le descendre.

★ *L'une des journées les plus étranges que j'aie passées depuis que je suis ici. Ce matin, Warm m'attendait à nouveau dans le hall. Je l'ai remarqué avant qu'il ne me voie, et j'ai eu le temps de constater qu'il avait bien meilleure allure. Ses habits étaient propres et reprisés, et il s'était lavé. Sa barbe était peignée, son visage récuré, et il ne ressemblait plus du tout à l'homme qui m'avait accosté hier. Lorsqu'il m'a vu au pied de l'escalier il a traversé le hall avec précipitation et m'a pris la main en me présentant ses plus sincères excuses pour sa conduite de la veille. Je les ai acceptées et il en a paru sincèrement touché, ce qui m'a touché à mon tour, ou qui m'a, du moins, interloqué, car j'avais sous les yeux un homme absolument différent de celui que je connaissais si bien. À ma* grande surprise, il m'a demandé s'il pouvait m'inviter à déjeuner, et même si je n'avais pas faim, je me suis laissé tenter, curieux que j'étais d'apprendre ce qui était arrivé à cet individu la veille crasseux et déchu.

Nous sommes allés dans un restaurant de son choix, un bouge sans charme dans une cabane brinquebalante, qui s'appelait The Black Skull, où le propriétaire, un homme édenté et puant, avec un cache-œil à carreaux noir et rouge, a chaleureusement accueilli Warm. Ce douteux personnage lui a demandé comment son travail progressait et Warm s'est contenté de répondre, « Brillamment. » Je n'ai pas compris grand-chose à cet échange, mais le propriétaire a éclaté de rire. Il nous a installés à une table au fond de la salle, protégée des regards par un rideau, et nous a apporté deux bols d'un ragoût insipide et une miche de pain à la limite du moisi au goût aigrelet. Nous n'avons jamais eu l'addition, et quand j'ai demandé à Warm quel genre de marché il avait passé avec le propriétaire, il m'a répondu en chuchotant que rien n'était encore conclu, mais qu'il avait toutes les raisons de croire que les choses n'aboutiraient pas.

Quand nous avons eu fini de déjeuner, le propriétaire a débarrassé la table, et tiré le rideau. L'attitude enjouée de Warm a alors changé, et il est devenu tendu et sérieux. Il a pris trente secondes pour organiser ses idées, et finalement me regarder dans les yeux en disant, « Je vous ai surveillé, oui, c'est vrai. Au début, c'était pour connaître vos faiblesses. Et maintenant je vais vous l'avouer : j'ai pensé vous tuer, ou vous faire tuer. » Lorsque je lui ai demandé pourquoi, il a répondu, « Naturellement j'ai su, dès la première fois que je vous ai vu, que vous étiez à la solde du Commodore. » « Le Commodore, ai-je répété évasivement. Qui est-ce donc ? » Il a secoué la tête devant ma flagrante mauvaise foi, et sans y prêter plus d'attention, a poursuivi son discours. « Mes sentiments à votre égard ont très vite changé, monsieur Morris, et je vais vous dire pourquoi. Vous n'avez pas une once de malhonnêteté en vous. Par exemple, lorsqu'un homme dit bonjour à un autre, il va lui sourire pendant que l'autre lui fait face, mais dès que ce n'est plus le cas, le sourire disparaît de son visage. En fait, son sourire n'était aucunement sincère. Cet homme est un menteur, voyez-vous ? » « Mais tout le monde fait cela, ai-je protesté. Ce n'est que simple courtoisie. » « Pas vous, m'a-t-il dit. Votre sourire, aussi léger soit-il, reste sur vos lèvres longtemps après que vous avez passé votre chemin. Vous prenez un réel plaisir à échanger avec vos congénères. Je vous ai vu faire à de nombreuses reprises, et je me suis dit, si seulement je pouvais avoir un tel homme à mes côtés, je pourrais mettre en œuvre toutes mes idées. J'avais l'intention d'aborder ce sujet précisément lors de ma visite d'hier matin, mais vous vous souviendrez sans doute que je me suis égaré. Franchement, j'étais nerveux à l'idée de me présenter à vous, et j'ai pensé qu'un petit verre me donnerait du courage. » Il a baissé la tête en se souvenant. « Eh bien, a-t-il dit, ce matin je me suis réveillé dans mon galetas en proie à une honte terrible. Ce n'était pas la première fois que cela m'arrivait, mais aujourd'hui cette sensation était absolument paralysante. La honte m'accablait comme jamais auparavant, et j'espère ne plus connaître de ma vie un tel sentiment. J'avais l'impression d'avoir touché un mur, et atteint mon propre seuil dans la haine de soi. D'aucuns emploieraient le terme de révélation. Appelez ça comme vous voudrez. Mais aujourd'hui, j'ai enfin regardé la vérité en face, et j'ai fait vœu de changer de vie, de prendre soin de mon corps, de purifier mon esprit et de partager mes secrets avec vous, car je sais que vous êtes un homme bon, et qu'un homme bon est précisément ce dont j'ai le plus besoin dans ma vie à l'heure actuelle. »

Avant que je ne puisse répondre à ce discours enflammé, Warm a sorti de ses poches plusieurs feuilles volantes chiffonnées, et les a étalées devant moi, en me suppliant d'y jeter un coup d'œil, ce que j'ai fait. Il s'agissait, page après page, de listes griffonnées de formules complexes, de chiffres et de calculs scientifiques faisant référence à quelque chose que j'ignorais. Finalement j'ai dû lui avouer que je n'y comprenais rien : « Je suis désolé, mais je n'ai aucune idée de ce que cela signifie », ai-je dit. « Ce sont les fondements d'une découverte qui fera date », m'a-t-il répondu. « Et de quelle découverte s'agit-il ? » « Ce sera peut-être l'événement scientifique le plus important de nos existences. » « De quoi parlez-vous ? » Il a hoché la tête, a rassemblé ses papiers en tas, et les a fourrés sous son manteau en laissant dépasser quelques pages de son revers puis il a gloussé, en me regardant comme si j'étais un homme très intelligent. « Vous me demandez de vous faire une démonstration », a-t-il dit d'un air entendu. « Non », ai-je nié. « Vous en aurez une de toute façon. » Il a sorti une montre de son manteau et s'est levé pour partir. «Je dois vous quitter maintenant, mais je viendrai vous voir demain matin à votre hôtel. Je vous ferai ma démonstration, après quoi vous me donnerez votre opinion et me ferez part de votre décision.» «Quelle décision?» ai-je demandé, car je n'avais pas la moindre idée de ce qu'il proposait. Mais il s'est contenté de secouer la tête et de dire, «Nous en parlerons demain matin. Serez-vous disponible?» J'ai dit à ce curieux bonhomme que cela me convenait et il m'a serré la main avant de s'éloigner pour vaquer à quelque autre tâche cruciale. Je l'ai regardé se frayer un chemin à travers le restaurant, et j'ai constaté qu'il riait. Puis il avait disparu.

★ À peine étais-je sorti du lit que Warm frappait à ma porte. Son apparence vestimentaire s'était encore améliorée, car il arborait un nouveau haut-de-forme. Lorsque j'ai fait un commentaire à ce sujet, il l'a enlevé pour me le montrer dans les moindres détails, la couture intérieure, la douceur de son bandeau en cuir de veau, soulignant ce qu'il appelait «son élégance et sa finesse générales». Je lui ai demandé ce qu'il avait fait de son ancien chapeau, et il est devenu réticent. J'ai insisté et il m'a avoué l'avoir laissé tomber sur un innocent pigeon qui prenait le soleil dans la rue. L'oiseau pris au piège sous le poids du chapeau, Warm a eu le plaisir coupable de voir son couvre-chef s'enfuir à toute allure, pour disparaître au coin de la rue. Tandis qu'il me racontait cette histoire, j'ai remarqué qu'une caisse fermée était posée à *ses pieds. Je lui ai demandé de quoi il s'agissait et il a levé un doigt en disant, «Ah.»*

Il s'est préparé à la mystérieuse démonstration, et bientôt le contenu de la caisse était étalé sur la petite table au centre de ma chambre. Voici ce que j'avais sous les yeux : une boîte en bois pas très haute, d'environ un mètre de long et cinquante centimètres de large, un sac en toile de jute contenant de la terre fraîche à l'odeur puissante, un sac en velours rouge, et une gourde en étain. Les rideaux étaient tirés et j'ai traversé la chambre pour les ouvrir, mais Warm m'a dit qu'il préférait les laisser tels quels. «C'est doublement nécessaire : pour des raisons de discrétion et pour une efficacité accrue de ma démonstration», a-t-il expliqué. Je suis retourné à la table et l'ai regardé verser les deux tiers de la terre dans la boîte, en l'étalant et la tassant uniformément. Il m'a ensuite tendu le sac en velours et m'a demandé d'en inspecter le contenu : il était rempli de paillettes d'or. Reprenant le sac, Warm a répandu les paillettes dans la boîte, geste qui m'a bien entendu choqué, et je lui ai demandé pourquoi il agissait ainsi. Au lieu de me répondre, il m'a demandé de me souvenir de la disposition des paillettes dans la terre (il les avait soigneusement versées en cercle). Il a recouvert le tout avec le dernier tiers de la terre, et a passé cinq bonnes minutes à tasser, en tapant fermement avec ses mains. Cette besogne lui a demandé un grand effort, et très vite il s'est mis à transpirer à grosses gouttes. Puis il s'est saisi de ma cuvette pleine d'eau et en a répandu le contenu jusqu'à ce que le liquide atteigne le haut de la boîte. Une fois ces curieuses tâches accomplies, il a reculé en souriant devant mon expression d'incrédulité. Rompant le silence, il a déclaré, « Voici ce qui se présente au prospecteur qui cherche de l'or dans une rivière. Nous avons ici le modèle réduit de ce qui a rendu fou la moitié du monde. Le défi principal pour un prospecteur, c'est : comment faire pour atteindre ce qu'il sait être là, sous ses pieds ? Les seules réponses à cette question sont : un travail acharné, et une bonne étoile. Le premier est éprouvant, la seconde, aléatoire. Pendant plusieurs années j'ai cherché une troisième méthode, plus sûre et plus simple. » Il a pris la gourde et a dévissé le bouchon. « Dites-moi si j'ai tort, monsieur Morris, mais avec cette solution il me semble bien que je viens enfin de trouver. » Il m'a tendu la gourde et j'ai demandé si j'étais censé en boire le contenu. « Sauf si vous souhaitez mourir dans d'atroces souffrances, je vous conseillerais de ne pas le faire », m'a-t-il dit. « N'est-ce pas un remontant ? » « C'est une solution divinatoire », a-t-il dit, et comme sa voix était étrange lorsqu'il a prononcé ces mots, comme elle était mystérieuse et envoûtante ; l'émotion lui serrait la gorge, et les battements de son pouls faisaient frémir ses tempes. Inclinant la tête, il a vidé le contenu de la gourde dans la boîte. C'était un liquide nauséabond et violacé, plus épais que l'eau mais qui s'est très vite mélangé à elle, avant de disparaître. Trente longues secondes se sont écoulées tandis que je fixais l'eau sans y déceler la moindre modification. J'ai levé les yeux vers Warm. Il avait les paupières mi-closes, et je me suis dit qu'il avait l'air endormi. Je venais d'ouvrir la bouche pour lui exprimer toute ma sympathie, car son expérience se soldait manifestement par un échec, lorsque j'ai remarqué dans ses yeux un reflet doré de plus en plus lumineux. J'ai reporté mon attention vers la boîte et mon cœur a fait un bond, car là devant moi, je le jure devant Dieu tout-puissant, l'anneau d'or luisait à travers l'épaisse couche de terre noire !

Je suis resté absolument stupéfait devant cette expérience, et j'ai bafouillé toutes sortes de questions en m'extasiant, ce qui a ravi Warm au plus haut point. Il n'a pas tardé à m'expliquer ce qu'il envisageait de faire avec ce liquide, et voici la teneur de ses révélations : il s'agissait de construire un barrage en vue d'isoler une portion de la rivière, et, à la nuit tombée, d'y verser la solution — naturellement, en plus grande quantité —, puis, une fois que le liquide se serait bien dilué, de parcourir la rivière et de récolter l'or tranquillement. Le scintillement, m'a-t-il expliqué, ne durait que quelques précieuses minutes, mais ce temps restreint suffisait pour extraire ce qui lui aurait demandé des semaines de travail avec les méthodes traditionnelles. Après avoir prospecté une partie de la rivière, il n'aurait qu'à se déplacer un peu plus loin pour en fouiller une autre, et encore une autre, et ainsi de suite jusqu'à ce qu'il amasse la fortune dont il rêvait ; puis il vendrait sa recette secrète pour un million de dollars et passerait le reste de ses jours dans ce qu'il appelait « les bras soyeux du succès ». J'étais fortement ébranlé par tout ce que je venais d'entendre. En vérité, c'était l'invention la plus spectaculaire dont j'avais jamais entendu parler. J'ai mis du temps à poser ma dernière question. Je ne voulais pas offenser l'individu, ni briser le sentiment d'exaltation qui régnait dans la pièce, mais la chose demandait à être évoquée, c'est pourquoi j'ai demandé de but en blanc : « Pourquoi partagez-vous tout cela avec moi ? Comment pouvez-vous savoir que je ne vous trahirai pas ? » « Je vous ai déjà expliqué pourquoi je souhaitais vous avoir à mes côtés, a répondu Warm. J'ai besoin d'un associé pour mener à bien ce projet, et je pense que vous êtes l'homme qu'il me faut. » « Mais je suis à l'heure actuelle payé pour vous surveiller parce qu'on veut vous tuer ! » me suis-je exclamé. « Oui, c'est un fait, mais permettez-moi de vous demander si le Commodore vous a dit pourquoi il souhaitait ma mort. » « Il affirme que vous êtes un voleur. » « Et qu'ai-je donc volé ? » « Ça, il ne l'a pas évoqué. » Et Warm de poursuivre alors avec véhémence : « Il ne pouvait rien dire là-dessus, car c'est un mensonge éhonté. Il veut ma mort pour la simple et bonne raison que j'ai refusé de lui donner le secret de ma solution pour trouver l'or. Il y a six mois, je suis allé le voir à Oregon City, pour lui demander de financer mon voyage en Californie. Je lui ai présenté une démonstration semblable à celle à laquelle vous venez d'assister, après quoi je lui ai fait une proposition que j'estimais des plus généreuses : il paierait pour mettre sur pied une expédition, et, en retour, recevrait la moitié des bénéfices. Dans un premier temps, il a accepté, et m'a promis une coopération et un investissement complets, mais quand j'ai refusé de lui révéler ma recette, il est devenu fou de rage et a braqué un pistolet sur moi. Il était ivre et avait du mal à viser. Il a vacillé, et j'en ai profité pour saisir un presse-papiers sur son bureau et le lui lancer à la figure. Par chance, je l'ai touché en plein front, et il est tombé à genoux. J'ai décampé à toute allure en descendant quatre à quatre les marches tapissées de son escalier, lorsque j'ai entendu sa voix tonner dans mon dos, "Vous ne vous débarrasserez pas comme ça de moi, Warm. Mes hommes viendront vous prendre votre formule de force, et vous remettront à votre place !" Je le croyais volontiers. Et je n'ai pas été surpris lorsque vous êtes arrivé, monsieur Morris. Ce qui m'étonnait, et ce qui m'étonne encore, c'est qu'un gentleman tel que vous puisse choisir de passer sa vie au service d'un tueur et d'un tyran. »

Son histoire sonnait vrai, d'autant que je me souvenais du pansement que le Commodore avait à la tête six mois plus tôt. Le récit de Warm m'avait laissé interdit, et j'ai arpenté la pièce pendant un moment, en pesant le pour et le contre et en envisageant toutes les possibilités. En désespoir de cause, je lui ai demandé, « Mais qu'attendez-vous de moi exactement ? Qu'espérez-vous me voir faire ? » « C'est très clair dans mon esprit, a-t-il dit. J'aimerais que vous vous associez avec moi à cinquante-cinquante. Je souhaiterais que vous investissiez ce que vous avez d'argent dans notre toute première expédition, car à lui seul, le coût de la nourriture anéantirait mes petites économies. J'aurais besoin de votre chambre pour préparer ma solution en grande quantité, et vous m'aiderez pendant ce processus. Puis, vous m'assisterez également dans le travail à proprement parler une fois que nous nous aurons pris nos quartiers sur la rivière. Mais par-dessus tout, vous serez le visage et la voix de toute l'opération, car vous avez ce don pour la communication qui me fait si cruellement défaut. Vous

vous occuperez des brevets, des avocats, des contrats et tout cet horrible imbroglio de démarches inventées par l'homme; le genre de choses dans lequel je me prends toujours les pieds de manière épouvantable. Cependant, tout cela viendra plus tard. Dans l'immédiat, nous allons partir tous deux dans les étendues sauvages et tester ma solution. «Et à votre avis, que pensera le Commodore de ma nouvelle allégeance? ai-je demandé. Est-ce que vous comprenez pleinement ce que vous êtes en train de me demander?» S'approchant alors de moi, il a posé ses mains sur mes épaules. «Vous n'êtes pas le larbin d'un tyran, monsieur Morris. Vous valez mieux que ça. Venez avec moi et retrouvez votre liberté. Vous avez tant à gagner, et je ne parle pas seulement de la richesse.» J'étais tellement bouleversé par ces mots que Warm, comprenant mon besoin de réfléchir, m'a laissé avec mes pensées, et m'a dit qu'il reviendrait le lendemain matin pour connaître ma réponse. Je me suis assis tristement sur le lit; la boîte était restée sur la table, la lueur s'estompant peu à peu, pour disparaître complètement.

★ *Plusieurs heures se sont écoulées, et je suis toujours assis là. J'ai la réponse sous les yeux, évidente, mais elle est si audacieuse qu'elle en paraît inconcevable. Je ne peux en parler à personne, et je vais devoir m'en remettre à moi-même. Je suis terriblement mal à l'aise.*

★ *Je n'ai pour ainsi dire pas dormi cette nuit, et quand Warm est revenu ce matin, je lui ai donné mon accord pour prendre part à son expédition à la rivière illuminée. Je suis convaincu à présent de son génie, et bien que je répugne à abandonner mon poste, j'ai choisi de suivre mon cœur et de le faire malgré tout. Qu'est-ce qui compte pour moi dans la vie, finalement? Je regarde mon passé avec dégoût. J'ai suivi le mouvement, j'ai obéi aux ordres. Mais c'en est terminé maintenant. Aujourd'hui je renais. Et je me réapproprie mon existence. Ce sera désormais différent, et pour toujours.*

Charlie et moi digérâmes cette étonnante histoire dans un silence de plomb. Je m'approchai de la table et glissai mon doigt dessus. Il restait des traces de terre ; quand je montrai ma main tremblante à Charlie, il jeta le journal et dit, «J'y crois. Tout est vrai là-dedans. Les ordres du Commodore étaient on ne peut plus clairs. Avant de tuer Warm il fallait que j'obtienne, de quelque manière que ce soit, et un usant de toute la violence éventuellement nécessaire, ce qu'il a appelé, "la solution". Quand je lui ai demandé de quoi il s'agissait, il m'a répondu que ce n'était pas mon affaire, mais que Warm comprendrait. Et une fois que j'aurais mis la main dessus, il fallait que je la défende à tout prix.

— Pourquoi ne m'en as-tu pas parlé plus tôt ?

— Il m'a demandé de garder ça pour moi. Et de toute façon, qu'est-ce que ça aurait changé ? C'était si vague, j'y ai moi-même à peine pensé. Il y a toujours quelque facette cryptique et obscure dans les ordres du Commodore. Tu te souviens de l'avant-dernière affaire, quand j'ai crevé les yeux de l'homme avant de le tuer?

— Le Commodore t'avait demandé de le faire?»

Charlie acquiesça. «Il a dit que l'homme comprendrait, et que je devais le "laisser un moment dans le noir" avant de le cribler de balles. Je m'étais dit que cette histoire de solution était du même acabit.» Il s'éloigna du lit pour s'approcher de la fenêtre, croisa les mains dans le dos et scruta la colline. Il resta silencieux une minute ou plus, et lorsqu'il parla enfin, sa voix était solennelle et posée : «Ça ne m'a jamais gêné d'abattre les ennemis du Commodore, mon frère. Il s'avère qu'ils sont toujours répugnants, d'une manière ou d'une autre. De médiocres scélérats sans grâce. Mais je n'aime pas l'idée de tuer un homme parce qu'il a de l'imagination.

— Moi non plus. Et je suis très heureux de te l'entendre dire.»

Il poussa un soupir. «Que crois-tu que nous devons faire?

— Et toi?»

Mais aucun de nous deux n'avait la réponse.

The Black Skull était exactement comme Morris l'avait décrit, un bouge fait de bouts de bois et de ferraille, situé dans une venelle entre deux bâtiments en briques beaucoup plus grands, qui avaient l'air de lentement l'engloutir. L'intérieur était tout aussi peu attirant, voire repoussant : des chaises et des tables dépareillées étaient éparpillées dans la pièce, et une fumée âcre s'échappait du poêle d'une espèce de cuisine en désordre et manifestement insalubre. Nous n'avions pas faim en arrivant, et rien ne nous ouvrit l'appétit, tant l'air était saturé par l'odeur de viande de cheval. L'homme au cache-œil à carreaux du journal de Morris se tenait dans un coin en compagnie d'une grande femme sculpturale étonnamment vêtue d'une élégante robe en soie vert clair qui laissait ses bras nus. Ils avaient l'air de s'amuser, à tel point qu'ils ne remarquèrent pas notre présence lorsque nous prîmes position à leurs côtés.

La femme était éblouissante, et sa robe n'était qu'un détail. Ses bras étaient si fins et si gracieux que j'eus instantanément envie de poser mes mains dessus ; son visage, aussi, d'une beauté peu commune, avec son profil indien et des yeux verts dont je ne pus soutenir l'intensité lorsqu'elle les leva sur moi, et j'eus la sensation, quand son regard me transperça, d'être plongé dans un bain d'eau glacée. Après avoir jeté sur nous un coup d'œil machinal, le propriétaire nous fit un signe de tête avant de retourner à leur jeu, que je vais décrire à présent :

La femme tendit ses paumes ouvertes. Dans sa main droite elle avait un petit morceau d'étoffe, identique à celle de sa robe, dont les bords étaient ourlés d'un épais fil doré. Je ne saurais dire pourquoi, mais ce bout de tissu dégageait quelque chose de fascinant ; je le trouvai agréable à regarder, et ne pus m'empêcher de sourire. Je remarquai que le propriétaire était également subjugué et souriant. Quant à Charlie, il fixait la scène du regard, mais sans se départir de son habituelle expression inamicale.

« Vous êtes prêt ? » demanda la femme au propriétaire.

Il se concentra résolument sur l'étoffe, et son être tout entier se raidit. Il acquiesça et dit, « Prêt. »

À peine avait-il prononcé ce mot que la femme commença à faire circuler le morceau de tissu dans ses mains, le faisant passer entre ses doigts avec une rapidité et une adresse telles qu'il fut bientôt invisible à l'œil nu. Puis, fermant ses poings, elle les tendit au propriétaire avant de lui intimer, d'une voix sourde et monocorde, « Choisissez.

— Gauche », dit-il.

La femme ouvrit sa main gauche : point de tissu. Elle ouvrit alors la droite et le petit carré vert et doré apparut ; elle l'avait bouchonné pendant sa manipulation, mais il était en train de se déplier. « Droite », dit-elle.

Le propriétaire tendit un dollar à la femme et dit, « Encore. »

Ouvrant la paume de ses mains, la femme demanda alors, « Êtes-vous prêt ? »

Il acquiesça. Le jeu reprit mais, cette fois, je me concentrai plus intensément. Le propriétaire dut le remarquer, car lorsque la femme tendit ses poings fermés, il me proposa de choisir. Persuadé de savoir où se trouvait l'étoffe, je fus ravi de prendre part au jeu. « C'est là, dis-je. Dans la main droite. » La femme ouvrit le poing, qui était vide. « Gauche », dit-elle. Je cherchai un dollar dans ma poche, pour jouer à mon tour.

« Je n'ai pas encore fini, protesta le propriétaire.

— Laissez-moi jouer juste une fois.

— Vous venez de le faire.

— Jouons à tour de rôle. »

Il émit un grognement. «Pour l'instant elle est prise avec moi. Vous aurez votre tour quand j'en aurai fini, mais dans l'immédiat j'ai besoin de me concentrer.» Il se retourna vers la femme, en lui tendant à nouveau un dollar. «Allez-y», dit-il, et ses mains se mirent à se mouvoir avec dextérité. Acceptant mon rôle de simple spectateur, je restai aussi attentif que possible aux mains de la femme. Je ne pense pas m'être de ma vie autant concentré sur une chose en particulier. Quand ses mains cessèrent de bouger, j'aurais parié jusqu'à mon dernier sou que l'étoffe était dans sa main gauche. «La main gauche», dit le propriétaire tandis que je tressaillais d'avance. Hélas, la femme ouvrit son poing et il était vide. Le propriétaire se leva d'un bond. Littéralement, il sauta. Je cachai tant bien que mal ce que je ressentais, mais, en mon for intérieur, j'étais moi aussi abattu. Charlie, qui avait tout suivi, était à la fois amusé et contrarié.

«Quel est le but de ce jeu? demanda-t-il.

— Trouver le morceau de tissu, répondit le propriétaire innocemment.

— Mais quel est l'intérêt? Gagnez-vous souvent?

— Je n'ai jamais gagné.

— Et combien de fois avez-vous joué?

— Beaucoup, beaucoup de fois.

— Vous gaspillez votre argent.

— Comme tout le monde.» Il nous observa plus attentivement. «Que voulez-vous tous les deux, au fait? Manger?

— Nous cherchons Warm.»

En entendant ce nom, les yeux du propriétaire s'assombrirent, et il baissa la tête. «C'est vrai? Eh bien, si vous le trouvez, saluez-le de ma part!» Il avait prononcé ces mots avec une telle amertume que Charlie demanda, «Vous vous êtes querellé avec lui?

— Je l'ai nourri bien des fois, ébloui par son numéro d'ombres et de lumières. J'aurais dû savoir qu'il ne respecterait pas notre accord.

— De quel genre d'accord s'agissait-il?

— C'est personnel.»

Je dis, «Vous deviez l'accompagner à la rivière illuminée, c'est ça?»

Il se crispa, et demanda, «Comment le savez-vous?

— Nous sommes des amis de Warm.

— Warm n'a pas d'amis à part moi.

— Nous avons avec lui une relation de longue date.

— Je regrette, mais je ne vous crois pas.

— Nous sommes ses amis, dis-je, et nous savons qu'il en a d'autres, également. Il a récemment soupé ici avec un certain monsieur Morris, par exemple.

277

— Quoi, ce fragile petit homoncule?

— Il paraît qu'ils sont partis ensemble à la rivière.

— Warm ne partagerait jamais ses secrets avec un homme aussi raffiné.» Mais après y avoir réfléchi un instant, il sembla se raviser. Il soupira. «Je suis de mauvaise humeur aujourd'hui. J'aimerais être seul pour jouer. Asseyez-vous messieurs, si vous souhaitez manger. Sinon, laissez-moi en paix.

— Savez-vous où il pensait mettre en œuvre son opération?»

L'homme ne répondit pas. Il recommença à jouer avec la femme. Lorsque les poings de celle-ci s'immobilisèrent, il lança, «Main droite.

— Gauche», répondit la femme.

Il ressortit un nouveau dollar. «Encore», dit-il, et les mains de la femme reprirent leur petite danse.

— Nous pensions lui rendre visite, sur sa concession», poursuivis-je.

La femme tendit les poings, et le propriétaire souffla bruyamment. «Dans la gauche.

— Droite, dit-elle.

— Pouvez-vous nous dire quand vous l'avez vu pour la dernière fois? m'enquis-je.

— Vous ne m'avez pas entendu vous demander de me laisser seul?» répondit-il.

Charlie souleva son manteau pour faire apparaître ses pistolets. « Je veux que vous nous disiez tout ce que vous savez, et plus vite que ça. »

Le propriétaire ne parut ni surpris ni inquiet. « Hermann avait parlé du jour où vous autres arriveriez. Je ne l'ai pas cru.

— Quand l'avez-vous vu pour la dernière fois ? répétai-je.

— Il est venu il y a quatre ou cinq jours. Il voulait me montrer un nouveau chapeau. Il a dit qu'il viendrait me chercher le lendemain matin pour aller à la rivière. Je suis resté ici, dans cette pièce comme un imbécile, pendant plusieurs heures.

— Mais il ne vous a jamais dit de quelle rivière il s'agissait, il ne vous a jamais donné le moindre indice ?

— Il a toujours parlé de suivre la rivière en remontant le courant, jusqu'à la source.

— La rivière où il a son placer, vous voulez dire ?

— Exactement.

— Pourquoi n'êtes-vous pas allé là-bas ?

— En le suivant ? Et après ? M'imposer de force ? Non, s'il avait voulu que je vienne, il serait venu me chercher. Il a décidé de tenter l'aventure avec l'autre. »

Charlie trouvait l'attitude du propriétaire désagréable. «Mais que faites-vous de l'accord que vous aviez passé avec lui? demanda-t-il. Et l'or?

— Je me moque de la richesse, répondit le propriétaire. Je ne sais pas pourquoi. Je devrais y faire plus attention. Non, je me faisais une joie de partir à l'aventure avec un ami. C'est tout. Je pensais que Warm et moi, nous étions proches.»

À ces mots, mon frère prit une expression de dégoût. Il boutonna son manteau et se retira au comptoir pour prendre un verre. Je restai à observer l'homme perdre un dollar avec la femme, puis un autre.

«C'est dur de trouver un ami, dis-je.

— C'est la chose la plus difficile au monde, approuva-t-il. Encore», dit-il à la femme. Mais de toute évidence, il commençait à fatiguer. Je m'éloignai. Mon frère avait bu une eau-de-vie et m'attendait dehors. Nous nous dirigeâmes vers l'hôtel de Morris, et passâmes devant l'écurie où nous avions laissé Tub et Nimble. Le palefrenier m'aperçut et me héla: «C'est votre cheval», dit-il en me faisant signe d'entrer. Charlie dit qu'il allait faire un tour, et qu'il reviendrait dans une demi-heure; nous nous séparâmes.

J'entrai dans l'écurie et trouvai le palefrenier, un homme en salopette, chauve, voûté avec les jambes arquées et le visage couvert de taches de rousseur, en train d'inspecter l'œil de Tub. Je m'approchai de lui et il me salua d'un signe de tête en disant, «Il a une personnalité vraiment attachante, celui-là.

— Que pensez-vous de cet œil?

— C'est de ça que je voulais vous parler. Il va falloir l'enlever.» Pointant le doigt, il ajouta, «À deux pas d'ici il y a un médecin vétérinaire.» Je demandai combien allait coûter l'intervention et il me répondit, «Je dirais dans les vingt-cinq dollars. À confirmer avec l'homme lui-même, mais je crois que ce sera dans ces eaux-là.

— Le cheval lui-même ne vaut pas vingt-cinq dollars. Un œil ne devrait pas m'en compter plus de cinq, je pense.

— Je pourrais l'enlever, pour cinq dollars, dit-il.

— Vous? Vous l'avez déjà fait?

— Je l'ai vu faire sur une vache.

— Et vous feriez ça où?

— Par terre dans l'écurie. Je lui donnerai du laudanum; il ne sentira rien.

— Mais comment allez-vous enlever l'œil, concrètement?

— Avec une cuillère.

— Une cuillère? dis-je.

— Une cuillère à soupe, acquiesça-t-il. Stérilisée, bien entendu. Déloger l'œil, et couper les tendons avec des ciseaux; c'est ainsi que cela s'est passé, avec la vache. Ensuite le doc a rempli l'orbite de l'œil avec de l'alcool. Ça a bougrement réveillé la vache! Le doc a dit qu'il ne lui avait pas donné assez de laudanum. J'en donnerai plein à votre cheval. »

Je caressai la tête de Tub, et dis, « Il n'y a pas de remède que je pourrais lui donner à la place? Il a assez souffert comme ça; on ne va pas le rendre en plus à moitié aveugle.

— Un cheval borgne n'est pas d'une grande utilité pour un cavalier, concéda le palefrenier. La meilleure solution serait peut-être de le vendre pour le faire abattre. Et j'ai des chevaux à vendre derrière. Vous voulez les voir? Je pourrais vous faire un bon prix.

— Allons-y avec l'œil. Nous n'allons plus très loin et il pourra peut-être m'être utile. »

Le palefrenier rassembla les instruments pour l'opération et les disposa sur une couverture qu'il avait étalée à côté de Tub. Il apporta un bol en céramique rempli d'eau et de laudanum ; tandis que Tub buvait, le palefrenier me demanda de venir près de lui. Comme pour me confier un secret, il me chuchota, « Quand ses jambes commencent à flageoler, poussez avec moi. Ce qu'il faudrait, c'est qu'il tombe directement sur la couverture, compris ? » Je hochai la tête et nous restâmes là à attendre que la drogue fasse son effet. Cela ne fut pas long, à tel point que nous fûmes surpris : la tête de Tub s'affaissa et se mit à dodeliner, et il trébucha lourdement, nous plaquant, le palefrenier et moi, contre les lattes de la stalle. Sous le poids de l'animal, le palefrenier paniqua : il avait le visage cramoisi et écarquillait les yeux en le repoussant avec force jurons. Il craignait pour sa vie, et je me mis à rire en le voyant gigoter sans la moindre dignité, pareil à une mouche dans du miel. Le palefrenier se sentit humilié et ma jovialité le mit en colère ; il gesticula de plus belle. Craignant que l'homme ne s'évanouisse ou ne se blesse, je donnai une grande claque sur la croupe de Tub, qui tressaillit et se dressa. L'homme cria, « Poussez, que diable, poussez ! » Ravalant mes rires, je pesai de tout mon poids sur le ventre et les côtes de Tub. Entre mes efforts, ceux du palefrenier, et les tentatives maladroites de Tub pour se remettre sur pied, nous parvînmes à le pousser au bout de sa stalle dont les lattes se brisèrent sous son poids. Le palefrenier me saisit par le bras et m'écarta juste au moment où Tub, après avoir rebondi contre le mur, retombait par terre, sa tête parfaitement placée sur la couverture, inconscient. Luisant de sueur et haletant, le palefrenier me jeta un regard plein de mépris, les poings appuyés sur ses hanches. «Puis-je vous demander, monsieur, ce qui vous rend si joyeux?» Il était tellement hors de lui, debout devant moi, qu'il me fallut un effort supplémentaire pour ne pas éclater de rire derechef. J'y parvins, mais à grand-peine. Penaud, je répondis, «Je regrette. Il y avait vraiment quelque chose de drôle là-dedans.

— Vous trouvez cela divertissant, de manquer se faire tuer par un cheval?

— Je regrette d'avoir ri», répétai-je. Pour changer de sujet, je désignai Tub du doigt et dis, «De toute façon, on a tapé dans le mille. Il est tombé sur la couverture.»

Il secoua la tête et grogna sourdement en se raclant la gorge. «Sauf pour un détail. Il est allongé du mauvais côté! Comment est-ce que je vais pouvoir accéder à son œil maintenant?» Il cracha par terre et observa ses glaires. Un long moment. À quoi pensait-il? Je décidai de regagner la confiance du palefrenier, par égard pour Tub, car je n'aimais pas l'idée de voir le vieil homme entreprendre une opération délicate sous l'emprise de la colère.

Il y avait plusieurs longueurs de corde accrochées sur le mur au fond de l'écurie. Je les pris et attachai les pieds de Tub, afin de pouvoir le retourner. Le palefrenier savait pertinemment ce que j'étais en train de faire, mais au lieu de m'aider, il se contenta de rouler une cigarette. Il le fit avec le plus grand sérieux, comme si cette tâche monopolisait toute sa concentration. Durant les cinq minutes qu'il me fallut pour attacher les pieds de Tub, le palefrenier et moi-même n'échangeâmes pas un mot, et il commençait à m'énerver, car je trouvais exagérée son humeur massacrante, lorsqu'il s'approcha avec une deuxième cigarette, qu'il avait roulée pour moi. «Évitez s'il vous plaît de faire tomber la cendre dans la paille.» Au-dessus de la stalle, une poulie était suspendue, dans laquelle nous passâmes les deux cordes, l'une par-dessus l'autre. À nous deux, nous retournâmes Tub sans difficulté en tirant sur les cordes. Après avoir œuvré et fumé ensemble, le palefrenier et moi étions amis à nouveau. Je comprenais pourquoi il s'était mis en colère. Il ne comprenait pas pourquoi je riais. Mais nous étions très différents, et nombreuses étaient les choses que je trouvais drôles qui auraient fait défaillir un honnête homme.

Étendu, Tub dormait et respirait profondément. Le palefrenier alla dans sa cuisine chercher une cuillère qui était restée dans une marmite d'eau bouillante. Il revint dans l'écurie en faisant passer la cuillère d'une main à l'autre, pour éviter de se brûler. Ses mains, du reste, étaient très sales, mais comme notre entente était encore fragile, je n'osai émettre de commentaire. En soufflant sur la cuillère, il m'enjoignit, «Ne restez pas derrière l'animal. S'il se réveille comme l'avait fait cette génisse, il vous balancera un coup de pied dont vous vous souviendrez.» Il enfonça la cuillère dans

l'orbite, et d'un coup sec du poignet il sortit l'œil —
énorme, nu, luisant, et grotesque —, qui atterrit sur
l'aile du nez de Tub. Le palefrenier le ramassa et le
souleva pour étirer le tendon, qu'il coupa avec une
paire de ciseaux rouillés. Le bout restant disparut
dans l'orbite sombre. Puis, l'œil dans la paume, il
regarda autour de lui pour trouver un endroit où le
poser. Il me demanda si je pouvais le prendre, et je
refusai. Il s'éloigna avec l'œil et revint sans. Il ne me
dit pas ce qu'il en avait fait, et je ne posai aucune
question.

Il se saisit d'un flacon en verre marron et le débou-
cha. Il versa l'alcool à ras bord dans l'orbite de Tub.
Quatre ou cinq secondes interminables s'écoulèrent,
puis la tête de Tub se renversa en arrière, son encolure se cambra, il poussa un cri aigu et rauque,
« Hiiiii », et ses postérieurs traversèrent le mur du fond
de la stalle. Il bascula sur son dos puis se remit sur
pied, haletant, sonné, et un œil en moins. Le palefrenier dit, « Ça doit brûler comme l'enfer là-dedans,
vu comment ça les réveille. Et pourtant, je lui ai donné une sacrée dose de laudanum ! »

Entre-temps, Charlie était revenu, et se tenait
debout tranquillement derrière nous. Il s'était acheté
un sachet de cacahuètes, qu'il décortiquait et mangeait.

« Qu'est-ce qui se passe avec Tub ?

— Nous lui avons enlevé son œil, dis-je, ou plutôt
cet homme l'a fait. »

Mon frère plissa les yeux, puis sursauta. Il me tendit son sac de cacahuètes et j'en pris une poignée. Il le tendit également au palefrenier, mais lorsqu'il remarqua les doigts poisseux de l'homme, il le ramena vers lui, et suggéra, «Et si c'était moi qui vous en mettais dans la main?» Le palefrenier tendit sa paume ouverte. Nous étions tous les trois à manger des cacahuètes, debout en triangle. Je remarquai que le palefrenier les mangeait entières, avec la coque. Tub se tenait dans un coin, tremblant, l'alcool lui coulant sur la joue. Il se mit à pisser; le palefrenier se tourna vers moi, et me dit en mastiquant bruyamment, «Si vous pouviez me donner ces cinq dollars ce soir, ça m'aiderait.» Je lui tendis une pièce de cinq dollars et il la glissa dans une petite bourse attachée à l'intérieur de sa salopette. Charlie s'approcha de Tub et scruta l'orbite vide. «Il faudrait mettre quelque chose là-dedans.

— Non, dit le palefrenier. Il faut le laisser à l'air, et le nettoyer avec de l'alcool, c'est ce qu'il y a de mieux.

— Ce n'est pas beau à voir.

— Eh bien, ne regardez pas.

— Je ne serai pas capable de m'en empêcher. Est-ce qu'on ne peut pas mettre un cache dessus?

— Le nettoyer et le laisser à l'air, répondit le palefrenier.

— Quand est-ce qu'il pourra voyager? demandai-je.

— Tout dépend d'où vous allez.

— Nous allons prospecter les rivières à l'est de Sacramento.

— Vous allez prendre le ferry?

— Ça, je ne sais pas. Charlie?»

Charlie arpentait l'écurie avec un petit sourire. À en juger par sa gentillesse et sa bonne humeur, il avait bu quelques verres supplémentaires. Quoi qu'il en soit, il n'avait pas entendu ma question, et je n'insistai pas. «Je pense que nous prendrons le ferry, dis-je.

— Et quand comptez-vous partir?

— Demain, dans la matinée.

— Et une fois arrivés, vous pensez dormir dehors?

— Oui.»

Le palefrenier réfléchit. «C'est trop tôt pour partir», dit-il.

Je caressai le chanfrein de Tub. «Il a l'air en bonne forme.

— Je ne dis pas le contraire. Il est costaud, mais si c'était mon cheval, je ne le monterais pas pendant une semaine au moins.»

Lorsque Charlie revint de ses déambulations, je lui demandai d'autres cacahuètes. Il brandit le sachet en le renversant : vide. «Quel est le restaurant le plus cher de la ville?» demanda-t-il au palefrenier, qui, à la question, émit un sifflement tout en se grattant simultanément le front et les parties.

The Golden Pearl était tout simplement drapé d'un épais velours lie-de-vin ; chaque table était dressée avec un grand candélabre, des assiettes en fine porcelaine de Chine blanches, des serviettes en soie, et de lourds couverts en argent. Notre serveur, un homme impeccable à la peau d'ivoire, portait un smoking noir avec des guêtres en soie bleue et, à la boutonnière, une épingle à rubis qui aveuglait tous ceux qui portaient les yeux sur elle. Nous commandâmes des steaks et du vin, précédés d'eau-de-vie, ce qui sembla le ravir au plus haut point. « Très bien, dit-il en le notant d'un geste élégant dans son carnet relié en cuir. *Très, très* bien. » Il claqua des doigts et on nous apporta deux verres en cristal. Il s'inclina et se retira, mais j'étais persuadé qu'il allait bientôt revenir, pour prendre soin de nous à chaque étape de notre expérience dînatoire, avec une grâce extrême et le plus grand savoir-faire. Charlie avala une gorgée d'eau-de-vie. « Doux Jésus, que c'est bon ! »

Je trempai mes lèvres dans mon verre. Cela n'avait rien à voir avec les eaux-de-vie que j'avais bues jusqu'alors. C'était à ce point éloigné de ce que je connaissais en matière d'eaux-de-vie que je me demandai s'il ne s'agissait pas tout bonnement d'un autre alcool. Quel que fût le breuvage en question, il me plut grandement et j'en bus sans plus tarder une longue gorgée. Avec autant de nonchalance que possible, je fis, «Où en sommes-nous par rapport à notre engagement vis-à-vis du Commodore?

— Que veux-tu dire? demanda-t-il. Nous continuons l'affaire.

— Même s'il nous a induits en erreur?

— Que suggères-tu, Eli? Il n'y a aucune raison de rompre les liens avec lui tant que nous n'avons pas enquêté sur cette rivière illuminée. Même si nous n'étions pas à sa solde, je voudrais quand même en savoir plus.

— Et si Warm et Morris réussissent? Tu envisages de les voler?

— Je ne sais pas.

— Si ce n'est pas le cas, j'imagine qu'on les tuera.»

Charlie haussa les épaules avec désinvolture. «Je ne sais vraiment pas!» Le garçon nous apporta nos steaks; Charlie en avala une bouchée et grogna d'aise. Je l'imitai, mais mon esprit était préoccupé par autre chose. Je me décidai à aborder le sujet tant que Charlie était de bonne humeur, et lançai, «Si nous ne parlions à personne du journal de Morris, nous pourrions rentrer à Oregon City sans que quiconque n'y trouve à redire. »

À ces mots, Charlie avala et toute la joie qui rayonnait sur son visage s'effaça d'un coup. « Mais de quoi diable parles-tu ? demanda-t-il. Veux-tu me le dire ? Et pour commencer, que dirions-nous au Commodore à notre retour ?

— Nous lui dirions la vérité : que Morris est parti avec Warm, sans que personne ne sache où. Il ne peut pas s'attendre à ce qu'on les trouve sans aucun indice pour nous guider.

— Le Commodore s'attendrait au moins à ce qu'on aille vérifier le placer de Warm.

— Oui, et nous pourrions lui dire que nous l'avons fait, sans rien trouver. Ou, si tu préfères, nous pourrions effectivement passer là-bas sur le chemin du retour. De toute façon, nous savons que Warm n'y sera pas. Ce que je veux dire, c'est que si c'est seulement le contenu du journal qui nous incite à continuer, autant le brûler et poursuivre comme si nous ne l'avions jamais eu sous les yeux.

— Et si le journal n'était pas l'unique chose qui nous pousse à continuer ?

— Pour moi, c'est l'unique raison.

— Où veux-tu en venir, mon frère ? »

Je répondis, « Entre le magot de Mayfield et nos économies à la maison, nous avons assez pour quitter le Commodore une fois pour toutes.

— Et pourquoi ferions-nous une telle chose ?

— J'avais l'impression que cela te tentait. Tu n'as jamais songé à arrêter ?

— Tous ceux qui occupent un poste ont déjà pensé à le quitter.

— On a assez pour s'arrêter, Charlie.

— S'arrêter et faire quoi ? » Il retira un morceau de gras entre ses dents, et le jeta dans son assiette. « Essaies-tu de gâcher mon dîner ?

— On pourrait ouvrir un magasin ensemble.

— De quoi ? Quel magasin ?

— Ça fait longtemps qu'on est aux affaires. Profitons de la santé et de la jeunesse qu'il nous reste pour faire autre chose. »

À mesure que je parlais, il manifestait une contrariété croissante et n'allait pas tarder à taper du poing sur la table et à m'invectiver. Mais au moment où il allait vraiment se mettre en colère, quelque pensée apaisante dut le traverser, en sorte qu'il se remit à couper sa viande. Il mangea de bon appétit tandis que mon plat refroidissait, et lorsqu'il eut fini il demanda l'addition et, en dépit de son montant élevé, paya pour nous deux. Je m'attendais à ce qu'il me dise quelque chose de blessant à la fin du repas, et cela ne manqua pas. Il vida son verre de vin et lança, « Bien. Il est évident que tu souhaites arrêter. Alors, arrête.

— Est-ce que tu veux dire que j'arrêterais et que tu continuerais ? »

Il opina du chef. « Naturellement, j'aurais besoin d'un nouveau partenaire. Rex m'a demandé du travail par le passé, il pourrait peut-être m'accompagner.

— Rex ? m'exclamai-je. Rex n'est qu'un chien doté de la parole.

— Il est obéissant comme un chien.

— Et il a la cervelle d'un chien.

— Je pourrais prendre Sanchez avec moi. »

À ces mots, je fus pris de toux, et un filet de vin coula de ma narine. « Sanchez ! crachai-je. Sanchez ?

— Sanchez est bon tireur. »

Je me tenais les côtes de rire. « Sanchez !

— Je ne fais que réfléchir à voix haute, dit Charlie, en rougissant. Je risque de ne pas trouver quelqu'un tout de suite. Mais tu as pris ta décision, et ça me va. Et le Commodore n'y trouvera rien à redire, non plus. » Il alluma un cigare et se laissa aller dans sa chaise. « Nous poursuivrons cette affaire ensemble et nous nous séparerons quand tout sera fini.

— Pourquoi présentes-tu les choses comme ça ? Se séparer ?

— Je continuerai à travailler pour le Commodore et tu deviendras vendeur.

— Est-ce que ça veut dire que l'on ne se verra plus ?

— Je te verrai quand je passerai par Oregon City. Quand j'aurai besoin d'une chemise ou de sous-vêtements, je viendrai. » Il se leva et quitta la table et je pensai, Veut-il vraiment que j'arrête, ou est-il simplement en train de prêcher le faux pour savoir le vrai et m'inciter à continuer ? Je l'observai afin de déceler une réponse à cette question ; et je commençais à me faire une petite idée lorsque je le vis se détendre et défroncer les sourcils : il avait pitié de moi, pauvre malheureux que j'étais. Il poursuivit : « Demain matin nous partirons à la recherche de Warm et de Morris. Finissons le boulot et nous verrons après où nous en serons. » Après quoi, tournant les talons, il sortit du restaurant. Le serveur élégant apparut à mes côtés, soufflant bruyamment tandis que je me levais, car mon assiette était presque intacte, et il se sentait insulté qu'une nourriture si délicate finisse à la poubelle. « Monsieur ! m'interpella-t-il, sur un ton pétri d'indignation. Monsieur ! Monsieur ! » Je l'ignorai, et m'engouffrai dans la folle nuit de San Francisco : des lanternes qui se balançaient à l'arrière des charrettes qui passaient ; d'incessants coups de fouets ; l'odeur du fumier et de l'huile brûlée ; et une constante cacophonie.

Je regagnai la chambre pour dormir et ne revis Charlie que le matin venu, lorsque, me réveillant, je le trouvai habillé, lavé, rasé de près, le teint frais; il était en forme et fringant, et je songeai avec espoir que ce changement de tempérament était dû d'une façon ou d'une autre à notre dispute de la veille, qu'il avait choisi de rester relativement sobre et de se lever de bonne heure afin que les choses se passent mieux pour moi et que nous envisagions de travailler dans le souci d'une plus grande éthique. Mais j'aperçus les crosses de ses pistolets, qui reluisaient dans leurs étuis: il les avait briquées, comme il le faisait toujours avant de mener à bien une mission. S'il avait décidé de passer une nuit tranquille sans trop boire, ce n'était pas pour me faire plaisir mais pour être en pleine possession de ses moyens lors du meurtre probable de Warm et de Morris. Je me levai et m'assis à la table en face de lui. Je n'arrivais pas à le regarder en face, et il lança, «Ça ne va pas aller, si tu fais la tête comme ça.

— Je ne fais pas la tête.

— Si. Tu pourras t'y remettre dès que notre affaire sera terminée, mais dans l'immédiat il va falloir que tu la mettes en veilleuse.

— Mais je te dis que je ne fais pas la tête.

— Tu n'es même pas capable de me regarder.»

Je levai les yeux. Et à le voir, rien ne paraissait le gêner, il avait l'air complètement à l'aise. J'imaginai ce qu'il voyait en me regardant: cheveux en bataille, ventre bedonnant moulé dans un maillot sale, yeux rouges pleins de douleur et de défiance. Soudain, la vérité me frappa de plein fouet : je n'étais pas un tueur efficace. Je ne l'étais pas, ne l'avais jamais été, et ne le serais jamais. Charlie avait tout simplement su mettre à profit mon tempérament colérique ; il m'avait manipulé, exploitant ma personnalité à la manière d'un homme qui excite un coq avant un combat. Je pensai, Combien de fois ai-je tiré sur un inconnu, le cœur indigné pour la seule et unique raison que ce dernier faisait feu sur Charlie et que mon être tout entier exigeait que je protège ma chair et mon sang ? Et j'avais dit que Rex était un chien ? Charlie et le Commodore m'avaient tous deux contraint à me livrer à des actes qui me mèneraient en enfer. Je les imaginai dans le salon du grand homme, dans un nuage de fumée, en train de se gausser de moi tandis que j'attendais dehors, sous la pluie, dans le froid et le vent, sur mon cheval ridicule. Cela avait effectivement eu lieu ; je le savais. Cela s'était produit et continuerait à se produire aussi longtemps que je le permettrais.

Je dis, « C'est ma dernière affaire, Charlie. »

Il répondit sans flancher, « Comme tu veux, mon frère. »

Et pendant le reste de la matinée que nous passâmes dans cette chambre à rassembler nos affaires et à nous préparer au départ, nous n'échangeâmes plus un seul mot.

Le palefrenier vint à ma rencontre à la porte de l'écurie.

« Comment va-t-il ? demandai-je.

— Il a bien dormi. Je ne suis pas sûr que vous puissiez le monter, mais il va beaucoup mieux que ce que je pouvais imaginer. » Il me tendit un flacon d'alcool. « Deux fois par jour, dit-il. Matin et soir jusqu'à ce qu'il n'y en ait plus. Assurez-vous de l'attacher à quelque chose quand vous le désinfecterez. Imbibez bien et prenez vos jambes à votre cou, si vous voulez mon avis.

— Vous l'avez désinfecté aujourd'hui ?

— Non, et je n'ai pas l'intention de le faire. Je l'ai fait une fois pour vous montrer, mais à partir de maintenant, c'est à vous. »

Voulant mettre cela derrière moi, je débouchai le flacon et fis un pas vers Tub, mais le palefrenier m'interrompit : «Je préférerais que vous l'emmeniez dehors. Je viens juste de finir de réparer le trou, et je n'ai aucune envie qu'il en fasse un autre.» Il pointa un doigt et j'observai le déplorable travail de rafistolage qu'il avait effectué avec des bouts de bois sur la cloison de la stalle. J'emmenai Tub dehors et accrochai son licol à une barre d'attache. Le sang avait coagulé dans l'orbite et du pus suintait autour. Sans l'œil à l'intérieur, la paupière s'affaissait au centre. Je versai une bonne dose d'alcool et m'éloignai d'un bond. «Hiiiii», fit Tub en bottant, se cabrant, pissant et chiant. «Excuse-moi, dis-je. Vraiment, Tub, excuse-moi. Je suis désolé.» Il se calma et j'allai prendre ma selle dans l'écurie. Charlie amena Nimble dehors et se plaça près de Tub et moi.

«Prêt?» dit-il.

· Sans répondre, je grimpai sur Tub. Son dos et ses jambes semblaient moins solides qu'avant, et ses muscles émoussés par la fatigue; il était également perturbé par son champ de vision rétréci de moitié, et il n'avait de cesse que de tourner la tête vers la gauche pour voir de l'œil droit. Je le fis reculer sur la route et il se mit à marcher en rond. «Il prend ses marques, dis-je.

— Tu ne devrais pas le monter si vite, dit Charlie en se hissant en selle. Il a besoin de repos, c'est évident.»

Je tirai fermement sur les rênes et Tub cessa son manège. «Arrête de nous faire croire que tu te soucies de lui tout à coup.

— Je me fiche éperdument du cheval. Je parle de ce qui importe pour pouvoir aller au bout de notre affaire.

— Mais oui! Bien sûr! Notre affaire! J'avais presque oublié! Notre raison d'être! Parlons-en encore! Jamais je ne m'en lasserai!»

Je me rendis compte que ma lèvre tremblait; je me sentais si profondément blessé ce matin-là, à voir mon frère sur sa belle monture, sachant qu'il ne m'aimait pas comme je l'avais toujours aimé et admiré; la lèvre tremblante, je me mis soudain à hurler tant et si bien que les passants s'arrêtèrent et y allèrent de leurs commentaires.

«L'affaire! Oui! Notre affaire! Naturellement, c'est à ça que tu pensais!»

Le mépris envahit les yeux de Charlie et la honte s'empara de moi telle une fièvre. Sans un mot, il se tourna et s'éloigna en se frayant un chemin dans les rues bondées, pour bientôt disparaître derrière la bâche d'un chariot. Je m'efforçai de le retrouver dans la foule, mais Tub ne cessait de tourner la tête et de marcher de travers; je lui donnai un grand coup de talon, la douleur le remit dans le droit chemin, et il accéléra l'allure; mais il respirait difficilement, et ma honte redoubla. Je n'avais qu'une envie, c'était de tout quitter, de m'arrêter et de laisser tomber Tub, et notre affaire, et Charlie, et de retourner à Mayfield avec un nouveau cheval pour récupérer mon magot et me construire une nouvelle vie avec la comptable au teint diaphane, ou sans elle, du moment que tout était paisible et facile et complètement différent de ce que je vivais à l'heure actuelle. Tel était mon rêve, et il était puissant et intense, mais je ne fis rien pour le réaliser, et Tub poursuivit sa route, pantelant, et j'arrivai à la plage où je rejoignis Charlie qui faisait la queue pour prendre le ferry. Nous passâmes devant l'endroit où le cheval qui appartenait à l'homme au cabestan était mort. L'animal avait été en partie écorché, et sa chair découpée. Les corneilles et les mouettes se bagarraient au-dessus de ce qui restait de sa carcasse en sautillant et en se donnant des coups de bec ; la viande visqueuse était devenue violette, le vent la recouvrait de sable, et les mouches se faufilaient où elles pouvaient. Je sentais San Francisco se dresser derrière moi, mais je ne me retournai pas une seule fois. Je n'avais pas apprécié mon séjour dans cette ville.

Le ferry, un petit bateau à roues baptisé *Old Ulysses,* avait, à la proue, un espace réservé aux chevaux, aux moutons, aux vaches et aux cochons. À peine Charlie avait-il attaché Nimble qu'il s'éloigna ; je ne le suivis pas, mais restai près de Tub, à le caresser et à lui dire des choses gentilles, essayant de le réconforter par ma présence et ma douceur, même si c'était un peu tard. J'envisageai de rester là pendant les huit heures du voyage, mais la houle était forte et les cochons commencèrent à avoir le mal de mer (seuls les cochons eurent le mal de mer), et je fus obligé de monter sur le pont pour prendre l'air. Je ne revis pas Charlie durant la traversée et rien d'important ne se produisit à l'exception de l'épisode suivant : je demandai à une femme si elle avait l'heure, et elle me jeta un regard oblique et tourna les talons sans un mot. J'achetai des pommes farineuses à un homme aveugle et j'étais en train de les donner à Tub tandis que le bateau s'apprêtait à accoster à Sacramento. Ses jambes flageolaient. C'était la fin de l'après-midi.

Charlie et moi quittâmes la civilisation et pénétrâmes dans une forêt de chênes dense et humide, au sein de laquelle il était impératif de circuler avec précaution. Nous progressions avec une lenteur que semblait accentuer notre silence. Je ne parlerai pas le premier, me disais-je. Puis Charlie ouvrit la bouche.

«Je voudrais te parler de la façon dont nous allons procéder avec Warm.

— D'accord, répondis-je. Allons-y dans le détail.

— Entendu. Commençons par notre employeur. Que veut-il que nous fassions?

— Que nous tuions Morris d'abord, vite et sans fioriture. Pour Warm, que nous lui extorquions la solution, puis que nous le tuions aussi, mais lentement.

— Et que ferons-nous de la solution?

— Nous la rapporterons au Commodore.

— Et qu'en fera-t-il?

— Il affirmera l'avoir inventée, et il deviendra encore plus riche et redouté.

— Et donc la question en réalité, c'est: pourquoi faisons-nous cela pour lui?

— Mais c'est précisément de ça que je parlais.

— Je veux aller au bout de ce problème, Eli. Réponds-moi s'il te plaît. »

Je dis, « Nous le faisons pour recevoir un salaire, et parce que tu admires un homme puissant dont tu espères un jour prendre la place. »

Le visage de Charlie se figea, comme pour dire, Je ne savais pas que tu savais. « Très bien. Imaginons que ce soit vrai. Est-ce qu'il serait logique de donner encore plus de pouvoir au Commodore ? De lui apporter un tel soutien ?

— Non, ce ne serait pas logique.

— En effet. Maintenant, serait-il logique de suivre les ordres du Commodore sans toutefois aller jusqu'au bout ? Sans lui remettre la solution ?

— De tuer deux innocents et de leur dérober leur idée si chèrement acquise pour la détourner à notre profit ?

— La question de l'éthique viendra après. Je te demande si cela serait logique.

— Ce serait logique, oui.

— Parfait. Maintenant, évoquons les conséquences si nous désobéissons au Commodore.

— Ce serait désagréable. Je suis prêt à parier qu'il nous traquerait toute notre vie.

— À moins, dit-il en retroussant les lèvres. À moins que ?

— Oui, dis-je. Il faudrait le tuer.

— Le tuer comment ?

— Que veux-tu dire ?

— Lui tendre une embuscade ? Faire en sorte qu'il sache que nous voulons sa peau ? Affronter ses lieutenants ? Il a des hommes dans chaque ville et avant-poste, n'oublie pas.

— Non, la seule façon serait de le faire immédiatement. De rentrer comme si nous travaillions encore pour lui, puis de le tuer dans sa maison et de prendre la fuite.

— Pour aller où ? Qui se lancerait à notre poursuite si l'homme lui-même n'était plus de ce monde ?

— Je ne serais pas surpris qu'il ait laissé des ordres à suivre en cas de mort prématurée. »

Charlie opina du chef. « C'est bien le cas. Il m'en a déjà parlé par le passé. "Que mon sang coule prématurément et un océan de sang sera déversé en représailles." Donc, sachant cela, comment adapter notre plan ? »

Je dis, « La seule façon serait de le tuer dans le plus grand secret.

— Le plus grand secret, répéta Charlie.

— Il faudrait que nous arrivions de nuit et que nous le tuions dans son sommeil. Après quoi, nous nous cacherions dans la forêt pendant quelques semaines, avant de revenir les mains vides, comme si nous rentrions de San Francisco, en prétendant que nous n'avons pas pu obtenir la solution, et que nous avons perdu Morris et Warm. Nous jouerions les premiers surpris en apprenant la mort du Commodore et nous proposerions de nous lancer à la poursuite de tous ceux qui, de près ou de loin, seraient impliqués dans ce meurtre, et de les éliminer.

— Tout cela est parfait, sauf la fin, dit-il. Si le Commodore est assassiné, les accusations vont se multiplier tous azimuts, et la violence se déchaînera. Je serais étonné que nous ne soyons pas accusés ; et, si nous ne portions pas à notre tour des accusations, cela éveillerait les soupçons. Donc, encore beaucoup de sang sur les mains, et tout ça pour quoi ? Quand l'homme qui a l'argent n'est déjà plus de ce monde ?

— Quel est le fond de ta pensée, mon frère ?

— Et si le Commodore venait tout simplement à mourir dans son sommeil ? Un oreiller sur le visage ferait l'affaire.

— Oui, dis-je. Voilà la réponse. Et nous garderions du coup la solution pour nous.

— Nous l'aurions, mais ne pourrions pas en faire usage pendant un moment.

— Nous pourrions vivre avec le magot de Mayfield et nos économies.

— Ou nous pourrions nous trouver une rivière, et prospecter avec la solution de façon anonyme.

— Ce serait une chose difficile à cacher.

— Difficile, mais pas impossible. Nous serions sans doute obligés de nous associer avec quelques autres. Je ne vois pas comment Warm compte fouiller toute une rivière à deux.

— Revenons-en au problème de l'éthique, dis-je.

— Le problème de l'éthique, répéta Charlie. Oui, parlons-en.

— Je n'ai jamais beaucoup aimé monsieur Morris d'un point de vue personnel. Ou peut-être devrais-je dire qu'il ne nous a jamais vraiment aimés ou respectés, ce qui influence mes sentiments à son égard. Mais j'avoue avoir un certain respect pour lui.

— Oui, moi aussi. C'est quelqu'un d'honorable. Même s'il a abandonné son poste.

— De mon point de vue, cela ne le rend que plus estimable. Et quant à Warm, je ne puis m'empêcher de l'admirer pour son intelligence.

— Oui, oui.

— Eh bien, je ne sais pas quoi dire d'autre.

— Tu aimerais autant ne pas les tuer.

— C'est ça. J'ai repensé à notre affaire précédente, durant laquelle nous avons perdu nos chevaux. Tu te souviens des hommes contre qui nous nous sommes battus ? Tout ce qu'ils voulaient, c'était du sang, toujours plus de sang, et peu leur importait de quel sang il s'agissait. Ils ne vivaient que pour mourir. Et notre rôle était tout tracé dès l'instant que nous avons pénétré dans leur propriété. »

Charlie s'interrompit, s'abandonnant au souvenir. « C'était une bande de durs à cuire, c'est vrai.

— J'avais le sentiment que c'était juste, parce que, qu'ils aient ou non trahi le Commodore, c'étaient des hommes maléfiques, vraiment, et ils nous auraient tués si nous n'avions pas bougé les premiers. Mais ces deux-là, Warm et Morris, ce serait comme de tuer des enfants ou des femmes. »

Charlie resta silencieux. Il songeait à l'avenir, proche comme lointain. Je voulais lui en dire davantage mais je ne l'interrompis pas, car j'avais le sentiment de m'être exprimé suffisamment pour faire passer mon message. J'étais soulagé que nous ayons eu cette conversation, et que Charlie ne fût pas catégoriquement opposé à ma façon de penser. J'étais également soulagé de constater que le ressentiment que nous avions l'un vis-à-vis de l'autre en quittant San Francisco s'atténuait peu à peu. Mais à vrai dire, ce genre de discussion à froid nous permettait souvent de faire la paix.

Le soir tomba avant que nous puissions trouver le placer de Warm, et nous installâmes notre campement sous des chênes. Je désinfectai Tub et il hurla en bottant et en se cabrant. Lorsque la douleur s'atténua, il s'allongea, haletant, le regard perdu dans le vague. Il n'avait guère d'appétit mais j'étais persuadé qu'il restait encore en lui une bonne dose de vie, et que bientôt il commencerait à récupérer. Tandis que je sombrais dans le sommeil, je contemplais les cimes des arbres qui se balançaient et se percutaient dans le vent. J'entendais la rivière sans pouvoir la situer exactement ; tantôt j'avais l'impression qu'elle était au nord, tantôt j'étais certain qu'elle était au sud. Le lendemain matin je découvris qu'elle était en fait à l'est. Après le déjeuner, nous trouvâmes la concession de Warm, et décidâmes d'y passer la nuit, afin que Tub puisse se reposer toute une journée, et Charlie et moi nous concentrer sur ce qui nous attendait.

L'endroit était accueillant et confortable, et nous nous installâmes sur un plat herbeux au bord de la rivière. Un petit panneau planté à l'entrée du placer annonçait : CES EAUX SONT LA PROPRIÉTÉ TEMPORAIRE DE HERMANN KERMIT WARM, UN HONNÊTE HOMME EN TRÈS BONS TERMES AVEC LA PLUPART DES ANGES DU PARADIS. CEUX QUI OSERONT TREMPER LEUR BATÉE DANS CE SECTEUR SERONT PRIS D'ASSAUT, INSULTÉS, ET FRAPPÉS À COUPS DE HARPE TRAN-CHANTE, ET PROBABLEMENT D'ÉCLAIRS. Des branches de vigne soigneusement dessinées s'entortillaient autour des mots. Warm avait consacré du temps à la chose.

De grosses truites se prélassaient dans l'eau, et Charlie en tua une d'une balle en pleine tête, pour notre dîner. Un nuage de sang s'échappa du poisson, et il se mit à dériver au gré du courant. Charlie se jeta dans l'eau, ramassa le poisson par la queue, et le balança sur la rive où j'étais assis. Je le vidai, enlevai la peau et le fis frire dans de la graisse de porc. Il pesait plus d'un kilo, et nous le dévorâmes entière-ment, sauf la tête. L'herbe verte et épaisse était moelleuse et nous dormîmes bien l'un et l'autre. Le lendemain matin un homme se tenait devant nous, petit, hirsute et souriant, un heureux prospecteur qui allait retrouver la civilisation avec son sac de pail-lettes et de pépites durement gagnées.

« Bonjour, messieurs, dit-il. J'allais justement me faire un feu pour me préparer un café lorsque j'ai senti la fumée du vôtre. Je serais heureux de vous en offrir une tasse si je pouvais profiter de votre foyer. »

J'acceptai, il raviva le foyer et installa sa bouilloire noircie directement sur les braises. Ce faisant, il se

parlait doucement, en s'encourageant et se félicitant : « Bien, bien. Excellent, excellent. C'est bon, ça. » Toutes les trente secondes il était secoué de tics, et je pensai, Il a passé trop de temps seul en pleine nature, et il s'est dédoublé.

« Vous vous rendez à San Francisco ? demanda Charlie.

— Et comment. Cela fait quatre mois que je suis parti, et plus je m'approche, plus j'ai du mal à y croire. J'ai tout organisé, jusque dans le moindre détail.

— Organisé quoi ?

— Tout ce que je vais faire. » Nous ne lui demandâmes point de nous en dire plus, mais il n'eut pas besoin d'y être invité pour poursuivre : « La première chose que je ferai, c'est de louer une chambre propre, en hauteur, afin de pouvoir regarder tout ce qui se passe. La deuxième chose que je ferai, c'est de commander un bain brûlant. La troisième chose que je ferai, c'est de m'asseoir dedans avec la fenêtre ouverte, et d'écouter la ville. La quatrième chose que je ferai, c'est d'aller chez le barbier pour qu'il me rase de près, et me coupe les cheveux très courts, avec une raie. La cinquième chose que je ferai, c'est d'aller m'acheter des vêtements, pour me rhabiller de la tête aux pieds. Chemise, maillot, pantalon, chaussettes, toute la tenue.

— Excusez-moi, un besoin pressant », interrompit Charlie, et il partit dans la forêt.

Le manque de courtoisie de mon frère ne gêna nullement le prospecteur, qui, en vérité, ne sembla pas avoir remarqué quoi que ce soit. Il fixait le feu tout en parlant, et il aurait sans doute continué si je m'étais absenté moi aussi. «La sixième chose que je ferai, c'est manger un steak aussi gros que ma tête. La septième chose que je ferai, c'est de me prendre une bonne cuite.La huitième chose que je ferai, c'est de me trouver une jolie fille, et de m'allonger un moment avec elle. La neuvième chose que je ferai, c'est de lui parler de sa vie, et elle m'interrogera sur la mienne, et nous discuterons ainsi, aimablement, comme des gens civilisés. La dixième chose que je ferai ne regarde que moi. La onzième chose que je ferai, c'est de la congédier et de m'étirer dans les draps propres et douillets, comme ça.» Il écarta les bras autant qu'il le put. «La douzième chose, eh bien, je vais dormir et dormir et dormir!»

L'eau bouillait à présent, et il nous servit à chacun une tasse de café dont le goût était si abominable que j'en fus sidéré et qu'il me fallut des efforts surhumains pour ne pas le recracher. Passant mon doigt dans le fond de la tasse, je recueillis un peu de marc, le reniflai, puis le goûtai et me rendis compte que c'était de la terre. Souvent les gens disent que quelque chose a «un goût de terre», mais tel n'était pas le cas, en l'occurrence : ma tasse était effectivement remplie de terre et d'eau chaude, et de rien d'autre. Je crois qu'à force d'être seul, l'homme avait quelque peu perdu l'esprit, et s'était mis à faire infuser de la terre en se convaincant qu'il s'agissait de café. J'avais envie d'en parler avec lui, mais il était si heureux de

partager ce moment avec nous, que je ne voulus pas le blesser ; de toute façon, qui étais-je pour essayer de démolir ce qu'il avait très certainement mis des jours et des nuits à établir dans sa tête ? Je décidai d'attendre sa prochaine série de tics pour vider ma tasse par terre sans qu'il le voie. Charlie revint des bois et je lui fis signe discrètement qu'il ne devrait pas boire le «café» ; lorsque le prospecteur lui en proposa une tasse, il refusa. «Ça en fera plus pour nous, me lança le prospecteur, ce à quoi je répondis par un faible sourire.

— Je me demande si vous auriez vu deux de nos amis, dit Charlie. En principe, ils remontaient la rivière il y a quelques jours. Deux hommes, l'un barbu l'autre pas.

— Ils avaient énormément de matériel avec eux ?

— Le barbu était roux.

— C'est ça. Ils avaient un sacré matériel avec eux. Deux mulets qui portaient deux fois ce que porte Benny.» Il désigna son mulet, Benny, qui se tenait près de Tub et Nimble. Je ne pensais pas qu'un mulet pût porter plus de marchandise que ce que portait ce Benny.

— Quel genre de matériel ? demandai-je.

— Des batées, des bâches, de la corde, du bois. Tout ce qu'il faut. La seule chose bizarre, c'est qu'ils transportaient aussi quatre fûts d'environ cent litres chacun, deux par mulet. Le rouquin m'a dit qu'ils étaient remplis de vin. Il ne m'en aurait pas vendu une goutte, le ladre! J'aime boire un petit coup autant que n'importe qui, mais trimballer une telle quantité d'alcool en pleine nature, c'est précisément le genre de cupidité qui vous mènera droit à votre perte. On peut tuer un mulet à lui demander de porter trop lourd. Et c'est exactement ce que ces deux-là étaient en train de faire, je crois bien.

— Savez-vous où ils allaient?

— Ils voulaient à tout prix savoir où se trouvait un barrage de castors dont je leur avais parlé. Je l'avais seulement mentionné comme un endroit à éviter, mais ils voulaient tout savoir.

— Où est-ce? demanda Charlie.

— Vous avez exactement le même regard qu'eux! Et je vais vous dire ce que je leur ai dit: ce coin de rivière ne mérite pas le détour. Ces castors vous arracheront tous les morceaux de bois de votre campement, dès que vous aurez le dos tourné, et vous pourrez faire une croix sur tout ce que vous laisserez dans la rivière, tamis à bascule ou quoi que ce soit d'autre. Rien ne les arrête, rien ne leur fait barrage. Hé, hé! C'est le cas de le dire! Elle est bonne celle-là!» Il fut secoué de tics, et j'en profitai pour jeter mon eau boueuse dans l'herbe. Dès que sa crise fut passée, il remarqua que ma tasse était vide, et m'en servit une autre, en m'enjoignant de boire. Je portai ma tasse à ma bouche, et posai mes lèvres sur le bord, sans toutefois avaler la moindre goutte de liquide.

Charlie dit, «Si c'est là-bas que se sont rendus nos amis, nous aimerions leur rendre visite.

— Eh bien, vous ne pourrez pas dire que je ne vous aurai pas prévenus. Mais vous saurez que vous n'êtes pas loin lorsque vous dépasserez un campement à une dizaine de kilomètres d'ici. N'essayez même pas de faire connaissance, car ceux-là n'ont aucune envie de créer des liens. À vrai dire, ce sont de vrais rustres. Mais peu importe. À quatre kilomètres de là, vous trouverez le barrage. Vous ne pourrez pas le rater, c'est tellement grand. Il fit la grimace en soulevant la bouilloire pour se servir une autre tasse de sa mixture. Je lui demandai s'il était blessé, et il opina du chef. Il s'était battu à coups de couteau avec un Indien, et il avait gagné, dit-il, mais l'Indien lui avait arraché un morceau de chair, ce qui l'affaiblissait. Il était resté étendu près du corps pendant de longues heures avant de pouvoir rassembler ses forces pour se lever. Il souleva sa chemise pour nous montrer le trou sous sa poitrine. Les bords étaient en train de cicatriser, mais il y avait encore une croûte au centre : une vilaine blessure. Qui remontait à trois semaines, me semblait-il. «Il ne m'a pas raté. Mais je crois que je peux dire que je ne l'ai pas raté non plus.» Il s'écarta du feu et se dirigea vers Benny, pour ranger sa tasse et sa bouilloire dans son chargement.

«Où est votre cheval? demanda Charlie.

— C'est à ce propos que je me suis battu avec l'Indien, je ne vous ai pas dit? Il m'a volé mon Jesse une nuit pendant que je dormais. Lorsqu'il est revenu le lendemain pour faire main basse sur Benny, je l'attendais. Eh bien, c'est une belle journée pour marcher. Et si mon vieux Ben peut le faire, moi aussi. » Il souleva son chapeau. « Merci pour votre compagnie. Je trinquerai à votre santé en ville.

— J'espère que tous vos projets se réaliseront », lui lançai-je, et il m'adressa un sourire de dément, en lâchant, « Hé, hé ! » Il se tourna et s'en alla, avec Benny à sa suite. Quand il fut assez loin pour ne pas nous entendre, Charlie me demanda, « Qu'est-ce qu'il avait, le café ? » Je lui tendis ma tasse ; il trempa ses lèvres et cracha. Impassible, il déclara, « C'est de la terre.

— Je sais.

— Cet homme boit de la terre ?

— À mon avis, je ne crois pas qu'il sache que c'est de la terre. »

Charlie souleva la tasse et but une autre gorgée. Il garda le liquide dans sa bouche quelques secondes avant de le cracher à nouveau. « Comment peut-il penser que ce n'est pas de la terre ? »

Je repensai au prospecteur perclus de tics, au prospecteur au poulet, et au prospecteur mort, au crâne défoncé, et dis, « J'ai l'impression que la solitude des grands espaces n'est guère propice à la santé. » Charlie scruta autour de lui la forêt, avec une pointe de méfiance. « Allons-y », dit-il en se tournant pour ranger ses affaires.

Tub avait l'air mal en point, et je préférai ne pas lui désinfecter l'œil, car il avait besoin de l'énergie requise pour se rendre jusqu'au barrage de castors. Il respirait difficilement, et refusait de boire, et je dis à Charlie, «Je crois que Tub est en train de mourir.» Il ausculta brièvement Tub; et sans qu'il prononce un seul mot, je compris qu'il était d'accord avec moi. Il dit, «Nous ne sommes qu'à quelques kilomètres, et avec un peu de chance nous pourrons rester là-bas suffisamment de temps pour que Tub se repose et recouvre ses forces. Tu ferais mieux de lui désinfecter l'œil, et après on part.» J'expliquai que je trouvais préférable de ne pas le soigner maintenant, et Charlie eut une. idée. Il sortit un flacon de sa sacoche; souriant, il me le tendit. «Tu te souviens? Le liquide anesthésiant du dentiste?

— Oui? dis-je sans comprendre où il voulait en venir.

— Et si tu lui en mettais un peu avant de passer l'alcool? Verse-le dans son œil et laisse agir un peu. Ça atténuerait la douleur, je te le garantis.»

Je n'étais pas sûr que le liquide agirait sans être injecté, mais la curiosité l'emporta, et j'en versai une petite quantité dans l'orbite de Tub. Il sursauta et se raidit, s'attendant à sentir la même douleur qu'avec l'alcool, mais rien de tel ne se produisit, et il se remit à haleter. Je me précipitai alors et lui versai de l'alcool. Il se raidit à nouveau mais ne hennit pas, ne se cabra pas, ne pissa pas. J'étais heureux que Charlie eût pensé à ce produit; lui non plus n'en était pas mécontent, et il caressa le museau de Tub comme s'il

319

lui voulait réellement du bien. Nous nous mîmes alors en marche, en remontant le cours de la rivière. L'humeur heureuse qui régnait entre nous me sembla de bon augure, et j'espérai que cela durerait.

Le campement au sud du barrage de castors était dans un triste état : les couchages étaient éparpillés autour d'un feu, et les outils et les morceaux de bois gisaient n'importe comment sur le sol. Debout, trois hommes à l'air bourru observaient notre approche. Ils étaient particulièrement crasseux, même pour des prospecteurs : leurs barbes étaient emmêlées, leurs visages noircis par la suie ou la boue, leurs vêtements tachés et déchirés ; en vérité, tout, chez eux, avait l'air sombre et miteux, à l'exception de leurs yeux, tous d'un bleu éclatant. Des frères, pensai-je. Deux d'entre eux tenaient des fusils, prêts à l'emploi ; le troisième portait des pistolets à la ceinture. Charlie les héla : « Est-ce que l'un d'entre vous a vu deux hommes se diriger vers le nord il y a quelques jours ? Un barbu, l'autre pas ? » Devant leur silence, j'ajoutai, « Ils avaient deux mulets avec eux, chargés de fûts de vin. » Toujours aucune réponse. Nous les dépassâmes et je les gardai à l'œil, car ils m'avaient tout l'air d'être du genre à tirer sur un homme dans son dos. Une fois qu'ils furent hors de vue, Charlie dit, «Ceux-là n'avaient rien des prospecteurs habituels.

— C'étaient des tueurs», renchéris-je. Il est probable qu'ils se cachaient là, tout en passant le temps à fouiller la rivière ; et, à en juger par leur allure, cela ne marchait pas très fort pour eux.

Quelques kilomètres plus loin, Tub commença à renâcler et à tousser. Entre mes jambes je sentais sa cage thoracique trembler, et je remarquai de longs filets de sang épais qui coulaient entre ses lèvres, dans la rivière. Je me penchai pour lui toucher la bouche, et me rendis compte que son sang était noir. Je le montrai à Charlie, qui dit que nous étions suffisamment proches du barrage pour nous arrêter, établir un campement temporaire, et poursuivre à pied notre chemin jusqu'à Warm et Morris. Nous descendîmes de nos montures et les menâmes dans les bois. Je trouvai pour Tub un endroit à l'ombre, et dès que je lui eus ôté sa selle, il se coucha par terre. Je pensai qu'il ne pourrait pas se relever, et m'en voulus de l'avoir si mal traité. Je posai mon bol près de lui, et le remplis avec l'eau de ma gourde, mais il ne but pas. J'étalai également un peu de nourriture par terre, en vain ; il gisait là de tout son long, épuisé.

«Je ne sais pas où on pourra te trouver un autre cheval par ici, dit Charlie.

— Peut-être qu'il se sentira mieux après s'être reposé», répondis-je.

Charlie se tenait derrière moi, et attendait. Accroupi près de Tub, je lui caressai la tête, et répétai son nom dans l'espoir de le réconforter. Son orbite vide cligna et s'affaissa sur elle-même; sa langue ensanglantée pendait, traînant lourdement sur le sol. Oh, soudain je fus accablé de tristesse, et plein de mépris envers moi-même.

«Il faut qu'on y aille», dit Charlie. Il posa une main sur mon épaule et l'autre sur son pistolet. «Tu veux que je le fasse?

— Non. Allons-y, et laissons-le.»

Nous nous éloignâmes des chevaux en direction du nord, pour nous occuper enfin de Warm.

Le campement de Morris et Warm était entouré de part et d'autre de collines escarpées et boisées. Nous nous postâmes, à l'ouest, sur le point culminant d'une crête, afin d'observer leur installation bien entretenue. Les chevaux et les mulets étaient alignés, un petit feu brûlait encore devant leur tente en parfait état, et leurs outils, leurs selles et leurs sacs étaient soigneusement rangés. C'était la fin de l'après-midi, et le fond de l'air était frais ; les rayons du soleil éclairaient les arbres de leur pâleur orange et se reflétaient sur la toile argentée que formait la surface de la rivière. En aval du campement, on apercevait le barrage de castors, devant lequel l'eau s'accumulait paresseusement en dessinant une courbe. Nul ne pouvait dire si la solution fonctionnait ou pas, mais le lieu était idéal pour l'essayer.

Je perçus des mouvements dans la tente, et Morris apparut, se penchant pour en sortir ; il ressemblait si peu à l'homme parfumé et bien mis que j'avais fréquenté par le passé, que je ne le reconnus pas de prime abord. Son linge était couvert de boue et d'auréoles blanchâtres, et il avait les cheveux hirsutes ; le bas de son pantalon et ses manches étaient retroussés, et sa peau visible était couleur lie-de-vin. Il souriait en parlant sans discontinuer, probablement à Warm resté dans la tente, mais il était si loin de nous que nous ne saisissions pas ce qu'il disait. Nous descendîmes vers leur campement par un chemin détourné, en marchant avec précaution pour éviter de provoquer des chutes de pierres et de signaler ainsi notre arrivée. Au pied de la colline, nous perdîmes de vue le campement qui était installé dans un creux ; nous pouvions toutefois entendre la voix de Morris dont nous découvrîmes, qu'en fait de paroles, il fredonnait une mélodie entraînante. Me tapant sur l'épaule, Charlie désigna la tente du doigt ; de l'endroit où nous étions, nous pouvions voir qu'il n'y avait personne à l'intérieur. À ce moment précis, une voix au-dessus de nos têtes ordonna sèchement, « Haut les mains, sinon c'est une balle dans la tête à tous les deux. » Nous levâmes les yeux et vîmes un sauvageon aux allures de gnome assis sur une branche. Il tenait à la main un pistolet, un Baby Dragoon, qu'il pointait sur nous. Ses yeux étincelaient, victorieux.

« Voici sans doute notre Hermann Warm, dit Charlie.

— C'est exact, répondit l'homme, et si vous connaissez mon nom, je sais moi aussi comment vous

vous appelez. Vous êtes les hommes du Commodore, n'est-ce pas? Les légendaires frères Sisters.

— C'est ça.

— Vous avez fait du chemin pour venir jusqu'à moi. J'en suis presque flatté. Pas tout à fait, mais presque.» Je changeai de position et Warm me lança brusquement, «Encore un geste comme ça, et je vous tue. Vous croyez que je plaisante, messieurs, mais je vous tiens, et j'appuierai sur la détente sans hésitation.» Il parlait sérieusement, et j'éprouvai une sensation de chaleur à l'endroit où sa balle allait pénétrer mon crâne. Tout comme Morris, Warm était pieds nus, et portait le bas de son pantalon retroussé; la peau sur ses jambes et ses mains était également lie-de-vin, et je me demandai, La solution qui révèle l'or a-t-elle marché? À le voir, je ne parvenais pas à me faire une idée, car il n'avait guère que l'air féroce de celui qui se défend. Charlie remarqua aussi sa peau violacée, et demanda, «Avez-vous fait du vin, Warm?»

Tout en se frottant les chevilles l'une contre l'autre, tel un grillon, Warm répondit, «Pas le moins du monde.

— Dans ce cas, êtes-vous plus riche aujourd'hui qu'hier?» demandai-je.

«Le Commodore vous a parlé de la solution? s'enquit-il, soupçonneux.

— Vaguement, oui, dit Charlie. Mais nous avons surtout appris de quoi il s'agit par Morris.

— J'en doute fort, dit Warm.

— Demandez-lui vous-même.

— C'est ce que je vais faire.» Sans nous quitter des yeux, il émit deux sifflements brefs et stridents ; un son identique retentit au loin, et Warm siffla derechef, une fois. Morris apparut alors à travers les arbres, dévalant la pente tel un petit garçon, et sans se départir de son sourire jusqu'au moment où il nous aperçut, Charlie et moi. Il se figea alors, et une terreur absolue envahit son visage. «C'est bon, je les tiens, dit Warm. J'ai grimpé ici pour observer l'aval de la rivière, et encore heureux. J'ai vu ces lascars qui se faufilaient en direction de notre campement. Ils sont au courant de notre petite expérience ici, et ils essaient de me faire croire que c'est grâce à toi.

— Ils mentent», dit Morris.

Charlie dit, «Il n'y a pas que vous, Morris. Le borgne du Black Skull nous a dit où vous pensiez vous installer. Mais c'est votre journal qui nous a tout révélé.»

Je lus sur le visage de Morris le tourment que lui valait de convoquer le souvenir de ses ultimes faits et gestes avant son départ de San Francisco. «Le lit, gémit-il, désespéré. Je suis désolé, Hermann. Que je sois damné, je l'ai complètement oublié.

— Tu l'as laissé là-bas ? dit Warm. Ne t'en fais pas, Morris. On a été débordés, et on a travaillé dur, et de toute façon, nous sommes fautifs tous les deux. N'est-ce pas moi qui ai laissé ce cyclope s'immiscer dans nos projets? Et pour quoi? Pour quelques bols de ragoût rance.

— Quand même, dit Morris.

— N'y pense plus, dit Warm. On les a trouvés avant qu'ils ne nous trouvent. C'est ça qui compte. La question maintenant, c'est : qu'est-ce qu'on fait d'eux?»

Le visage de Morris se figea. «La seule solution, c'est de les abattre.

— Tu as vu ça? dit Charlie. Une semaine en pleine nature et ce petit bonhomme est assoiffé de sang.

— Attends une seconde, dit Warm.

— C'est la seule solution, poursuivit Morris. On les enterre et on n'en parle plus. Il faudra encore un mois avant que le Commodore réagisse, et d'ici là on sera partis depuis longtemps.

— Je me sentirais bien plus à l'aise s'ils n'étaient plus une menace pour nous, risqua Warm.

— Tue-les, Hermann. Une bonne fois pour toutes.»

Warm réfléchit. «Ça me retourne les sangs rien que d'y penser.

— Puis-je dire quelque chose? demandai-je.

— Non, dit Morris. Hermann, tue-les. Ils vont s'échapper.

— S'ils essaient, je vais vraiment les tuer. Vous, là, le gros, allez-y, parlez. »

Je dis, « Laissez-nous travailler avec vous. Nous avons quitté le service du Commodore.

— Je ne vous crois pas, dit Warm. Votre présence ici vous trahit.

— Nous sommes ici à cause de ce que nous avons lu dans le journal de Morris, dit Charlie. Nous voulons voir votre rivière illuminée.

— Vous voulez dire, nous la piller, c'est ça ?

— Nous sommes tous deux impressionnés par votre esprit d'entreprise et votre force de caractère, lui dis-je. Et nous comprenons tout à fait la décision de Morris de quitter le Commodore. Comme je vous l'ai dit, nous avons pris la même décision, et voulions à tout prix vous rencontrer. »

Mes paroles, exprimées avec franchise, firent réfléchir Warm, et je sentis qu'il m'observait et s'interrogeait à mon sujet. Cependant, lorsqu'il me répondit enfin, ce qu'il avait à dire ne jouait pas en ma faveur. « Le problème, c'est que, même si vous vous êtes séparés du Commodore, ce dont je doute fort, mais imaginons que ce soit vrai, je ne crois pas une seule seconde à la sincérité de vos motivations. En deux mots, vous êtes des voleurs et des tueurs, et il n'y a pas de place pour vous avec nous.

« Nous ne sommes pas des voleurs, dit Charlie.

— Juste des tueurs alors, c'est ça?

— Vous êtes tous les deux exténués, à force de travailler, dis-je. Nous pourrons vous suppléer et vous offrir notre protection.

— Pour nous protéger de qui?

— De quiconque s'en prendra à vous.

— Et qui nous protégera de vous?

Laissez-nous nous joindre à vous», dit Charlie. Sa patience s'était épuisée, et il s'exprimait avec véhémence, ce qui décida Warm, lequel, sans plus parler et penchant la tête en arrière, braqua son arme sur Charlie. J'étais sur le point de dégainer lorsque Warm inclina la tête un peu plus, perdit l'équilibre, tomba à la renverse de sa branche, et, après un salto dans les airs, disparut sans bruit dans un bosquet de hautes fougères. Morris, qui n'était pas armé, fit demi-tour et s'enfuit à travers les arbres. Charlie pointa son pistolet dans sa direction, mais, du bras, j'arrêtai son geste. Il dégaina son autre pistolet, mais Morris s'était évaporé. Il se dégagea de moi pour se lancer à sa poursuite, mais dut vite abandonner car Morris avait beaucoup trop d'avance pour être rattrapé; il revint sur ses pas et se précipita là où Warm était tombé — sauf que l'homme n'y était plus : volatilisé. Charlie regarda avec impuissance les fougères aplaties puis leva les yeux vers moi. Un moment s'écoula, et il éclata d'un rire incrédule, le visage blême. Les pistolets mis à part, cette rencontre avec Warm était si différente de tout ce que nous avions vécu jusqu'à présent, qu'il ne put s'empêcher d'en être diverti. Cette distraction fut cependant de courte durée, et tandis que nous regagnions notre campement pour faire le point, la colère le reprit.

À notre retour, Tub avait disparu. Il était si faible qu'il ne m'était pas venu à l'idée de l'attacher, mais pendant notre absence il s'était levé, et était parti. Je suivis la trace des grosses gouttes de sang qu'il avait laissée derrière lui, et elle me mena au sommet de la petite colline au pied de laquelle notre campement était installé ; Tub était tombé de l'autre côté dans un dénivelé presque à la verticale, en glissant sur une cinquantaine de mètres entraîné par son propre poids avant d'atterrir au pied d'un séquoia géant. Il était couché sur le dos, les sabots pointant vers le ciel de façon ignoble, et je me dis, Quelle triste vie ont nos animaux. Que de douleurs, de coups et de cruauté. Je songeai à descendre pour vérifier s'il respirait encore, car, si cela avait été le cas, il eût fallu l'abattre, mais il était parfaitement immobile, et sa mort ne faisait aucun doute. Je fis demi-tour et retournai au campement où Charlie était en train de compter ses munitions.

La mort de Tub servit au moins à dissiper la contrariété de Charlie, tant il se souciait de mon bien-être.
Il prononça des paroles chaleureuses, me promit
d'acheter un nouveau cheval à deux, un animal qui
serait au moins aussi vif que Nimble. Je me laissai
consoler, et restai solennel et pensif, mais en vérité
je n'étais pas particulièrement triste de la mort de
Tub. À présent qu'il n'était plus, c'était comme si mon
affection pour lui avait disparu, et il me tardait de
poursuivre ma vie sans lui. C'était un animal qui avait
du cœur, mais il avait sans nul doute été un fardeau
pour moi ; nos existences ne nous avaient pas permis
d'être de bons partenaires. Des mois plus tard, je
devins sentimental en pensant à lui, et cette émotion
m'habite encore aujourd'hui, mais, à l'époque de sa
disparition j'en fus tout simplement soulagé.

« Prêt ? » demanda Charlie.

J'acquiesçai. Même si je connaissais la réponse, je
demandai néanmoins, « Comment allons-nous procéder ?

— Par la force, dit-il.

— Ils savent sans aucun doute que nous aurions
pu les tuer mais que nous ne l'avons pas fait.

— Je les aurais tués, si tu ne t'étais pas interposé.

— Oui, mais eux, ils croient peut-être qu'on a
choisi de ne pas le faire. » Face à la totale absence de
réaction de Charlie, je suggérai bêtement, « Et si nous
nous rendions à leur campement sans armes, les
mains en l'air ?

— Je ne daignerai pas prendre en compte une telle proposition.

— Je veux seulement discuter de toutes les possibilités.

— Il n'y en a que deux. Soit les laisser tranquilles soit retourner les voir. Et si nous leur rendons visite à nouveau, la force sera nécessaire. Ils nous auraient tués tout à l'heure, s'ils n'avaient pas été si maladroits, et maintenant ils n'hésiteront plus. Morris sera armé, et il n'y aura pas de discussion possible entre nous. » Il secoua la tête. « La force est notre seule solution, mon frère.

— Et si nous retournions à Mayfield, hasardai-je.

— Nous avons déjà parlé de ça, m'interrompit Charlie. Si tu veux y aller, vas-y, mais tu devras marcher jusqu'à Sacramento pour te trouver un nouveau cheval. C'est à toi de voir. J'irai au bout de cette affaire avec ou sans toi. »

Je décidai alors d'accompagner Charlie. Je pensai, Il a raison. Nous avons essayé de pénétrer dans leur campement pacifiquement, mais ils n'ont pas voulu de nous. Je ne pouvais demander à mon frère de faire montre de davantage d'indulgence, et l'occasion de voir la rivière illuminée était trop exceptionnelle pour ne pas la saisir. En mon for intérieur je me dis que ce serait peut-être la dernière fois de ma vie que du sang serait versé par mes mains. Je fis part de ce sentiment à Charlie, et il me répondit que si cela pouvait me rassurer, je n'avais qu'à continuer à y croire. « Mais, ajouta-t-il, tu oublies le Commodore.

— Ah oui, bien sûr. Après lui, alors. »

Charlie marqua une pause. « Et il nous faudra sans doute en tuer quelques autres après la mort du Commodore. On sera accusés, et il faudra régler des comptes, ce genre de choses. Ça représente pas mal de sang versé, en fait. »

Je pensai, Eh bien, ce sera la dernière période de sang versé de ma vie.

« Il commence à faire nuit, dit Charlie. On devrait y aller maintenant, au cas où ils auraient prévu de battre en retraite. On va s'approcher en les contournant par la colline à l'est. Ça ira tout seul, tu verras. Il se mit à uriner sur le feu. La lueur des flammes mourantes se reflétait sur ses joues et son menton. Il était d'humeur joyeuse. Charlie n'était jamais plus heureux que lorsqu'il avait quelque chose à faire.

Nous contournâmes le campement de Warm et Morris en traversant la rivière à un kilomètre en amont et en revenant sur nos pas, pour grimper au sommet de la haute colline qui surplombait leur bivouac. À travers les arbres on distinguait les braises rougeoyantes de leur feu, et on apercevait les barriques de solution posées au bord de l'eau, dont l'une était ouverte et vide tandis que les autres étaient intactes. Leurs animaux étaient là, mais il n'y avait aucune trace des deux hommes. Je supposai qu'ils étaient cachés derrière leur tente ou quelque part dans les bois, non loin, armés et prêts au combat. Morris, me disais-je, devait probablement être en train de se repentir et de prier avec ferveur ; quand à Warm, même si je ne le connaissais pas beaucoup, je décidai qu'il était plus audacieux, plus intrépide, et que, convaincu de son bon droit, il irait au bout de son aventure, coûte que coûte. Mais quoi qu'il en soit, ils étaient invisibles, et leur campement était aussi silencieux qu'un tombeau.

En revanche, une mystérieuse activité nocturne agitait le barrage : les castors, nombreux, gros, avec leur pelage luisant sous la lueur laiteuse de la lune, allaient et venaient sans cesse : ils plongeaient, nageaient, émergeaient, tout en poussant des grognements sourds, comme s'ils se lamentaient ou peut-être s'encourageaient mutuellement ; ils sillonnaient la rive en tirant des brindilles et des branchages vers la rivière pour les emporter ensuite jusqu'au barrage, au sommet duquel trônait le plus gros d'entre tous, qui observait les autres, comme s'il supervisait leurs efforts. «Celui-là, c'est le patron», dis-je à Charlie. Il les avait observés lui aussi, et acquiesça.

Le castor costaud quitta le barrage d'un pas lourd, et se dirigea vers la rive, sur laquelle il marcha d'abord avec précaution, comme s'il craignait que le sol ne supportât pas son poids. Mais son inquiétude fut de courte durée, et il pénétra dans le camp sans hésitation ni crainte, pour se rendre directement aux barriques de solution. Il enfonça sa tête dans celle qui était vide, et eut un mouvement de recul à cause de l'odeur, puis se tourna vers un des fûts pleins. Debout sur ses pattes arrière, il l'attrapa par le rebord avec ses dents, pour tenter de le faire tomber, et, j'imagine, pour l'emporter en le faisant rouler, jusqu'à la rivière. Je trouvai la scène hilarante, mais Charlie l'observait avec attention et une certaine inquiétude, car il savait que la curiosité malvenue des castors susciterait une réaction de Warm et Morris, pour autant qu'ils fussent en train d'observer le spectacle. Et de fait nous entendîmes très vite des bruits sourds et lointains qui venaient du fond de la vallée. Charlie hocha la tête vigoureusement. «Là! T'as entendu?» Le son se répéta plusieurs fois, et je discernai les formes sombres et floues de pierres qui volaient dans les airs en direction de l'obstiné rongeur, qui, entretemps, avait réussi à renverser le fût. Nous localisâmes le point de départ des pierres, un bosquet d'arbres et d'arbustes à une vingtaine de mètres du campement, de notre côté de la rivière : Warm et Morris étaient cachés au pied de la colline où nous nous trouvions, et, sans un mot, Charlie et moi commençâmes à descendre pour les surprendre par-derrière. «Je m'occupe de Morris, chuchota Charlie. Tiens Warm en joue, mais ne tire pas sauf en cas d'absolue nécessité. Mets-lui une balle dans le bras, au besoin. Il faut qu'il soit capable de travailler, et de parler.»

Mon être profond commença à se dilater, comme c'était toujours le cas avant la violence ; mon esprit s'obscurcit, et j'eus la sensation qu'un flacon d'encre noire se déversait en moi. Mon corps résonnait, j'étais parcouru de frissons des pieds à la tête, et je devins quelqu'un d'autre, ou plutôt j'endossai mon autre moi. Et ce moi était fort satisfait de sortir des ténèbres et d'intégrer le monde vivant où il lui était permis d'agir à sa guise. J'éprouvai à la fois du désir et de la honte, et me demandai, Pourquoi est-ce que je me délecte tant de cette régression à l'état animal? Je commençai à expirer bruyamment par les narines, tandis que Charlie restait calme et silencieux, et il me fit signe de me taire. Il avait l'habitude de me rappeler à l'ordre de cette façon, pour me préparer à l'affrontement. Honte, pensai-je. Honte, sang, et déchéance.

Nous étions suffisamment proches pour que je puisse voir l'endroit où Warm et Morris étaient dissimulés, et distinguer vaguement les mouvements de leurs bras qui lançaient des pierres. Je tentai d'imaginer à quoi ressemblerait leur planque lorsque nos coups de feu l'illumineraient brièvement ; chaque feuille, chaque pierre apparaîtrait dans la lumière, et je me figurais les expressions figées des deux hommes, et leur terrible surprise d'avoir été découverts.

Soudain Charlie posa sa main sur ma poitrine pour m'arrêter. Il me regarda droit dans les yeux et prononça mon nom d'un air inquisiteur ; je quittai mon état second et redescendis sur terre. « Quoi ? » dis-je, presque frustré par cette interruption. Charlie leva un doigt et le tendit en me disant doucement, « Regarde. » Je secouai la tête comme pour m'éveiller, et suivis des yeux la direction qu'indiquait son doigt.

Une rangée d'hommes s'approchait du camp dans le noir, et je compris, dès que je vis leurs silhouettes flanquées de fusils, qu'il s'agissait des frères aux yeux bleus que nous avions croisés au bord de la rivière. En repensant à mon bref échange avec eux, je me souvins du léger mouvement qu'ils avaient eu lorsque j'avais fait allusion aux barils de vin de Warm, et à présent c'était justement vers ceux-ci qu'ils se dirigeaient. Le castor avait atteint le bord de l'eau avec son trésor, mais un coup de pied dans le ventre du plus grand des frères l'envoya valdinguer dans les airs, et il atterrit avec un plouf dans la rivière. Outré, il se mit à frapper la surface de l'eau de sa queue, pour alerter ses congénères du danger imminent; ils cessèrent instantanément leurs besognes, et se mirent à l'abri dans les entrailles du barrage, afin de se blottir les uns contre les autres, loin du chaos et de la cruauté. Le chef des castors fut le dernier à quitter les lieux, lentement. Il manquait probablement de souffle après avoir reçu ce coup de botte dans l'estomac — ou peut-être soignait-il son amour-propre? Ces petites bêtes avaient quelque chose d'humain, quelque chose de sage et d'ancestral. C'étaient des animaux prudents et réfléchis.

Le plus grand des frères fit rouler la barrique en remontant la rivière pour la remettre en place, avant d'aller jeter un coup d'œil dans la tente. Se rendant compte qu'elle était vide, il appela à la cantonade: «Bonjour!» Je crus déceler des rires étouffés provenant de Morris et Warm, et j'interrogeai Charlie du regard. Les rires s'intensifièrent, devinrent incontrôlés, et les frères se tenaient sur la rive et se regardaient, gênés.

«Qui est là?» dit le plus grand des frères.

Les rires s'évanouirent et Warm parla: «Nous sommes ici. Qui est *là*?

— Nous avons un placer en aval de la rivière», répondit le frère. Il donna un coup de pied dans une barrique et déclara, «Nous voudrions vous acheter du vin.

— Ce vin n'est pas à vendre.

— Nous sommes prêts à payer les prix pratiqués à San Francisco.» Il secoua sa bourse, mais n'obtint aucune réponse, et il scruta la pénombre. «Pourquoi vous cachez-vous dans l'ombre comme ça? Vous avez peur de nous?

— Pas particulièrement, dit Warm.

— Dans ce cas, allez-vous sortir de là et nous parler d'homme à homme?

— Non.

— Et vous refusez de nous vendre du vin?

— C'est exact.

— Et si je prends tout simplement une barrique?»

Warm prit le temps de penser à une réponse. Finalement, il dit, «Si vous faites ça, vous rentrez chez vous avec une couille en moins.» J'entendis clairement les éclats de rire hystériques de Morris: cette dernière phrase l'avait atteint au plus profond de lui-même, et il était complètement submergé par son allégresse. Charlie sourit, et dit, «Warm et Morris sont ivres!»

Les frères se regroupèrent sur la rive pour se parler en privé. Après leur petit conciliabule, le plus grand s'écarta des autres en hochant la tête et dit, «On dirait que vous en avez bien profité ce soir, mais avant que le soleil ne se lève, votre euphorie va retomber, et vous sombrerez dans le sommeil. C'est à ce moment-là qu'on reviendra, comptez sur nous. Et nous prendrons votre vin, et vos vies. » Il ne reçut aucune réponse, ni rire ni réplique ironique, et il fit un pas sur la rive, le menton levé, d'un air hautain et théâtral. De toute évidence, il caressait un rêve d'omnipotence. Quoi qu'il en soit, il s'était exprimé avec suffisamment d'emphase pour décontenancer nos joyeux lurons ; mais bientôt Morris et Warm échangèrent quelques mots, d'abord à voix basse, puis de plus en plus fort, car ils commençaient à se disputer avec virulence. La voix suppliante de Morris résonna clairement lorsqu'il cria, « Hermann, non ! » Après quoi le Baby Dragoon de Warm retentit, et je vis le plus grand des frères tomber raide mort d'un coup de feu en plein visage.

D'un seul coup les autres frères s'accroupirent et se mirent à faire feu en direction de Morris et de Warm ; les deux buveurs tirèrent à leur tour, tous azimuts, sans doute tête baissée et yeux fermés. Charlie me souffla, « Il faut les descendre, les deux. S'ils tuent Warm, on aura fait tout ça pour rien. » Depuis notre perchoir, rien n'était plus facile. En moins de vingt secondes les deux frères se retrouvèrent sans vie sur le sable, juste à côté de leur aîné.

Tandis que les échos de nos coups de feu s'envolaient par-dessus les cimes des arbres au-delà des collines, Warm poussa un cri de victoire qui nous parvint du fond de la vallée. Il ne savait pas que nous leur avions prêté main-forte, et croyant qu'ils avaient abattu seuls les frères, il s'autocongratulait bruyamment. Charlie leur cria, « Ce n'est pas vous qui avez visé dans le mille, Warm, c'est mon frère et moi, vous m'entendez?» À ces mots, Morris et Warm interrompirent brusquement leurs festivités, et recommencèrent à se chamailler derrière leurs branches et leurs feuillages.

«Je sais que vous m'entendez, dit Charlie.

— C'est lequel des deux qui parle? Le méchant ou le gros? Je ne veux pas parler au méchant.»

Charlie me regarda. Il me fit signe de prendre la parole, et je m'avançai. J'espérais avoir l'air décidé et sérieux, mais j'étais gêné, et il était gêné pour moi. Je m'éclaircis la gorge. «Bonjour! lançai-je.

— C'est le gros? demanda Warm.

— Je m'appelle Eli.

— C'est vous le costaud?»

Je crus entendre Morris rire.

«Je suis costaud, dis-je.

— Ce n'est pas une critique. J'ai moi-même du mal à quitter la table. Certains d'entre nous ont tout simplement plus faim que d'autres, et qu'est-ce qu'on peut y faire? Se laisser mourir de faim?

— Warm! m'exclamai-je. Vous êtes ivre. Et nous devons parler sérieusement avec vous. Vous pensez que vous en êtes capable? Ou peut-être que Morris y arrivera?»

Il dit, «De quoi voulez-vous parler?

— De ce dont nous avons déjà parlé. De rassembler nos forces et de prospecter la rivière ensemble. »

Charlie se pencha et me pinça avec force. « Qu'est-ce que tu fais ? chuchota-t-il.

— Ça change la donne, d'avoir tué les frères, lui répondis-je.

— Je ne vois pas ce que ça change. Ils sont toujours là, à nous attendre dans le noir avec leurs pistolets, prêts à nous tirer dessus.

— Laisse-moi juste voir leur réaction. Je suis convaincu qu'on peut arriver à nos fins sans verser encore du sang. »

Charlie s'assit contre un arbre et réfléchit en se mordillant les lèvres. Dans la pénombre, il me fit signe de continuer à parler, et j'obtempérai : « Si vous n'acceptez pas de discuter avec nous, vous allez nous obliger à passer à l'acte, Warm. Je vous le dis en toute honnêteté, nous n'avons aucune intention de vous tuer, ni l'un ni l'autre. »

Warm eut un rire moqueur. « C'est ça, on devrait partager nos bénéfices avec vous, et si on n'est pas d'accord, vous serez obligés de nous tuer. Vous imaginez bien que de notre point de vue cette proposition n'a pas grand intérêt. »

Je dis, « Je vous propose que nous *gagnions* notre part des bénéfices. Et de toute façon, si nous souhaitions votre mort, pensez-vous que nous aurions descendu ces hommes que vous voyez là devant vous ? »

Morris dit quelque chose que je ne pus entendre, que Warm me transmit : «Morris dit que c'est lui qui a eu celui de gauche.

— Il se trompe.»

Warm garda le silence pendant un moment. Je ne l'entendais pas non plus parler avec Morris.

«Est-ce que l'un d'entre vous est blessé? demandai-je.

— Morris a le bras éraflé. Ça va, mais ça le brûle.»

Je dis, «Nous avons un remède qui soulagera cette sensation de brûlure. Et nous avons de l'alcool pour désinfecter la blessure. Nous travaillerons dans la rivière avec vous, et nous vous protégerons des brigands et des importuns. Pensez-y, Warm. On vous tenait au bout de notre gâchette tout à l'heure ; si nous avions voulu vous tuer, vous seriez morts.»

Un autre long silence s'écoula sans que le moindre murmure ne me parvienne en provenance de Morris ou de Warm. Étaient-ils en train de faire leur examen de conscience pour pouvoir me répondre? Allaient-ils permettre aux frères Sisters jusqu'alors assoiffés de sang de se joindre à eux? Puis un bruit se fit entendre ; je ne pus de prime abord l'identifier, mais lorsque j'y parvins je ne voulus pas y croire, tant un tel son paraissait incongru dans la présente situation : Hermann Warm sifflait. Je ne connaissais pas la mélodie, mais c'était le genre d'air que j'ai toujours apprécié, lent et larmoyant, avec des paroles qui parlaient sans doute de trépas et de cœurs brisés.

Le sifflement s'intensifia lorsque Warm quitta sa cachette et marcha à découvert, traversant le barrage des castors jusqu'au plat herbeux de son campement. Il sifflait avec talent, et la mélodie dégringolait dans les graves et s'envolait dans les aigus, vibrant dans l'air pour disparaître dans le silence de la rivière. Il siffla sans discontinuer, et Charlie se leva en silence et commença à descendre la colline. Ni lui ni moi ne savions ce que nous allions faire. Warm ne savait pas ce que nous allions faire, et Morris non plus. Nous n'avions pas décidé ce que nous allions faire. Mais je me surpris moi aussi à descendre, sans chercher à me dissimuler. Warm nous faisait face à présent, et nous examinait tandis que nous descendions la pente ; l'air qu'il sifflait était de plus en plus chargé d'émotion, romantique. Il écartait les bras tel un artiste qui communie avec son public.

Nous traversâmes le barrage jusqu'à la rive. Warm cessa de siffler quand nous nous retrouvâmes face à face. Un homme à l'air farouche, qui faisait une tête de moins que moi et empestait l'alcool et le tabac corsé. Ses épaules et ses bras étaient frêles, et ses hanches étroites, mais il était ventripotent et n'avait nullement peur de nous, ce qui revient à dire qu'il n'avait pas peur de la mort. J'eus un élan d'affection pour lui, et je savais que Charlie aussi était impressionné par sa témérité et sa force de caractère. Warm s'avança vers Charlie puis vers moi, et nous nous serrâmes la main à tour de rôle, pour sceller notre accord. Ensuite, il y eut un blanc durant lequel aucun de nous ne sut ni que dire ni que faire. Quant à Morris, qui n'était pas encore prêt à faire ami-ami, il était resté dans les buissons avec le whisky.

Nous ravivâmes le feu et nous assîmes pour parler de notre association. Charlie souhaitait vider une pleine barrique de solution dans la rivière immédiatement, mais Warm refusa, avançant que Morris et lui étaient ivres et exténués. Je dois préciser que Morris avait fini par sortir de sa cachette, en se tenant douloureusement le bras tout en affichant un air désinvolte. Il était de toute évidence perturbé par notre présence. J'observais Charlie qui l'observait et m'inquiétais de ce que mon frère risquait de lui dire ou de lui faire. Je fus soulagé lorsque Charlie accueillit Morris sans animosité, en lui tendant la main et en lui disant qu'il espérait qu'ils pourraient passer l'éponge. Morris serra la main de Charlie par réflexe ; il me regarda, haussa les épaules, et me tendit une flasque en argent. Sa moustache s'effilochait aux extrémités, et ses yeux étaient rouges et gonflés. Il dit, « Je suis fatigué, Hermann », et Warm le couva du regard. « La journée a été longue, n'est-ce pas, mon ami. Bien, pourquoi ne vas-tu pas dormir? Nous allons tous nous reposer et nous retrouver tous les quatre demain matin.» Sans en dire davantage, Morris gagna sa tente. Je bus une gorgée de whisky et tendis la flasque à Charlie. Il but à son tour et passa la flasque à Warm. Warm en prit une goutte, reboucha la flasque et la glissa dans la poche de son manteau, comme pour dire, Suffit. Il lécha sa paume pour aplatir ses cheveux, et réajusta sa veste en tirant sur les revers. Il était dans le cirage, et faisait tout son possible pour se donner une apparence posée.

Il fut décidé que mon frère et moi garderions la moitié de ce que nous extrairions de la rivière, et que le reste irait à ce que Warm appelait la Compagnie.

«La Compagnie, à savoir: vous et Morris, souligna Charlie.

— Oui, mais ce n'est pas comme si les bénéfices allaient être dépensés au saloon. Ils serviront à financer d'autres expéditions comme celle-ci, mais plus ambitieuses, et donc plus coûteuses. En tout cas, si tout se passe comme je le crois, la Compagnie va se développer très vite, et nous mènerons de front plusieurs opérations en même temps. Il y aura alors d'autres occasions pour vous de vous impliquer davantage, si vous vous montrez dignes de confiance. Dans l'immédiat, voyons si vous et votre frère êtes capables de participer à cette modeste expédition sans nous trancher la gorge, à Morris et à moi, d'accord?»

D'accord, pensai-je. Warm s'était mis à se gratter les chevilles et les tibias, et je lui demandai, «Est-ce que vous avez trouvé beaucoup d'or hier soir?

— Nous étions si ébahis par le spectacle, répondit-il, que nous avons gaspillé une bonne partie du temps à regarder, patauger dans l'eau, rire et nous congratuler alors que nous aurions dû travailler. Mais pendant le quart d'heure où nous nous y sommes mis, avant que l'or ne cesse de briller, nous en avons récolté autant que nous en aurions obtenu en un mois avec les méthodes traditionnelles. La solution marche parfaitement. Aussi bien que j'avais espéré, voire mieux.» Il regarda la rivière par-dessus son épaule, satisfait de sa réussite, et, à l'observer, j'éprouvai un profond sentiment d'envie; il récoltait les bénéfices tant financiers que spirituels d'un travail acharné, ce qui me renvoyait à mon propre parcours qui, par comparaison, était vide de sens. Charlie examinait Warm lui aussi, plus curieux qu'admiratif. Warm, je crois, n'avait pas remarqué l'intérêt que sa personne suscitait chez nous, et il poursuivit son histoire : «Je n'ai jamais vu quelque chose d'aussi beau, messieurs. Des centaines et des centaines de pépites d'or, toutes illuminées telles des flammes de bougie. Je dirais que c'est le travail le plus agréable auquel j'aie jamais participé, d'aller et venir dans l'eau et dans le sable, de ramasser les pépites d'or et de les lancer dans le seau.» Son regard était intense tandis qu'il se remémorait la scène; je contemplai la rivière en imaginant ce qu'il venait de décrire, et un frisson me parcourut. «Vingt-quatre heures, dit-il, et vous verrez par vous-mêmes.»

Il recommença à se gratter les tibias, avec plus d'acharnement cette fois; à la lueur du feu je remarquai que la couleur de sa peau était devenue plus sombre, et qu'il avait la chair à vif. Hochant la tête devant mon air étonné, il dit, «Oui, c'est une chose à laquelle je n'avais pas pensé: je savais que la solution était caustique, mais je pensais que, diluée dans l'eau de la rivière, on ne sentirait rien. À l'avenir il faudra prévoir un équipement pour protéger nos pieds et nos chevilles.» Morris l'appela depuis la tente et Warm s'excusa; à son retour il avait l'air préoccupé, et nous confia que Morris avait quelque difficulté à s'acclimater à la vie en extérieur. «Dieu sait que je lui dois beaucoup, mais il fallait voir sa tête lorsque je l'ai obligé à laisser à San Francisco ses poudres et ses parfums. Je me demande bien comment il a fait pour transporter tous ses flacons et ses boîtes depuis Oregon City.

— Comment va son bras? demandai-je.

— La balle n'a fait que l'effleurer, et il n'y a pas de quoi s'inquiéter, mais, côté moral, ce n'est pas bien brillant. Votre présence lui pèse, et ses jambes le gênent encore plus que moi. Mais vous avez parlé d'un remède? Cela le rassurerait si vous teniez parole et lui offriez votre aide.»

Charlie m'envoya à notre campement pour rassembler nos affaires tandis que lui et Warm mettaient la touche finale à notre association. Lorsque je revins avec Nimble, qui portait nos selles et nos bagages, Charlie avait traîné les corps des trois frères défunts près du feu; contrairement à Warm, je compris tout de suite ce qu'il comptait faire. «Ne vaudrait-il pas mieux les porter dans la forêt? dit Warm. Je n'ai pas envie de voir leurs têtes demain matin.

— Le soleil ne brillera jamais plus sur eux, répondit Charlie, et il mit le corps de l'un des hommes directement dans les flammes.

— Que faites-vous? dit Warm.

— Il vous reste de l'huile de lampe?»

Warm comprenait à présent. Il alla chercher sa réserve d'huile, et je lui remis en échange l'alcool et le remède anesthésiant. Il partit s'occuper de Morris tandis que j'aidai Charlie à se débarrasser des cadavres. Nous les badigeonnâmes d'huile des pieds à la tête; leurs trois corps entassés commencèrent à noircir et ne tardèrent pas à partir joyeusement en fumée, et je songeai, Tu parles d'une vie paisible. Le visage de Warm pointa hors de la tente pour assister au sinistre spectacle. Il avait l'air triste. Puis, il dit, comme se parlant à lui-même, «Voilà une journée qui a assez duré, pour ce qui me concerne.» Sa tête disparut et je me retrouvai à nouveau seul avec mon frère.

En le regardant dérouler son couchage, j'eus envie de lui demander ce qu'il pensait au fond de lui. Je voulais tellement croire qu'il avait enfin pris une décision morale, mais je ne trouvai pas les mots justes pour m'exprimer, et j'avais peur de sa réponse; par ailleurs, j'étais épuisé, et à peine avais-je posé ma tête sur le sol que je plongeai dans un sommeil impénétrable.

À mon réveil le soleil brillait sur mon visage, j'entendais couler la rivière, et Charlie n'était plus près de moi. Warm, un long bâton à la main, se tenait près du tas de cendres, comme s'il s'apprêtait à frapper quelque chose. Il désigna le crâne carbonisé de l'un des défunts frères et dit, «Vous voyez ça? Maintenant, regardez.» Il donna un petit coup sur le haut du crâne, et le visage entier se réduisit en poussière. «Voici l'ultime récompense de l'homme civilisé.» L'amertume que je percevais dans sa voix me poussa à lui demander, «Vous n'êtes pas croyant, Warm, n'est-ce pas?

— Non. Et j'espère que vous non plus.

— Je ne sais pas si je le suis.

— Vous avez peur de l'enfer. La religion se résume à ça, en vérité. La peur d'un endroit où nous préférerions ne pas être, et d'où il est impossible de s'échapper par le suicide.»

Je songeai, Pourquoi ai-je évoqué Dieu au saut du lit? Warm se retourna vers les cendres. «Je suppose que le cerveau disparaît, médita-t-il. Sous l'effet de la chaleur il doit se réduire en eau, avant de s'évaporer. Rien qu'une volute de fumée, et le précieux organe s'éloigne dans la brise.

— Où est Charlie?

— Il est parti nager avec Morris.» Warm trouva un autre crâne et lui infligea le même traitement qu'au précédent.

«Ils sont partis ensemble?» m'enquis-je.

Il regarda en amont et dit, «Morris se plaignait de ses jambes et votre frère lui a suggéré de se baigner pour se soulager.

— Depuis quand sont-ils partis?

— Une demi-heure, dit Warm en haussant les épaules.

— Vous voulez bien m'accompagner jusqu'à eux?»

Il accepta. Il n'était pas inquiet, et je ne voulais pas lui faire peur, mais j'essayai d'accélérer le pas autant que possible en lui faisant croire que j'avais trop chaud et que j'avais besoin d'un bain. Cependant, Warm n'était pas du genre à se presser; à vrai dire, il n'avait de cesse de s'interrompre pour examiner de près la moindre petite chose. Tout en enfilant ses bottes, il lança, «Je me demande bien ce qui est arrivé à l'homme qui le premier a enveloppé ses pieds nus dans des feuilles ou dans du cuir. Il a sans doute été exclu de sa tribu, et émasculé.» Il rit. «Puis lynché à coup de pierres, et tué!» Je n'avais rien à ajouter, mais de toute façon, Warm n'attendait aucune réponse de ma part. Il poursuivit son discours tandis que nous nous mettions en marche: «Bien entendu, à cette époque, les gens devaient avoir les pieds sacrément calleux, donc s'ils avaient envie de se chausser, c'était plus pour l'apparence que pour le confort ou la nécessité, en tout cas dans les climats les plus tempérés.» Il montra du doigt un aigle qui volait non loin de nous; lorsque l'oiseau piqua et attrapa un poisson dans la rivière, Warm applaudit.

Ses jambes le faisaient souffrir, et je lui offris mon bras, qu'il saisit en me remerciant. Nos pieds s'enfonçaient dans le sable, et il me demandait de temps à autre si nous pouvions nous arrêter, et, même si je n'avais pas envie de traîner, je ne désirais pas non plus lui expliquer pourquoi je voulais me dépêcher. Mais Warm comprit; il gloussa et me dit, «Vous n'avez pas totalement confiance en votre frère, n'est-ce pas?» Étant donné les circonstances — notre affaire qui n'en était qu'à ses débuts, et Charlie qui se trouvait actuellement seul avec le camarade affaibli de Warm —, c'était une question d'importance. Et pourtant il avait l'air de trouver cela amusant, comme si nous papotions de choses futiles.

«Il n'est pas facile à cerner, biaisai-je.

— Je crois que Morris haïssait votre frère avant que vous ne nous aidiez la nuit dernière. Et pourtant, ce matin ils marchaient bras dessus, bras dessous. Qu'est-ce que vous en pensez?

— Je ne sais pas quoi dire, si ce n'est que cela ne lui ressemble pas.

— Vous doutez de la sincérité de son comportement?

— Ça me surprend, c'est tout. »

Warm s'arrêta pour se gratter les tibias, et je pus voir que sa peau avait considérablement noirci, et que des cloques commençaient à se propager jusqu'au genou. Il se gratta de plus belle, au point de mettre sa chair à vif; je crois qu'il était contrarié que sa solution irrite autant la peau, ternissant ainsi la beauté de son invention. Il finit par se donner des claques sur les jambes pour apaiser ses furieuses démangeaisons, et cela parut le soulager. Rajustant le bas de son pantalon, il me demanda, « Mais vous ne pensez quand même pas que Charlie pourrait *tuer* ce bon vieux Morris?

— Je ne sais pas. J'espère que non. » Il me prit le bras et nous poursuivîmes notre chemin. Je dis, « J'avoue qu'il est étrange de parler ainsi avec vous. »

Il secoua la tête. « Mieux vaut dire les choses telles qu'elles sont, n'est-ce pas? Et franchement, qu'est-ce que ça change, pour Morris et moi? Certes, on préférerait que vous et votre frère ne nous tuiez pas, mais nous sommes pour ainsi dire à votre merci.

— Une sacrée équipe que vous avez là, Warm. »

Il répondit avec gravité, «Plutôt louche, non? Un dandy et deux assassins. »

Je me mis à rire, et Warm me demanda ce que je trouvais drôle. «Vous et vos jambes et vos mains violettes. Morris et mon frère, et les hommes entassés dans le feu. Mon cheval mort au pied d'une colline. »

Warm apprécia mes propos, et se tourna vers moi, rayonnant: «Il y a du poète en vous, Eli. » Il me demanda — et je la lui accordai — l'autorisation de me poser une question personnelle. Et voici ce qu'il désirait savoir: «J'ai posé cette même question à Morris il y a quelque temps, et maintenant je me la pose à nouveau, vous concernant: comment en êtes-vous arrivé à travailler pour un homme tel que le Commodore? »

Je répondis, «C'est une longue histoire. Mais, en deux mots, mon frère a appris la violence dès son plus jeune âge, grâce à notre père, qui était un homme mauvais. Cela a posé beaucoup de problèmes à Charlie: par exemple, chaque fois qu'il se sentait offensé, il était incapable de se contenter de régler ses comptes avec ses poings ou à coups de couteau; il fallait qu'il donne à l'épisode une conclusion mortelle. Or, quand vous tuez un homme, son ami, son frère ou son père rapplique très vite, et tout est à recommencer. De sorte que Charlie s'est souvent retrouvé en infériorité numérique, et que j'ai dû lui prêter main-forte. J'étais jeune, mais j'avais déjà le sang chaud, et l'idée que quelqu'un puisse s'en prendre à mon frère aîné, qui jusqu'alors m'avait toujours protégé, suffisait à me mettre hors de moi. Plus sa réputation grandissait, plus le nombre de ses adversaires augmentait, et plus il avait besoin d'aide. Très vite, il est devenu clair que si vous aviez un problème avec l'un d'entre nous, vous auriez à affronter les deux. Il s'avère, je ne saurais dire pourquoi et il m'est arrivé plus d'une fois de le regretter, mais bon, il s'avère que nous avions ou avons une aptitude pour tuer. C'est ainsi que le Commodore nous a approchés, en nous proposant de travailler dans son organisation. Au début c'était plus pour jouer les gros durs, récupérer de l'argent, ce genre de choses, que pour tuer les gens de but en blanc. Mais plus il a eu confiance en nous, et plus nos émoluments ont augmenté, plus tuer est devenu notre activité principale. » Warm écoutait attentivement mon histoire, en affichant le plus grand sérieux, à tel point que je ne pus m'empêcher de rire. Je dis, « À votre tête, je sais ce que vous pensez de ma profession, Warm. Et j'aurais tendance à être d'accord avec vous. Mais, quoi qu'il en soit, et c'est justement ce que je disais à Charlie, cette affaire est ma dernière. »

Warm s'immobilisa, et se tourna vers moi avec un regard égaré et craintif. Je lui demandai ce qu'il avait, et il répondit, « S'agissant de dernière affaire, vous vouliez sans doute parler de l'affaire *précédente*, car vous n'avez pas l'intention de mener celle-ci à bien, n'est-ce pas ? »

Nous venions de contourner un méandre de la rivière et, levant les yeux, je vis Charlie nu qui sortait de l'eau pour récupérer ses vêtements sur la rive. Morris flottait juste derrière lui, le ventre en l'air, complètement immobile. Lorsque Charlie nous aperçut, il sourit et nous fit signe de la main. Morris se redressa, sain et sauf, et lui aussi nous salua joyeusement. Mon cœur battait la chamade ; j'avais l'impression qu'il se vidait de son sang. Je me tournai vers Warm et répondis, « Ma langue a fourché, Hermann. Nous ne travaillons plus pour cet homme. Je vous en donne ma parole. »

Warm se dressa devant moi et me regarda intensément dans les yeux : il y avait dans son attitude un mélange de force, de méfiance, de fatigue, mais aussi d'énergie ou de rayonnement — quelque chose comme le cœur d'une petite flamme. Est-ce cela, le charisme ? Je ne saurais le dire avec certitude, mais Warm semblait plus *présent* que la plupart des êtres.

« Je vous *crois* », affirma-t-il.

Nous continuâmes notre chemin pour rejoindre les autres, accompagnés par la voix de Morris qui criait, « Hermann ! Il faut que tu viennes ! Ça soulage vraiment. » Sa voix était haut perchée ; il semblait métamorphosé, comme libéré de sa rigidité et de son sérieux habituels, et semblait en être ravi. « L'heureux petit bébé », glissa Warm en posant son postérieur sur le sable. Plissant les yeux dans le soleil, il me demanda, « Pouvez-vous m'aider à enlever mes bottes, Eli, s'il vous plaît ? »

Je passai la soirée à me reposer près du feu en compagnie de Warm, à attendre que le ciel s'assombrisse suffisamment pour que nous puissions utiliser la solution de façon efficace. Pour que le temps fût moins long, il me demanda de lui raconter ma vie et toutes mes dangereuses aventures, mais je n'étais nullement enclin à le faire, car je souhaitais surtout m'oublier pendant un moment ; je lui retournai donc la question, et il fut bien plus loquace que moi. Warm aimait à parler de lui, sans vanité ni égocentrisme. Je crois simplement qu'il était conscient du caractère peu commun de son histoire, et prenait donc plaisir à la partager. C'est ainsi qu'il me raconta toute sa vie en une seule séance.

Il était né en 1815, à Westford, dans le Massachusetts. Sa mère, alors âgée de quinze ans, s'était enfuie après l'avoir mis au monde, dès qu'elle avait été assez solide pour se tenir sur ses jambes. Elle laissa

Warm entre les mains de son père, Hans, un immigré allemand, horloger et inventeur. «Un grand penseur, il créait des énigmes et résolvait inlassablement les problèmes. Cependant, il avait du mal à résoudre les siens, or on ne peut pas dire qu'il en manquait. Il n'était pas… facile à vivre. Disons que Père avait des habitudes contre nature.

— Comme quoi? demandai-je.

— De vilaines choses. Une déviance particulière. C'est trop désagréable d'en parler. Vous perdriez l'appétit si je vous en disais plus. Changeons de sujet.

— Je comprends.

— Non, vous ne comprenez pas, et soyez-en heureux. C'est d'ailleurs pour ça qu'il a quitté l'Allemagne, et, d'après ce que j'ai compris, qu'il l'a quittée précipitamment, en pleine nuit, et en abandonnant la quasi-totalité de sa fortune. Il a détesté l'Amérique dès la première seconde, et de tout son être, et ce jusque sur son lit de mort. Je me souviens de la façon dont il regardait les magnifiques paysages automnaux du Massachusetts en crachant par terre et en pestant : "Le soleil et la lune devraient avoir honte de darder leurs lumières là-dessus!" C'est que Berlin était une grande ville et un parfait terrain de jeu pour lui, voyez-vous? Il s'est senti relégué et abaissé ici, et trouvait son nouveau public moins respectueux que celui qu'il avait connu en Allemagne.

— Qu'a-t-il inventé?

— Il apportait de petites mais nettes améliorations aux inventions déjà existantes. Une montre à gousset à compas intégré, par exemple ; il en avait créé une autre aussi, exclusivement pour les femmes, un modèle plus petit, en forme de larme, couleur pastel. Il gagnait bien sa vie et était fort apprécié avant que le scandale ne l'anéantisse et qu'il soit contraint à l'exil. Quand il est arrivé en Amérique, avec son bizarre accoutrement et son anglais à peu près inexistant, personne n'a voulu de lui, pas même les plus petites sociétés d'horlogerie, qu'il considérait de toute façon comme indignes de lui ; plus il sombrait dans la pauvreté, plus ses idées devenaient noires — sachant qu'il les avait déjà beaucoup plus noires que la plupart des gens. Ses inventions sont devenues de plus en plus diaboliques et absurdes. Pour finir, il a concentré son énergie dans les armes et les instruments de torture. La guillotine, disait-il, symbolisait le manque d'ambition et la paresse esthétique des hommes. Il l'a perfectionnée de sorte qu'au lieu de trancher seulement la tête, elle découpait soigneusement les corps en d'innombrables petits cubes bien nets. Il a baptisé son grand enchevêtrement de lames argentées *Die Beweiskraft Bettdecke,* la Couverture finale. Il a inventé un pistolet à cinq canons qui faisaient feu simultanément, sur une envergure de trois cents degrés avec un petit angle, qu'il appelait *Das Dreieck des Wohlstands* — le Triangle de la prospérité — à l'intérieur duquel se tenait le tireur.

— Ce n'est pas une mauvaise idée, à vrai dire.

— À moins d'être en train de vous battre avec cinq hommes en même temps, qui se trouveraient par chance devant chacun des canons, c'est une très mauvaise idée.

— Ça dénote une certaine imagination.

— Ça montre surtout qu'il n'était pas du tout concerné par la sécurité et le côté pratique des choses.

— En tout cas, c'est intéressant.

— Ça, je ne dirais pas le contraire, même si à l'époque (j'avais treize ans), son travail ne m'amusait guère. À vrai dire, ses inventions m'horrifiaient ; je n'arrivais pas à me débarrasser de l'idée qu'il voulait les essayer sur moi, et même aujourd'hui j'ose dire que ce n'était pas de la paranoïa de ma part. Donc je n'ai pas été plus triste que ça lorsqu'il a disparu un beau matin de printemps avec son sac, sans rien dire, même pas au revoir. Il s'est suicidé par la suite, avec une hache, à Boston.

— Une hache ? Comment est-ce possible ?

— Je ne sais pas. Mais c'était écrit noir sur blanc dans la lettre que j'ai reçue par la suite : *Terriblement attristé de vous annoncer que Hans Warm s'est tué avec une hache le 15 mai. Ses effets suivront.*

— Il a peut-être été tué ?

— Non, je ne crois pas. Si quelqu'un était capable de trouver le moyen de se tuer avec une hache, c'était bien Père. Je n'ai jamais reçu ses affaires, d'ailleurs. Je me suis souvent demandé ce qu'il avait gardé avec lui, à la fin de sa vie.

— Et après, que vous est-il arrivé?

— J'ai passé deux semaines seul dans notre cabane, puis ma mère est arrivée. Elle est apparue un jour dans l'embrasure de la porte, elle avait vingt-huit ans et était jolie comme un cœur. On lui avait dit que j'avais été abandonné, et elle venait me chercher pour me ramener à Worcester, où elle vivait depuis tout ce temps. Elle était terriblement désolée de m'avoir laissé, m'a-t-elle dit, mais elle avait eu une peur bleue de mon père, qui buvait trop et la menaçait avec des couteaux, des fourchettes et toutes sortes d'autres objets. D'après ce que j'ai compris, leur histoire d'amour était à sens unique. Elle ne pouvait pas parler de leur vie commune sans dégoût. Mais c'était du passé, et nous étions tous deux très heureux de nous retrouver. Durant tout le premier mois à Worcester elle n'a fait que me tenir dans ses bras et pleurer. Au début, notre relation se résumait à ça. Je me suis même demandé si cela s'arrêterait un jour.

— Elle devait être gentille.

— Elle l'était, en effet. Pendant cinq ans nous avons connu un bonheur idyllique. Elle avait reçu un héritage de sa famille à New York, donc j'avais de quoi manger et mes vêtements étaient toujours propres. Elle m'encourageait dans mon désir d'apprendre, j'étais déjà très curieux de tout, de la mécanique à la botanique en passant par la chimie : eh oui, déjà! Malheureusement, cette existence parfaite n'allait pas durer, car, à mesure que je grandissais, il devenait évident pour elle que j'étais bien le fils de mon père, tant j'avais son physique et son caractère. J'étais devenu obsédé par mes études et je quittais à peine ma chambre. Quand elle essayait de m'orienter vers des passe-temps plus sains, la colère s'emparait de moi, à tel point que nous en étions tous deux effrayés. J'ai commencé à boire, pas beaucoup au début, mais suffisamment pour devenir brutal et méprisant, comme mon père l'avait été. Étant donné qu'elle avait déjà vécu tout ça, ma mère n'a évidemment pas pu accepter mon comportement. Elle m'a aimé de moins en moins, jusqu'à ce qu'il ne reste plus rien entre nous et que je n'aie d'autre issue que de partir. J'ai pris mes quelques sous et me suis mis en route pour Saint Louis. Mais une fois arrivé là-bas, ma bourse était vide, et j'ai dû m'arrêter là. C'était l'hiver, et j'ai eu peur de mourir de froid, de tristesse, ou des deux. J'ai vendu mon cheval et j'ai épousé une grosse femme pour qui je n'éprouvais pas une once d'amour ni même d'affection, qui s'appelait Eunice.

— Pourquoi avez-vous épousé quelqu'un que vous n'aimiez pas?

— Elle avait dans sa cabane un énorme poêle qui chauffait telles les flammes de l'enfer. Et à la voir, je m'étais dit qu'elle avait assez de vivres pour nous nourrir tous les deux jusqu'au printemps. Vous souriez, mais je vous jure que telles étaient mes motivations : de la chaleur et de la nourriture. J'avais un tel besoin de réconfort que j'aurais épousé un alligator s'il avait voulu partager son lit avec moi. Et je n'y aurais guère vu de différence, car Eunice était loin d'être aimante. Elle n'avait aucun charme ni aucune grâce. Pour dire la vérité, elle était l'antithèse du charme. Un puits sans fond d'antagonisme et d'hostilité. Et d'une laideur repoussante. Avec une odeur de feuilles en décomposition. En deux mots, une brute épaisse. Lorsque j'ai eu dépensé la totalité de l'argent de la vente de mon cheval, et qu'elle a compris que je n'avais nullement l'intention de copuler avec elle, elle m'a bouté hors du lit et je me suis retrouvé par terre, où la chaleur du poêle me brûlait le haut du corps pendant que le courant d'air qui passait entre les lattes du plancher me gelait le derrière. Très vite j'ai dû faire une croix sur mes rêves de festins. Eunice protégeait ses petits pains aussi jalousement qu'une maman ours. De temps à autre, elle me donnait un bol de ragoût fadasse, et donc on peut dire qu'elle n'était pas complètement méchante. Et quant au ragoût lui-même, c'était plutôt une espèce d'eau colorée, sans rien dedans, ou alors il fallait vraiment chercher. Mais comme j'ai dit, il faisait horriblement froid dehors, et j'avais décidé de tenir bon et de passer l'hiver dans cette cabane, d'une façon ou d'une autre. Mon intention était, à l'arrivée des beaux jours, de la dépouiller et de disparaître. Rirait bien qui rirait le dernier. Mais elle a compris ce que je complotais, et m'a coupé l'herbe sous le pied sans que je la voie venir. Un jour je suis rentré du saloon et j'ai trouvé un grand type qui n'avait pas l'air commode assis à table. Il avait devant lui une assiette pleine de petits pains. J'ai tout de suite compris. Je leur ai souhaité bonne chance et je suis parti.

— Une attitude généreuse de votre part.

— Je suis revenu une heure plus tard et j'ai essayé de mettre le feu à la cabane. Le type m'a surpris penché sur ma boîte d'allumettes et m'a donné un coup de pied dans le fondement d'une telle force que j'ai décollé du sol. Eunice, qui regardait la scène par la fenêtre, s'est mise à rire. C'était la première fois que je la voyais rire. Et elle a ri longtemps. En tout cas, j'ai honte de le dire, mais après cet épisode douloureux j'étais complètement désabusé, et je me suis momentanément converti en voleur. Je n'arrivais pas à comprendre mon malheur. Quelques mois plus tôt à peine, j'étais tranquille avec mes livres, propre, à l'abri, bien nourri et aussi heureux qu'on puisse l'être. Et tout à coup, sans que j'y sois pour quoi que ce soit, je me voyais contraint de m'introduire nuitamment dans des granges et de me terrer dans de la paille pleine de fumier pour ne pas mourir de froid. Je me suis dit, Hermann, le monde t'a mis un gros coup de poing dans la figure ! J'ai décidé de riposter.

— Qu'est-ce que vous voliez ?

— Au début, des choses de première nécessité : une miche de pain par ci, une couverture par là, une paire de chaussettes en laine, de petites choses dont personne ne devrait être privé. Mais forfait après forfait, je suis devenu plus rusé et sûr de moi, mais aussi plus avide ; au bout d'un moment j'ai commencé à dérober tout ce qui me tombait sous la main, juste pour le plaisir pernicieux que cela me procurait. Des choses dont je n'aurais jamais l'utilité. Des bottes de femme. Un berceau. À un moment donné je me suis retrouvé en train de m'enfuir d'un abattoir avec dans les bras une tête de vache décapitée. Pour quoi faire? À quoi cela pouvait-il bien me servir? Quand elle est devenue trop lourde à porter, je l'ai jetée dans une rivière. Elle a flotté un moment avant de heurter une pierre et de couler. Voler était devenu une maladie. Je crois que j'y voyais une espèce de vengeance contre tous ceux qui ne grelottaient pas de froid et qui ne mouraient pas de faim, et qui n'étaient pas seuls. C'est à cette époque que l'alcool a pris possession de moi, corps et âme. Vous parlez d'une pente glissante.

— Mon père était un buveur. Et Charlie aussi.

— C'est une chose dont je souffre encore, et j'en souffrirai peut-être toute ma vie. Bien sûr, mieux vaudrait reboucher la bouteille pour toujours. J'ai identifié le problème. Je sais que l'alcool ne me convient pas. Pourquoi ne pas arrêter? Pourquoi ne pas y mettre un terme? Non, ce serait trop logique. Ce serait bien trop raisonnable. Oh, c'est une pente glissante, ça c'est sûr. Eh bien, les jours et les mois se sont succédé, et je suis devenu de plus en plus sale et dépravé, à l'intérieur comme à l'extérieur. On croise parfois des gens qui sont au fond du trou, mais qui mettent pourtant un point d'honneur à avoir les ongles propres, des hommes qui se vantent de leurs bains hebdomadaires, quel que soit le prix que cela leur coûte. Ils vont régulièrement à la messe et restent patiemment assis dans les travées avec leurs barbes bien peignées, à attendre sans la moindre trace d'amertume que change leur destin. Inutile de préciser que je n'étais pas de ceux-là. En vérité,

j'étais tout le contraire. La saleté m'attirait irrésistible-
ment. Je n'avais qu'une envie, c'était de me vautrer
dedans, de *vivre* dedans. J'ai été ravi de perdre mes
dents et mes cheveux. Pour faire bref, je divaguais
comme l'idiot du village, sauf que le village en question n'était pas un petit ensemble de maisons au toit
de chaume, mais les États-Unis d'Amérique. J'ai fini
par être obsédé voire complètement aliéné par l'idée
que j'étais pour de bon fait de déchets humains.

— Quoi ?

— Un amas de déchets ambulant, c'était ça l'idée.
D'excréments. Mes os n'étaient que des excréments
calcifiés. Mon sang, des excréments liquides. Ne me
demandez pas de vous dire pourquoi. C'est quelque
chose que je ne pourrai jamais expliquer. Je crois
que cette drôle d'idée m'est venue parce que, si je ne
me trompe, je souffrais de scorbut, ce qui, ajouté à
l'alcool et à mon déséquilibre mental, n'a pas arran-
gé les choses.

— De la matière fécale vivante.

— Je me délectais à cette pensée. J'adorais par-
dessus tout me frayer un chemin dans la foule en touchant et en tripotant les bras nus des femmes seules.
Les traces de ma crasse sur leurs poignets et leurs
mains pâles me satisfaisaient au plus haut point.

— J'imagine que les gens ne vous appréciaient
guère.

— Mais ils aimaient bien parler de moi. Sur le plan
social, vous vouliez dire ? Non, j'avais mauvaise répu-

tation. Cela dit, je ne restais jamais assez longtemps au même endroit pour être autre chose qu'un pauvre type dans la rue. Fou ou pas, je n'étais pas un imbécile, et je savais qu'il valait mieux agir et déguerpir avant de prendre des coups. Je volais un cheval et m'en allais dans la ville voisine, pour reprendre ma campagne de contamination. Mes journées n'étaient qu'ordure et laideur, et le plus noir des péchés ; je n'étais qu'à moitié vivant, je tenais à un fil en attendant et en espérant, je crois, la mort. Puis un matin je me suis réveillé dans un lieu des plus étranges. Vous ne devinerez jamais où je me trouvais. Et ne dites pas la prison !

— C'est ce que j'allais dire.

— Je vais vous raconter. Je me suis réveillé avec une gueule de bois monumentale sur un lit de camp dans une caserne militaire. J'étais lavé, et ma barbe avait été rasée. J'avais les cheveux coupés courts, et je portais un uniforme de soldat. Le clairon me hurlait dans les oreilles et j'ai cru que j'allais mourir, littéralement, d'effroi et de confusion. Puis un soldat plein d'entrain est arrivé et m'a attrapé par le bras. "Réveille-toi, Hermann, m'a-t-il dit. Si tu rates l'appel une fois de plus tu finiras au trou !"

— Que s'était-il passé ?

— C'est précisément ce que je voulais savoir. Mais mettez-vous à ma place. Comment trouver la réponse ?

— Il fallait demander à quelqu'un. »

D'une voix sérieuse, Warm débita, «Pardonnez-moi, cher ami, mais auriez-vous l'obligeance de me dire comment je me suis retrouvé dans l'armée? Ce n'est qu'un détail, mais je n'arrive pas à m'en souvenir.

— Ce serait une façon bien maladroite d'engager la conversation, admis-je. Mais qu'y avait-il d'autre à faire? Vous ne pouviez pas tout simplement jouer le jeu.

— Pourtant, c'est exactement ce que j'ai fait. Je suis rentré dans le rang, dans tous les sens du terme. Il faut que vous sachiez, Eli, que j'étais complètement déboussolé. En tant qu'ivrogne, j'avais l'habitude de perdre une heure ou deux par-ci par-là, voire une soirée entière. Mais combien de temps avait-il fallu pour que je rejoigne l'armée et que j'établisse des relations avec les autres soldats, qui tous avaient l'air de bien me connaître? Comment se pouvait-il que je n'aie aucun souvenir d'un changement aussi radical? J'ai décidé de faire profil bas et de me fondre dans la masse jusqu'à ce que j'y voie un peu plus clair.

— Et vous avez réussi?

— Tout avait pour origine ce soldat plein d'entrain, qui s'appelait Jeremiah. De temps à autre, pour tromper l'ennui, il aimait bien aller en ville et trouver le plus démuni des pochards. Il lui donnait à boire, lui soutirait des informations personnelles, puis, une fois que l'homme avait complètement perdu le contrôle de lui-même, il le ramenait à la caserne, lui faisait enfiler un uniforme de soldat, et le mettait au lit. Voilà ce qui m'était arrivé.

— Vous lui en avez voulu, de vous avoir piégé comme ça ?

— Pas particulièrement, parce que le temps que je comprenne ce qui s'était passé, j'étais assez heureux d'être là-bas. La vie militaire a apporté un grand nombre de changements positifs dans ma vie. Je devais me laver régulièrement, ce que je n'aimais pas au début, mais que j'ai enduré patiemment, et ce retour à la propreté a fini par faire disparaître mon obsession des excréments. J'étais nourri, et les lits de camp étaient confortables, les bâtiments suffisamment chauffés, et il y avait toujours un petit quelque chose à boire le soir. On jouait aux cartes et on chantait des chansons. Des sacrés gaillards, ces soldats. Une bande d'orphelins en fait, seuls au monde, qui passaient leur temps ensemble sans avoir grand-chose à faire. Ainsi, six ou sept mois se sont écoulés tranquillement, et je commençais à me demander comment j'allais pouvoir sortir de là lorsque j'ai eu la chance de me lier d'amitié avec un lieutenant-colonel du nom de Briggs. Si je ne l'avais pas rencontré, nous ne serions pas assis vous et moi, à attendre de récolter les trésors de la rivière.

— Que s'est-il passé ?

— Un soir, je passais devant sa chambre lorsque j'ai remarqué que sa porte, qui était habituellement non seulement fermée mais verrouillée à double tour, était entrouverte. Comme nombre de soldats, j'étais curieux d'en savoir plus à son sujet, car contrairement à la plupart des officiers, qui vous écrasaient de leur autorité et vous aboyaient dessus, Briggs était timide et effacé. C'était un homme frêle aux cheveux grisonnants et au regard rêveur, toujours isolé dans sa chambre à faire Dieu sait quoi. Les mystères sont rares dans l'armée ; je n'ai pas pu m'empêcher d'aller voir de plus près. J'ai ouvert la porte et regardé autour de moi. Dites-moi, Eli, que croyez-vous que j'aie vu ?

— Je ne sais pas.

— Cherchez.

— Je ne sais vraiment pas, Hermann.

— Vous n'êtes pas trop porté sur les devinettes, hein ? Eh bien, d'accord, je vais vous le dire. J'ai vu notre Briggs, debout, seul, absorbé dans ses pensées, vêtu d'une blouse en coton blanc. Sur la table étaient étalés devant lui des brûleurs, des vases à bec, et toute sorte de matériel de laboratoire. Un nombre incalculable de volumineux ouvrages étaient éparpillés dans la pièce.

— C'était un chimiste ?

— Du dimanche, et pas très doué, ai-je appris par la suite. Mais j'ai été hypnotisé quand j'ai vu son matériel. Sans savoir ce que je faisais, j'ai continué à avancer et me suis planté comme paralysé devant son équipement. Briggs a fini par remarquer ma présence ébahie ; il a rougi et m'a injurié en me réprimandant pour mon impertinence avant de m'ordonner de quitter les lieux. Je l'ai prié de m'excuser mais il n'a rien voulu entendre et m'a poussé dehors. Ce soir-là, je n'ai pas pu dormir. La proximité des livres et du matériel avait réveillé ma soif de connaissances ; cela s'était emparé de moi comme une fièvre, et finalement je me suis levé pour écrire à Briggs une lettre à la lueur de la bougie, en lui parlant de mon passé et de mon père, et en le sommant pour ainsi dire de faire de moi son assistant. J'ai glissé la missive sous sa porte et il m'a fait appeler le lendemain matin. Il était méfiant, mais après s'être rendu compte du sérieux de mon propos et de l'étendue de mes connaissances, nous avons trouvé un arrangement : je l'assisterais pendant ses expériences, et en échange il me donnerait accès à ses instruments et à ses livres. Il me permettrait aussi de travailler pendant un certain temps seul dans sa chambre. Avec joie j'ai laissé derrière moi mes nuits à jouer aux cartes, à boire du bourbon et à raconter des histoires salaces, pour mettre sur pied ce qui était, du moins dans une caserne militaire, un laboratoire digne de ce nom. Guidé par ma propre intuition et par les livres que Briggs possédait dans sa bibliothèque, j'ai découvert le royaume de la Lumière. »

Warm s'interrompit pour se servir une tasse de café. Il m'en proposa une mais je refusai. Il but une petite gorgée, et reprit son histoire.

« Depuis combien d'années avais-je cessé d'étudier ? Et pendant tout ce temps je n'avais fait que m'infliger toutes sortes d'abus et de mauvais traitements. Je ne m'étais pas occupé de moi, ni physiquement ni mentalement, et lorsque je me suis assis et ai ouvert un livre le premier soir, j'ai eu peur que mon cerveau ne reconnaisse plus les mots comme avant. Le cerveau est un muscle, après tout, et il allait falloir l'entraîner à nouveau, n'est-ce pas ? Eh bien, j'ai eu une bonne surprise : mon esprit, malgré moi, s'était pendant tout ce temps développé par lui-même, en attendant le jour où je ferais à nouveau appel à lui. Ce jour était enfin arrivé, et mon cerveau, comme s'il craignait que je le mette à nouveau au placard, dévorait chaque page de chaque livre avec une force et une vitalité extraordinaires. J'avais du mal à suivre la cadence, mais Dieu merci j'y suis parvenu ; et quelques mois plus tard j'ai été récompensé quand j'ai eu l'idée de la solution qui révèle l'or. Ou, devrais-je dire, quand cette idée m'est tombée dessus, car ce fut comme si une lourde pierre m'avait frappé en pleine poitrine. J'en suis littéralement tombé de ma chaise. Le pauvre Briggs ne comprenait pas ce qui m'arrivait. Au début je ne pouvais même pas parler. Puis je me suis emparé d'encre et de papier et je n'ai plus bougé pendant une heure.

— Qu'a-t-il pensé de votre idée ?

— Je ne saurais le dire, car je ne lui ai jamais révélé la teneur de ma découverte, et il ne me l'a jamais pardonné. Ce n'est pas que je me méfiais de lui en particulier, mais je croyais que personne n'était en mesure de garder secrète une telle information. C'était tout simplement trop lourd à porter. Naturellement, il s'est senti offensé, et il m'a renvoyé dans les dortoirs, où j'ai essayé pendant quelque temps de poursuivre mon travail. Mais c'était impossible, car mes camarades de chambrée aimaient par-dessus tout cacher mes notes ou les saccager en griffonnant dedans, et j'ai commencé à échafauder mon projet de désertion. Mais lorsqu'un de mes camarades m'a devancé et qu'il s'est fait arrêter et fusiller le jour même, l'idée de déserter m'a semblé moins intéressante. Pour finir, j'ai commencé à désespérer, et à craindre que ma grande découverte ne soit vaine, et je me suis tourné vers Jeremiah, l'homme qui était responsable de ma présence dans cet endroit, et je lui ai dit, "Jeremiah, je veux partir d'ici. Dis-moi s'il te plaît, comment je dois faire?" Il a posé ses deux mains sur mes épaules, et a répondu, "Si tu veux partir, tu devrais tourner les talons et poursuivre ta route. Parce que tu sais, Hermann, tu ne fais pas vraiment partie de l'armée." Il s'avère que je ne m'étais jamais formellement engagé; je n'avais jamais rien signé de mon nom. Cette nuit-là, ils ont fait une fête en mon honneur. Je suis parti le lendemain matin et ai installé un petit laboratoire non loin de là. J'ai tâtonné pendant près d'un an avant d'obtenir les résultats voulus. Je suis d'abord parvenu à illuminer l'or, mais seulement pendant un court instant. Lorsque j'ai compris comment faire durer le scintillement, quelque chose dans la solution s'est mis à ternir l'or. À un moment donné, j'ai mis le feu accidentellement à mon refuge, qui a été partiellement détruit. Ce que j'essaie de dire, c'est que ça n'a pas été de tout repos. Quand j'ai enfin été satisfait du résultat, la ruée vers l'or a explosé en Californie, et je suis parti vers l'ouest en suivant la piste de l'Oregon. C'est comme ça que j'ai atterri à Oregon City, et que j'ai rencontré votre homme, le Commodore. À partir de là, je crois que vous connaissez la suite.

— Plus ou moins. »

Warm se gratta les mains et les jambes. Il leva les yeux vers le ciel et lança à la cantonade, « Qu'en dis-tu, Morris ? Le ciel est-il assez noir pour toi ? »

La voix de Morris répondit, « Encore une minute, Hermann. Le nigaud s'est fait coincer, et je suis sur le point de l'achever.

— On va voir ça », riposta Charlie.

Ils étaient en train de jouer aux cartes sous la tente.

Quatre hommes en train d'enlever leurs pantalons au bord d'une rivière en pleine nuit. Le feu flambait derrière nous, et nous avions bu trois verres de whisky chacun, ayant décidé que c'était la juste dose dont nous avions besoin pour accomplir la tâche qui nous attendait, cela nous ferait oublier la froideur de l'eau, sans pour autant nous empêcher de nous concentrer sur le travail, et, par la suite, de nous en souvenir. Le castor en chef trônait au sommet du barrage et nous examinait en se grattant avec ses pattes arrière, à la manière d'un chien ; la solution avait également fait des ravages sur sa peau. Mais où étaient ses camarades ? Apparemment, ils se cachaient ou bien se reposaient. Lorsque mes pieds touchèrent l'eau je fus pris d'un rire nerveux mais je m'interrompis aussitôt, craignant qu'une joie excessive ne fût déplacée, voire irrespectueuse ; envers quoi ou envers qui, je ne saurais le dire, mais j'avais le sentiment que nous retenions tous notre souffle, de façon identique et pour d'identiques et obscures raisons.

Nous avions roulé l'une des barriques au bord de l'eau, et l'avions ouverte en attendant de la déverser dans la rivière. J'inhalai l'odeur de la solution et une chaleur brûlante et instantanée pénétra ma poitrine. Morris se tenait sur la rive, et considérait l'eau avec effroi.

«Comment vont vos jambes, Morris?» m'enquis-je.

Il regarda ses tibias et secoua la tête. «Pas bien», fut sa réponse.

Warm dit, «J'ai mis une marmite d'eau à chauffer sur le feu et j'ai posé du savon à côté pour que nous puissions nous laver après. Morris et moi n'avons pas pensé à le faire la dernière fois, et c'est pourquoi nous avons des problèmes maintenant.» Il se tourna vers Morris et demanda, «Tu crois que tu peux tenir encore une nuit?

— Allons-y et n'en parlons plus», grommela-t-il. À présent, ses jambes étaient irritées jusqu'aux cuisses; sa peau était à vif et couverte de grosses cloques purulentes d'où s'échappait un épais liquide brunâtre. Il avait du mal à se tenir droit, et lorsque je le vis boitiller jusqu'au bord de l'eau je me dis, Pourquoi est-ce qu'on l'oblige à faire tout ça? «Morris, fis-je, je crois que vous ne devriez pas travailler ce soir.

— Et vous laisser tout empocher?» ricana-t-il, mais sa voix était faible et n'exprimait aucune bonne humeur. Il avait peur, et Warm ne tarda pas à abonder dans mon sens. «Eli a raison. Pourquoi ne restes-tu pas assis, pour te reposer. Tu auras quand même une part de tout ce que je ramasserai.

— Et de ce que je ramasserai aussi», ajoutai-je.

Warm et moi regardâmes Charlie. Son sens de la charité était plus lent à se manifester, mais il finit lui aussi par acquiescer et dire, «Moi aussi, Morris.

— Tu vois?» dit Warm.

Morris hésita. Sa fierté avait été piquée au vif, et il ne voulait pas abandonner. «Et si je me contentais de fouiller là où c'est peu profond?

— C'est gentil de le proposer, dit Warm, mais cela pourrait avoir des conséquences irrémédiables pour toi. Tu ferais mieux de rester tranquille, et de nous laisser faire le travail. Tu pourras te rattraper la prochaine fois, hein? Qu'en dis-tu?» Morris ne répondit pas, mais se tint à l'écart en regardant le sable d'un air morose. Souriant, Warm dit, «La dernière fois, ça brillait de ce côté de la rivière, là où nous avions versé de la solution. Mais si tu brassais les eaux avec une branche par exemple, depuis le barrage des castors, tu aiderais la solution à se répandre, et ça brillerait plus loin.»

L'idée plut à Morris, et nous lui trouvâmes une longue branche. Warm lui prit le bras et l'emmena se positionner au milieu du barrage, en chassant de la voix le castor, qui plongea dans l'eau. Puis Warm continua son chemin jusqu'à la rive opposée, où il comptait concentrer ses efforts. Il nous cria à Charlie et à moi de vider la première barrique dans l'eau en nous enjoignant de ne pas laisser la solution toucher directement notre peau. «Vous voyez bien le mal que ça fait, même dilué; alors du liquide pur pourrait carrément vous transpercer le corps.» Il désigna du doigt le second fût, qui se trouvait à une vingtaine de mètres en amont sur la rive. «Dès que le premier est vide, foncez et videz l'autre.

— Et le troisième? demanda Charlie. Ce ne serait pas mieux de les vider tous les trois d'un seul coup?

— C'est déjà assez dangereux avec deux, répondit Warm.

— Si nous finissions ce soir nous pourrions partir demain matin et emmener Morris chez un médecin.

— On en aurait tous besoin, d'un médecin. Concentrez-vous, Charlie, s'il vous plaît. Dès que vous aurez vidé le deuxième baril, nous attendrons que Morris ait bien mélangé le tout. Quand vous verrez que ça brille, prenez vos seaux et au boulot!»

Charlie et moi nous accroupîmes devant le baril pour le soulever. Mes mains tremblaient affreusement tant j'étais soudain nerveux, et mes épaules frissonnaient. Je n'avais rien ressenti de tel depuis ma première nuit auprès d'une femme. Le même genre d'excitation divine. Je désirais voir la rivière s'illuminer au point d'en avoir le vertige. Charlie remarqua mon agitation et me demanda, «Ça va?» Je répondis que oui. Je glissai mes doigts sous la barrique et nous comptâmes jusqu'à trois avant de la soulever.

Nous commençâmes à marcher en crabe sur le sable dur, et nous approchâmes avec précaution de la rivière. Charlie poussa un sifflement en touchant l'eau froide, puis éclata de rire, ce qui me fit rire à mon tour, et nous nous interrompîmes un moment pour rire de concert. La lune et les étoiles brillaient au-dessus de nos têtes. La solution ballottait dans le baril. La surface du liquide était noire et argentée, tout comme celle de l'eau de la rivière. Nous inclinâmes le fût et l'épais liquide se déversa. Je ne me souviens pas de m'être jamais senti si téméraire.

Nous reculâmes de quelques pas en direction de la rive sablonneuse. Des vapeurs s'échappaient du fût, et l'odeur me prit une nouvelle fois à la gorge. J'eus un haut-le-cœur et faillis vomir, tant les émanations étaient suffocantes. Mes yeux se mirent à pleurer aussitôt sous l'effet de la chaleur.

Une fois sortis de l'eau nous nous débarrassâmes de la barrique et nous précipitâmes vers l'autre, que nous soulevâmes et vidâmes. Puis j'attendis sur le sable. De l'autre côté de la rivière Warm fit signe à Morris de brasser les eaux. Lorsqu'il se rendit compte que son ami était trop faible pour agir avec une rapidité suffisante, Warm se dégota une branche et se mit à frapper la surface de l'eau encore et encore, aussi vite et aussi violemment que possible. J'entendis un bruit derrière moi. Je me tournai et vis Charlie en train d'ouvrir le troisième baril avec une hachette.

« Qu'est-ce que tu fais ? demandai-je.

— On va tout vider », dit-il en soulevant le couvercle.

Surprenant son geste, Warm cria de toutes ses forces, « Laissez ça tranquille !

— On va tout vider d'un coup, comme ça, ce sera fait ! insista Charlie.

— Cessez immédiatement ! cria Warm. Eli, arrêtez-le. »

Je m'approchai mais Charlie était déjà en train de soulever la barrique tout seul. Il fit quelques pas avant de perdre l'équilibre et de trébucher ; l'épais liquide déborda et coula le long du fût, sur sa main droite. Il ne fallut que quelques secondes pour que le produit attaque sa peau ; il lâcha la barrique, qui tomba dans l'eau, et le courant emporta la solution vers le barrage.

Charlie était plié en deux de douleur, mâchoires serrées, et je lui saisis le poignet pour examiner sa blessure. Les cloques se multipliaient sur ses doigts et jusque sur son poignet : je les voyais distinctement enfler et s'affaisser, tel un crapaud qui gonfle sa gorge d'air quand il respire. Il n'était pas effrayé mais en colère ; ses narines frémissaient comme celles d'un taureau, et un long filet de bave coulait sur son menton. Ses yeux étaient magnifiques ; à la lueur du feu ils étaient la défiance et la haine incarnées. Je me saisis de l'eau chaude sur le feu et en aspergeai sa main pour la rincer, après quoi j'attrapai une chemise dont je l'enveloppai. Warm ne savait ni ce que nous faisions, ni que Charlie avait eu un accident. «Dépêchez-vous, messieurs! lança-t-il. Vous ne voyez pas? Allez-y!

— Tu peux tenir un seau?» demandai-je à Charlie.

Il tenta de fermer sa main et une violente douleur plissa son front. Le bout de ses doigts, qui dépassait du bandage improvisé, était déjà enflé, et je me rendis compte qu'il s'agissait de la main avec laquelle il tirait — j'imagine qu'il y avait immédiatement pensé lorsque la solution lui avait coulé dessus. «Je ne peux pas la fermer, dit-il.

— Mais tu peux quand même travailler?»

Il me répondit qu'il pensait pouvoir y arriver, et je m'emparai d'un seau, que je lui glissai sur l'avant-bras. Il hocha la tête, je me saisis d'un autre seau, et nous nous tournâmes vers la rivière.

Entre-temps, la solution avait agi. La rivière brillait tellement que je dus me protéger les yeux. Le fond de l'eau était complètement illuminé, de sorte que l'on distinguait le moindre petit caillou couvert de mousse. Les paillettes et les pépites d'or, invisibles l'instant d'avant, rayonnaient d'une intense lumière jaune orangé, comme autant d'étoiles dans le ciel. Warm travaillait activement : il plongeait ses mains dans l'eau et ses yeux allaient et venaient à la recherche des plus gros morceaux. Il était méthodique, et procédait de manière intelligente et efficace, mais son visage et ses yeux, éclairés par le scintillement de la rivière, exprimaient la joie la plus ardente.

Morris, exténué, avait cessé de brasser l'eau ; il était appuyé sur son bâton qu'il avait planté dans le barrage et regardait les eaux avec une satisfaction paisible, comme sous l'emprise d'une drogue. J'observai Charlie. Son visage s'était adouci et détendu ; sa douleur et sa colère avaient disparu, oubliées. Il était bouleversé. Il me regarda dans les yeux et me sourit.

Dans le monde immuable des faits et des chiffres, le scintillement de l'or dura approximativement vingt-cinq minutes, mais, en vérité, le temps que nous passâmes à fouiller la rivière ne fut ni bref ni long ; il échappait en quelque sorte à la notion même de temps : j'avais le sentiment que nous étions *hors* du temps ; notre expérience était tellement exceptionnelle que nous fûmes transportés dans une dimension où les minutes et les secondes ne signifiaient rien, et n'existaient pour ainsi dire même plus. Chez moi, ce sentiment n'était pas seulement provoqué par la richesse que représentait tout cet or, mais également par la pensée que cette aventure était née dans l'esprit d'un seul homme, et bien que je n'eusse, jusque-là, jamais réfléchi à la notion d'humanité, que je ne me fusse jamais demandé si j'étais heureux ou malheureux d'être un homme, j'éprouvai à présent une sorte de fierté à l'égard de l'esprit humain, de sa curiosité comme de sa persévérance. Je ne cessai de me féliciter d'être en vie, d'être moi-même. L'or dans nos seaux rayonnait intensément, et l'éclat de la rivière répandait sa lumière sur les branches et les troncs alentour. Un vent chaud descendait dans la vallée et glissait à la surface de l'eau. Il me caressa le visage et fit danser mes cheveux devant mes yeux. Je n'ai jamais été plus heureux qu'à cet instant précis, et ne le serai jamais plus. J'ai, depuis, eu l'impression que c'était trop de bonheur d'un coup, que les hommes ne sont pas faits pour connaître un tel degré de béatitude ; ce moment a sans nul doute amenuisé les autres instants de joie que j'ai pu connaître par la suite. Quoi qu'il en soit, et rien n'est peut-être plus normal, c'était une sensation que nous ne pouvions éprouver trop longtemps. Ensuite, tout se mit à aller de travers. Tout devint sombre, et, d'une manière ou d'une autre, entra en relation avec la mort.

En revenant vers la berge, Morris fit un faux pas et tomba du barrage dans la partie la plus profonde du cours d'eau. Il coula et ne refit point surface. L'or ne brillait déjà plus ; mon frère et moi étions assis sur le sable près du feu, nous nettoyant à la hâte avec l'eau et le savon que Warm avait préparés. Je dois dire qu'en pénétrant dans la rivière je n'avais presque rien senti ; entre les picotements provoqués par la froideur de l'eau et ma propre excitation, je n'avais rien remarqué de désagréable. Mais, dès que le scintillement de l'or se fut éteint, une obsédante sensation d'intense chaleur s'était emparée de moi, concentrant toute mon attention. Je me dépêchai de m'asperger et de me frotter les mains, les jambes et les pieds. Charlie allait deux fois moins vite que moi, et je lui vins en aide quand j'eus terminé de mon côté. Je venais d'en finir avec ses jambes lorsque j'entendis Morris crier. Je levai les yeux et le vis qui tombait.

Charlie et moi accourûmes sur la rive, tandis que Warm gagnait le centre du barrage, son lourd seau à la main. Il regardait la rivière, impuissant, et Charlie lui cria de se servir du bâton de Morris, resté planté dans le barrage, pour le sortir de là, mais Warm parut ne rien entendre. Il posa son seau à ses pieds, et le visage sombre, reculant d'un pas, il sauta dans les eaux empoisonnées et refit surface, Morris sous le bras. Ce dernier était inerte mais respirait encore, les yeux clos, sa bouche béante pleine d'eau.

Tandis qu'ils sortaient de la rivière, Charlie et moi nous approchâmes pour leur venir en aide, mais Warm nous cria de ne pas les toucher, et nous obtempérâmes. Ils s'allongèrent sur le sable, haletants, épuisés, et je me précipitai pour aller chercher la marmite d'eau et la rapporter sur la rive. J'aspergeai d'abord Morris, qui gémit, puis Warm qui me remercia. Bientôt la marmite fut vide mais les deux hommes avaient encore besoin d'être lavés, donc Charlie et moi les traînâmes en amont et les immergeâmes dans les eaux pures et peu profondes. J'allai chercher le savon et nous nous agenouillâmes avec eux pour les frotter et les rincer en leur disant que tout rentrerait bientôt dans l'ordre, mais ils souffraient de plus en plus. Ils se tordaient, se raidissaient et étaient pris de tremblements, comme s'ils étaient en train de brûler vifs, ce qui, je suppose, était le cas.

Nous les sortîmes de l'eau et je badigeonnai leurs visages et leurs crânes avec le reste du remède anesthésiant. Un voile grisâtre recouvrait leurs yeux, et Morris dit qu'il ne voyait plus rien. Puis Warm affirma à son tour qu'il était aveugle. Morris se mit à sangloter et Warm lui prit la main. Ils restèrent allongés là à pleurer, à geindre, à divaguer, puis soudain ils se mirent à hurler — tous les deux en même temps, comme si leurs douleurs étaient synchronisées. Je lançai à Charlie un regard discret signifiant, Que faut-il faire? Sans mot dire, il me répondit, Rien. Et il avait raison. À moins de les tuer, nous ne pouvions strictement rien pour eux.

Morris mourut à l'aube. Charlie et moi l'abandonnâmes sur la berge et transportâmes Warm dans la tente. Il délirait, et pendant que nous l'allongions sur son lit de camp, demandait, «Combien on a pris, Morris? Quelle heure est-il?» Charlie et moi ne lui répondîmes pas. Nous le laissâmes seul pour dormir ou mourir. Le ciel était bas et couvert et nous dormîmes près du feu jusque dans l'après-midi. Quand il se mit à bruiner, je m'assis et remarquai deux choses : premièrement, que le corps de Morris était raidi et exsangue et semblait aussi léger qu'un morceau de bois flotté ; et deuxièmement, que les castors étaient sortis de l'eau pour aller mourir sur la berge à quelques mètres du campement. Autrement dit, neuf castors morts gisaient alignés devant moi sur le sable. Ce spectacle avait quelque chose d'à la fois attrayant et repoussant, voire d'inquiétant. Les castors étaient couchés sur le ventre, les yeux fermés, leur chef au centre, légèrement en tête. Je les imaginai émergeant de l'eau en silence et avançant vers moi et mon frère tandis que nous dormions, et je frissonnai. Avaient-ils songé, dans leurs têtes de castors, à nous attaquer? À nous massacrer comme nous les avions massacrés avec nos maléfiques mixtures humaines? Dieu merci, je ne connaîtrais jamais la réponse à mes interrogations.

J'étais désolé que Morris fût mort si peu de temps après avoir décidé d'abandonner le Commodore et de changer de vie. Je me demandai s'il avait eu, durant ses derniers instants, le sentiment que sa fin était méritée, s'il avait regretté d'avoir quitté son poste, s'il était mort rongé par les scrupules et la déception. J'espérais que non, mais, songeant que cela avait probablement été le cas, j'éprouvai un élan de haine envers le Commodore pour l'influence que sa personne exerçait sur nos vies. Je le haïs comme je n'ai jamais haï personne, et pris en mon for intérieur une décision le concernant. Je ne me sentis pas mieux après avoir pris cette décision, mais je savais que ce serait le cas quelque jour prochain, de sorte que mon état s'apaisa dans l'immédiat, même si je regrettai amèrement au fond de moi que notre nuit de gloire partagée s'achevât si lamentablement.

Je me levai et examinai mes jambes. Quelques heures plus tôt, avant de m'endormir, j'avais eu peur de me réveiller et de les trouver couvertes d'ampoules purulentes, mais ce n'était pas le cas. Du milieu de la cuisse jusqu'aux pieds, ma peau semblait brûlée comme après un coup de soleil, et était chaude au toucher; je ressentais une gêne, mais mon état n'avait rien à voir avec celui que Morris avait connu, et je ne pensais pas qu'il allait empirer.

Charlie dormait sur le dos, les yeux grands ouverts. Son pénis en érection se dressait sous son pantalon, ce que je pris pour un signe de bonne santé, même si je fis semblant de ne rien voir. Je pensai, Qui sait sous quelle forme nous adviennent les bons présages ? Je soulevai le bas de son pantalon et vis que ses jambes étaient comme les miennes, rouges et lisses. En revanche, sa main était en très mauvais état ; ses doigts violets étaient si enflés qu'ils semblaient sur le point d'exploser. Je me sentis seul face à ce tableau, avec les castors et le corps de Morris autour de moi ; j'aurais voulu réveiller Charlie mais décidai qu'il était préférable de le laisser se reposer.

Soudain je me rappelai que je ne m'étais pas lavé les dents depuis San Francisco. Je remontai le courant, m'accroupis un peu plus loin au bord de l'eau, frottai ma langue, mes gencives et mes dents, avant de cracher la mousse à la surface de l'eau comme de la chevrotine. J'entendis la voix de Warm et regardai en direction de la tente. « Hermann ? » lançai-je, mais il ne dit rien de plus. Je me dirigeai vers les castors, les soulevai un par un les tenant par la queue, et les jetai dans l'eau au-delà du barrage. Ils étaient plus lourds que je ne l'aurais cru, et leurs queues avaient une texture qui rappelait plus un objet fabriqué par l'homme que l'appendice d'un être vivant. Charlie, à présent assis, me regardait faire. Malgré la singularité de ma tâche, il ne fit aucun commentaire, et avait, en vérité, l'air de s'ennuyer. Oubliant sa blessure, il leva les bras pour écraser une mouche entre ses mains qui tournait autour de son visage, et grimaça de douleur lorsque ses doigts s'entrechoquèrent. Je jetai dans l'eau le dernier castor et revins m'asseoir près de lui. Il essaya d'enlever son pansement de fortune, mais la chemise s'était collée et avait séché sur sa chair fondue, et des lambeaux de peau se détachèrent de ses doigts tandis qu'il tirait sur le tissu. Il n'avait pas l'air de souffrir — c'est-à-dire pas plus qu'il ne souffrait déjà —, mais il parut effrayé et dégoûté, tout comme moi d'ailleurs. Je lui dis qu'il fallait imbiber l'ensemble dans ce qui restait d'alcool avant d'enlever le pansement, et il me répondit qu'il préférait manger d'abord. Je nous préparai un petit-déjeuner avec du café et des haricots. J'apportai une assiette à Warm mais il dormait et je ne le réveillai pas. Son corps tout entier était violacé, et ses jambes étaient recouvertes d'ampoules qui avaient toutes éclaté, laissant sur sa peau un liquide jaunâtre. Ses orteils étaient noirs, et l'odeur de la mort planait autour de lui ; je pensai qu'il mourrait probablement avant le coucher du soleil. Lorsque je sortis de la tente, Charlie était en train de verser de l'alcool dans l'une des marmites de Warm ; dans une autre, qu'il avait placée sur le feu, une chemise en coton tremblotait dans l'eau bouillante. Il avait pris la chemise dans la sacoche de Morris, m'annonça-t-il en me regardant comme s'il s'attendait à ce que je lui adresse des reproches. Naturellement, je n'en fis rien. Il plongea sa main dans l'alcool, et une grosse veine en forme de Y surgit et palpita sur son front. Il aurait voulu hurler, mais resta silencieux ; lorsque la douleur s'atténua, il tendit sa main vers moi, et j'enlevai le pansement. La peau continuait à partir en lambeaux : d'après moi, sa main était condamnée. Charlie la regardait, sans mot dire. Je retirai la chemise de Morris de l'eau avec un bâton ; quand elle eût refroidi, j'en enveloppai la main de mon frère, en recouvrant les doigts cette fois, afin que nous ne les voyions plus et ne pensions plus à ce qu'ils signifiaient.

Je décidai d'enterrer Morris à l'écart de la rivière, là où le sable et la terre se mêlaient. Il me fallut plusieurs heures pour accomplir cette tâche, avec une pelle à manche court, que je pris dans les affaires de Warm. Je n'ai jamais compris pourquoi un tel outil existait, quand on peut utiliser sa cousine à manche long. Quoi qu'il en soit, creuser une tombe avec ce genre d'instrument fut une torture absolue. Charlie m'aida à traîner le corps sur la plage et à le jeter dans le trou. Le reste du temps, il resta pour l'essentiel assis dans son coin sauf quand il marcha à deux reprises le long de la rivière en remontant le courant, et que je le perdis de vue. Je ne lui fis aucune remarque, mais il demeura à mes côtés tandis que je rebouchais le trou.

Nous détenions toujours le journal de Morris (pourquoi ne le lui avions-nous pas rendu tant qu'il était vivant ? Nous n'y avions pas pensé, voilà tout), et je n'arrivai pas à décider si je devais ou non l'enterrer avec lui. Je demandai à Charlie son avis, mais il me dit qu'il n'en avait pas. Pour finir, je décidai de garder le cahier, me disant que cette histoire était unique, et qu'il valait mieux conserver ces mots afin de pouvoir les partager. Le corps recroquevillé de Morris au fond du trou faisait peine à voir : sale, violet, infâme. Ce n'était plus Morris, mais je m'adressai à la chose comme s'il s'était bien agi de lui, disant, «Je suis désolé, Morris, je sais que vous auriez préféré une cérémonie plus raffinée. Votre courage nous a impressionnés, mon frère et moi, et, pour autant que cela signifie quelque chose, vous avez droit à notre respect à tous deux.» Mon discours laissa Charlie de marbre. Je n'étais pas sûr qu'il l'eût écouté, de toute façon. J'avais peur d'y avoir mis trop d'emphase. Je n'avais pas l'habitude de parler en public, cela va sans dire. Je me souvins de la *bomboniera,* que la comptable de Mayfield m'avait donnée, et la sortis de la poche de mon manteau pour la jeter dans le trou avec Morris : un beau geste, de mon point de vue. Elle vint s'étaler sur sa poitrine, brillante, bleue, et délicate. Je demandai à Charlie s'il fallait mettre une croix pour indiquer la tombe et il me répondit de poser la question à Warm. Dans la tente, Warm était réveillé et plus ou moins conscient. «Hermann», dis-je. Ses yeux couverts d'un voile blanc clignèrent, et «regardèrent» dans ma direction. «Qui est là ? demanda-t-il.

— C'est Eli. Comment vous sentez-vous ? Je suis heureux d'entendre votre voix.

— Où est Morris ?

— Morris est mort. Nous l'avons enterré en amont de la rivière. Pensez-vous que nous devrions poser une croix, ou bien laisser sa tombe comme ça ?

— Morris… est mort ?» Il se mit à secouer la tête et à sangloter en silence. Je sortis de la tente.

«Alors ? dit Charlie.

— Je lui demanderai plus tard.»

J'en avais assez de voir des hommes pleurer.

Nous rassemblâmes toute la récolte en or, ce qui représentait un seau presque entier entre ce que nous avions pris à nous quatre, et ce que Morris et Warm avaient ramassé précédemment. Il y avait là une fortune, et je pouvais à peine soulever le seau tout seul. Je demandai à Charlie de le soupeser, mais il me répondit qu'il n'en avait pas envie. Je lui dis que c'était très lourd, et il me répondit qu'il n'en doutait pas.

Dans un élan de pragmatisme, et songeant malgré moi à l'avenir, j'inspectai le cheval de Morris. C'était un animal solide, et avec un petit pincement de culpabilité, je posai ma selle sur son dos et le montai dans les eaux peu profondes de la rivière. Il était facile, et avait quelque chose d'élégant. Je ne ressentais rien de particulier pour lui, mais me dis que cela viendrait avec le temps. Je le conquerrais avec la gentillesse, le sucre et la confiance. « Je vais adopter le cheval de Morris, dis-je à Charlie.

— Ah », répondit-il.

Warm était trop mal en point pour être transporté, et de toute façon, je ne crois pas qu'il aurait pu être sauvé. Il était à peine conscient de ma présence, mais malgré tout je ne voulais pas le laisser mourir seul. Charlie souleva le fait que nous ne connaissions pas la recette de la solution, et je lui répondis que je le savais pertinemment, mais que voulait-il que nous fassions ? Que nous torturions un homme à l'agonie afin de lui soutirer les instructions et la liste détaillée des ingrédients ? D'une voix grave, il dit, « Ne me parle pas comme ça, Eli. J'ai perdu la main avec laquelle je travaille, dans cette histoire. Je ne fais que te dire ce qui me traverse l'esprit. Après tout, Warm voudra peut-être nous transmettre la formule. » Il regardait ailleurs en me parlant, et je ne l'avais jamais entendu s'exprimer de cette façon, même pas lorsque nous étions petits garçons. En fait, à l'entendre, je trouvais qu'il me ressemblait. Il n'avait jamais connu la peur avant, en tout cas, pas que je m'en souvienne, mais à présent c'était le cas, et il ne savait ni ce que cela signifiait, ni comment l'appréhender. Je lui dis que je regrettais de lui être tombé dessus à propos de la formule, et il accepta mes excuses. Warm cria mon nom, et Charlie et moi pénétrâmes dans sa tente. « Oui, Hermann ? » dis-je.

Il était couché sur le dos, et ses yeux regardaient en l'air. Sa poitrine se soulevait et s'affaissait péniblement, et ses poumons sifflaient à chacune de ses laborieuses respirations. Il me dit, « Je suis prêt à vous dicter l'épitaphe de Morris. » J'allai chercher du papier et un crayon, m'agenouillai près de lui et lui fis signe que j'étais prêt. Il hocha la tête, s'éclaircit la gorge et cracha en l'air un gros graillon qui décrivit un charmant arc de cercle avant d'atterrir au beau milieu de son front. Je crois qu'il ne le remarqua pas, à moins qu'il n'en eût cure. En tout cas, il ne l'essuya pas ni ne demanda qu'on le fît et se mit à dicter : «Ci-gît Morris, un homme bon, et un ami. Bien que sachant apprécier toutes les délicatesses que compte la vie civilisée, jamais il ne renâcla face à l'aventure ou au dur labeur. Il est mort en homme libre, ce dont peu d'hommes peuvent se prévaloir. La plupart restent prisonniers de leur propre peur et de leur stupidité, et ne savent pas regarder en face ce qui ne va pas dans leur vie. Ils poursuivent leur existence, insatisfaits, sans jamais chercher à comprendre pourquoi, ni comment, ils pourraient améliorer leur quotidien, et meurent le cœur sec et anémié. Et leurs souvenirs ne valent pas un sou, vous verrez ce que je veux dire. La plupart des gens sont des imbéciles, en vérité, mais Morris n'était pas de ceux-là. Il aurait dû vivre plus longtemps. Il avait encore à donner. Et, si Dieu existe, c'est un fils de pute.» Warm marqua une pause. Il cracha à nouveau, mais cette fois par terre, à côté de lui. «Dieu n'existe pas», dit-il et il ferma les yeux. Je ne savais pas s'il souhaitait que cette dernière phrase figurât sur l'épitaphe, et je ne lui posai pas la question, car je n'avais nullement l'intention de noter ce discours : il me semblait évident qu'il n'avait plus tous ses esprits. Néanmoins, je promis à Warm d'inscrire ses propos sur la tombe de Morris exactement comme il les avait dictés, et je crois que cela le consola. Il nous remercia, Charlie et moi, et nous quittâmes la tente pour nous asseoir près du feu. Se saisissant du poignet de sa main blessée, Charlie dit, « Tu crois qu'on peut y aller maintenant ? »

Je secouai la tête. « Nous ne pouvons pas laisser Warm mourir seul.

— Cela pourrait lui prendre des jours pour mourir.

— Eh bien, nous resterons des jours, s'il le faut. »

Nous n'en dîmes pas davantage à ce sujet, et ce fut à partir de là que notre lien fraternel se renouvela : Charlie allait cesser d'être celui qui marchait toujours loin devant, et moi celui qui suivait tant bien que mal derrière. Ce qui ne veut pas dire que les rôles furent inversés mais que, tout simplement, ils ont été anéantis. Depuis ce jour, nous nous sommes montrés — et nous nous montrons encore aujourd'hui — très vigilants quant à notre relation, de peur, pour chacun de nous deux, de froisser l'autre. Quant à notre précédent mode de fonctionnement, je ne saurais dire pourquoi il disparut soudain, pourquoi il s'éteignit brusquement, comme la flamme d'une bougie qu'on souffle. Naturellement, dès cet instant, j'éprouvai une certaine nostalgie de nos rapports antérieurs, au moins en théorie ou par pur sentimentalisme. Mais la question ne cesse de me tarauder : qu'est devenu mon intrépide frère ? Je ne saurais donner de réponse, je sais seulement qu'il n'est plus là et qu'il n'est pas encore revenu.

Il s'avéra que nous n'eûmes pas à attendre des jours pour voir mourir Warm, mais seulement quelques heures. La nuit était tombée et Charlie et moi étions paresseusement vautrés près du feu, lorsque nous entendîmes Warm dire, dans un filet de voix, « Y a quelqu'un ? » Charlie ayant refusé d'y aller, j'entrai seul dans la tente.

La dernière heure de Warm avait sonné. Il le savait, et il avait peur. Va-t-il devenir croyant pour passer de l'autre côté, et implorer Dieu de l'envoyer au paradis ? me demandai-je. Mais non, l'homme était trop sincèrement incroyant pour souscrire à une lâcheté de dernière minute. Il ne désirait pas me parler, mais demandait à voir Morris, car il avait oublié que ce dernier était mort.

« Pourquoi n'est-il pas là ? croassa-t-il

— Il est mort ce matin, Hermann, vous ne vous en souvenez pas ?

— Morris ? Il est mort ? » Son front se plissa et sous l'effet de l'angoisse sa bouche s'ouvrit et se figea ; j'entrevis ses gencives ensanglantées. Il se détourna en respirant par à-coups, comme si ses poumons étaient obstrués. Je bougeai les pieds et il se retourna vers le son en demandant, « Qui est là ? C'est Morris ? »

Je lui répondis, « Oui, c'est Morris.

— Oh, Morris ! Où étais-tu tout ce temps ? » Il avait l'air si profondément soulagé et touché, que l'émotion me serra la gorge.

« Je ramassais du bois pour le feu. »

Warm, ragaillardi : «Comment ça? Du bois pour le feu? Pour nous ravitailler en combustible? Bonne idée. Nous ferons un feu de joie ce soir, pour éclairer toute l'opération. Ce sera parfait pour nous y retrouver dans tous nos seaux d'or, hein?

— Ce sera parfait, acquiesçai-je.

— Et les autres? s'enquit-il. Où sont-ils partis? J'ai remarqué que ce Charlie n'aime pas trop travailler.

— Non, il préfère observer les autres.

— La propreté, ce n'est pas son truc, hein?

— Non.

— Mais en fin de compte, c'est un brave homme, tu ne peux pas dire le contraire.

— C'est un brave homme, Hermann, tu as raison.

— Et l'autre, Eli, où est-il?

— Il est là dehors, quelque part.

— Il fait des rondes? Il veille sur le campement?

— Il est dehors dans le noir.»

Baissant la voix, il chuchota, «Eh bien, je ne sais pas ce que tu en penses, mais je l'aime vraiment bien, celui-là, maintenant.

— Oui, et je sais qu'il t'aime bien aussi, Hermann.

— Quoi?

408

— Je dis que je sais qu'il t'aime bien aussi.

— Est-ce que j'entends de la jalousie dans ta voix ?

— Non !

— Je suis très flatté ! Tous ces hommes qui m'entourent à présent, qui sont des gens bien et honorables. Je me suis senti tellement rejeté, et pendant si longtemps. » À ces mots, ses lèvres s'incurvèrent sous l'effet d'une tristesse douce-amère et il ferma les yeux. Des larmes perlèrent au coin de ses paupières closes, et je les essuyai avec mes pouces. Après quoi Warm garda les yeux fermés, pour ne plus les rouvrir. Il dit, « Morris, si je ne passe pas la nuit, je veux que tu continues avec la solution.

— Ne pensons pas à ça. Tu devrais te reposer pour le moment.

— Je me suis dit que si tu enduisais ta peau de graisse de porc avant de pénétrer dans l'eau, cela limiterait sans doute les dégâts.

— Très bonne idée, Hermann. »

Il suffoqua. Puis dit, « J'ai l'impression que nous nous connaissons depuis longtemps.

— Moi aussi.

— Et je regrette vraiment que tu aies dû mourir avant.

— Ça va mieux à présent.

— Je voulais t'aider. Je pensais qu'on pourrait être amis.

— Nous sommes amis.

— Je suis, dit-il, je suis. » Il ouvrit grand la bouche et un son étrange sortit de ses entrailles, comme si quelque chose en lui s'était brisé. De quoi s'agissait-il ? Je ne crois pas qu'il ait souffert, car il n'a pas poussé de cri de douleur. Je posai ma main sur sa poitrine et sentis son cœur palpiter. Une bouffée d'air s'échappa de sa bouche, son corps eut un sursaut puis il redevint immobile, et le temps s'arrêta pour Hermann Kermit Warm. Son bras droit tomba du lit de camp, et je le remis en place. Lorsqu'il tomba à nouveau je le laissai là où il était, et sortis de la tente. Charlie était toujours assis près du feu. Tout le reste était comme avant, à l'exception d'un détail d'importance.

Une demi-douzaine d'Indiens étaient à présent en train de parcourir notre campement. Ils fouillaient dans nos sacs et examinaient nos chevaux et nos mulets, à la recherche de tout objet de valeur. À l'instant où je sortis de la tente, un Indien qui tenait un fusil me fit signe du canon de son arme de m'asseoir près de Charlie, ce que je fis. Ni mon frère ni moi n'étions armés, puisque nous avions laissé nos ceinturons roulés sous nos selles posées par terre, comme nous en avions l'habitude lorsque nous bivouaquions. Mais même si Charlie avait été armé, je ne sais pas s'il aurait réussi à dégainer. Il resta assis, à l'écart, à regarder les flammes, en jetant de temps à autre un regard à nos visiteurs, mais sans la moindre intention de les affronter.

Le seau d'or était posé entre nous, et je pense qu'il serait passé inaperçu si Charlie n'avait pas essayé de le dissimuler sous son chapeau, ce qui éveilla les soupçons de l'Indien au fusil qui s'avança vers nous et envoya valdinguer le chapeau. Son expression était grave, et il ne sourcilla pas lorsqu'il vit le contenu du seau, qu'il trouva néanmoins suffisamment intéressant pour appeler ses congénères et leur dire d'abandonner leurs recherches. Tous s'accroupirent alors autour du feu pour observer ce qu'il y avait à l'intérieur du seau. L'un d'entre eux éclata de rire, ce que les autres n'apprécièrent guère, et ils lui demandèrent, sauf erreur de ma part, de se tenir tranquille. Un autre me regarda et m'interpella avec brusquerie. Je crus qu'il me demandait où nous avions trouvé tout cet or, et je lui montrai du doigt la rivière ; il me jeta un regard méprisant. Ils déversèrent en parts égales le contenu du seau dans des sacs en peau de veau. Après quoi, ils se levèrent et entamèrent une conversation des plus sérieuses, en nous désignant tour à tour, Charlie et moi. L'Indien au fusil pénétra dans la tente de Warm et tressaillit. À y repenser à présent, cette réaction n'était pas digne d'un Indien. Mais c'est pourtant exactement ce qu'il fit. Il tressaillit comme une vieille femme et se précipita hors de la tente en trébuchant, les mains sur la bouche et les yeux écarquillés d'horreur. Il fit signe aux siens de reculer vers la rivière, et leur décrivit ce qu'il venait de voir. Ils firent demi-tour tous ensemble et disparurent dans la pénombre. Je trouvai curieux qu'ils ne nous aient pas pris nos pistolets, nos chevaux ou nos vies, mais ils devaient nous tenir pour des pestiférés ou des lépreux. Ou peut-être avaient-ils décidé que l'or était un trésor suffisant.

« Warm est mort, dis-je à Charlie.

— Je vais dormir », dit-il.

Et vous savez quoi? C'est exactement ce qu'il fit.

J'enterrai Warm le lendemain matin, sans l'aide de Charlie, même si une fois encore il me gratifia de sa présence irascible au moment de mettre le corps en terre. L'unique sac de Warm était rempli de journaux et de papiers, et je les parcourus à la recherche de la recette de la solution, mais ne pus quasiment rien comprendre à ce qu'il avait griffonné, non parce que j'ignorais la science et la chimie, mais parce que l'écriture de l'homme était illisible. Je finis par abandonner, et posai le tout sur sa poitrine avant de recouvrir le cadavre de sable et de terre. Je m'abstins de faire un discours cette fois, et décidai de ne pas mettre de croix sur les deux tombes qui étaient côte à côte, ce que j'ai depuis regretté de ne pas avoir fait pour que demeure une sorte de trace de l'amitié qui les avait unis aussi bien que de ce qu'ils avaient accompli sur le site de la rivière. Mais je me sentais mélancolique, obscurément maudit par le sort et prisonnier, et je ne voulais qu'une seule chose : quitter cet endroit ; ainsi, dès que j'eus fini d'enterrer Warm, Charlie et moi montâmes à cheval et partîmes, abandonnant la tente et le feu encore allumé derrière nous. Je me retournai pour regarder le campement et songeai, Jamais je ne serai un meneur d'hommes, et je n'ai aucune envie de l'être ; mais je ne souhaite pas non plus être mené. Je veux rester maître de moi-même. Afin qu'ils ne meurent pas de faim, j'avais détaché le cheval de Warm et les mulets. Le cheval ne bougea pas mais les mulets se mirent à nous suivre. Je tirai en l'air pour les disperser, et ils s'enfuirent vers la rivière. Ils ne portaient rien sur le dos et n'avaient aucun marquage, et leurs jambes courtaudes s'agitaient d'avant en arrière à une telle vitesse que je fus traversé d'une impression d'irréalité.

Nous prîmes la direction du nord-ouest et arrivâmes à Mayfield trois jours plus tard. Au cours du voyage, Charlie et moi échangeâmes peu de mots, même si, lorsque nous parlions, nous restions courtois et aimables l'un envers l'autre. Je crois qu'il se demandait qui il allait devenir ; et, d'une certaine manière, je me posais la même question. En repensant aux jours qui venaient de passer, je songeai, Si je dois effectivement m'arrêter de travailler pour le Commodore, autant tirer ma révérence à l'occasion de cette affaire ô combien spectaculaire. Je décidai de rendre visite à ma mère dès que je le pourrais, si elle était toujours en vie ; et je connus avec elle de nombreuses réconciliations imaginaires, qui, toutes, s'achevaient sur le geste de son bras tordu venant ceindre mon cou pour m'embrasser, juste sous l'œil, à la limite de la barbe. Ces pensées m'apaisèrent, et le voyage jusqu'à Mayfield, malgré nos récentes difficultés, fut aussi agréable que possible. À mi-chemin, je dis à Charlie, «De toute façon, ta main gauche est plus rapide que la main droite de la plupart des hommes.

— La plupart, mais pas tous», répondit-il, et le silence retomba.

Je me sentais partagé par rapport aux Indiens qui avaient volé notre or. Il semblait normal, en quelque sorte, que nous ne possédions plus ces richesses. N'avais-je pas éprouvé une pointe de remords lorsque j'avais soulevé ce seau? Mais je ne crois pas que j'aurais été capable de philosopher avec un tel détachement si un autre tas d'or ne nous avait pas attendus sous le poêle à Mayfield, une somme qui représentait pour moi la possibilité de changer tout ce que je désirais dans ma vie. C'est pourquoi, lorsque je sentis une odeur de fumée alors que nous étions à deux ou trois kilomètres de la ville, je fus pris d'une terrible appréhension. Tandis que Charlie et moi nous approchions de l'hôtel, je passai de l'inquiétude à la colère, pour finir par me résigner, accablé. L'hôtel n'était plus qu'un tas de ruines, de même que les bâtiments adjacents; je repérai dans les décombres le poêle renversé. J'enjambai les poutres carbonisées, sachant que notre trésor avait disparu, et lorsque j'en eus l'indubitable confirmation, je retournai vers Charlie, qui était resté à cheval au milieu de la route inondée de soleil. «Rien, lançai-je.

— À boire», lança-t-il en retour, la réponse la plus sensée et réfléchie que je l'aie jamais entendu prononcer. Cependant, maintenant que l'hôtel n'était plus, il n'y avait aucun endroit où boire un verre, où s'asseoir et s'enivrer, et nous dûmes acheter une bouteille d'eau-de-vie chez l'apothicaire et la vider en pleine rue, tels de vulgaires vauriens.

Nous nous assîmes sur le trottoir en face des décombres de l'hôtel, et restâmes là à les observer. L'incendie était éteint depuis plusieurs jours, mais des volutes de fumée continuaient à s'élever en serpentant ici et là. Lorsque nous eûmes bu la moitié de la bouteille, Charlie demanda, «Tu crois que c'est Mayfield qui a fait le coup?

— Qui d'autre?

— Il a dû rester, se cacher, et attendre que nous partions. On dirait bien que c'est lui qui a eu le dernier mot.» J'acquiesçai et Charlie dit, «Je me demande où est ta bonne amie.

— Je n'y avais pas pensé.» Ce qui m'étonna d'emblée puis me parut être dans l'ordre des choses.

Quelqu'un arrivait sur la route; je reconnus l'homme en pleurs. Il menait son cheval, les joues ruisselantes de larmes, selon sa coutume. Il ne nous vit pas, ou ne nous reconnut pas; il était en train de se parler à lui-même à voix basse, l'air dévasté au dernier degré quand sa présence m'exaspéra soudain au plus haut point. Je ramassai une pierre et la lui jetai. Elle l'atteignit à l'épaule, et il me regarda. «Vat'en!» dis-je. Je ne saurais dire d'où me venait pour lui pareil élan de haine. Comme si j'avais voulu chasser une corneille d'un cadavre. Bon, j'étais ivre.

L'homme en pleurs poursuivit sa misérable route. «Je ne sais pas quoi faire maintenant, avouai-je à Charlie.

— Mieux vaut ne pas y penser pour le moment», me conseilla-t-il. Puis, abasourdi, il ajouta, «Tiens donc, regarde, voilà l'amour de ma vie.» Sa putain s'acheminait vers nous. «Bonjour, machinette», dit-il joyeusement. Elle se tenait devant nous, les mains tremblantes, débraillée, le bas de sa robe sale, les yeux rougis. Elle lança son bras en arrière et me jeta quelque chose à la figure. Il s'agissait des cent dollars que je lui avais laissés pour la comptable. Je regardai l'argent sur le sol et me mis à rire, même si je savais que cela signifiait que ma douce amie était morte. C'est donc que je n'ai pas dû aimer cette femme, pensai-je. J'ai dû aimer l'idée qu'elle m'aime, et l'idée de ne pas être seul. En tout cas, je n'éprouvais aucune tristesse, et levant les yeux vers le visage affligé de la fille, je lançai, «Et alors?» Elle lâcha un crachat et s'éloigna. Je ramassai les pièces par terre et donnai à Charlie cinquante dollars qu'il glissa dans sa botte, en soulevant délicatement son petit doigt vers le ciel. Je mis ma part également dans ma botte, et nous éclatâmes tous deux de rire, comme si la scène était le summum du comique contemporain.

Nous étions assis par terre à présent, la bouteille presque vide. Je crois que nous nous serions endormis en pleine rue si la putain de Charlie n'était pas revenue avec toutes les autres filles. Elles s'étaient massées autour de nous et nous regardaient, scandalisées. Maintenant que Mayfield n'était plus là et que l'hôtel n'existait plus, elles vivaient toutes des moments difficiles: leurs cheveux n'étaient plus parfumés, et leurs robes n'étaient plus soigneusement repassées. Elles ouvrirent les hostilités en nous lançant des remarques désagréables.

«Regardez-les, ces deux-là.

— Par terre, comme ça.

— Vous avez vu son ventre, au gros?

— On dirait que l'autre s'est blessé à la main.

— Il pourra plus zigouiller les palefreniers.»

Dans le vacarme général, Charlie me glissa, déconcerté, «Pourquoi elles nous en veulent?

— Nous avons chassé leur patron, tu te souviens?», et, m'adressant aux filles, je dis, «Mais nous n'avons pas mis le feu à l'hôtel, c'est Mayfield qui a fait le coup. Du moins, c'est ce que je crois. En tout cas je suis sûr que ce n'est pas nous.» Ces mots ne réussirent qu'à attiser leur colère.

«Ne nous parle pas de Mayfield!

— Mayfield n'était pas si méchant!

— Il nous payait au moins, non?

— Il nous donnait un toit pour dormir, non?

— C'était peut-être un salaud, mais pas autant que vous.

— Vous, vous êtes de vrais salopards.

— Ah, ça c'est bien vrai, tiens.

— Qu'est-ce qu'on va en faire, de ces salopards ?

— Salopards !

— On va leur régler leur compte ! »

Elles se jetèrent alors sur nous et nous plaquèrent au sol. À travers le mur de corps j'entendais Charlie rire, et je trouvais cela drôle aussi, au début, mais mon amusement céda bientôt la place à la contrariété lorsque je me rendis compte que je ne pouvais plus bouger, et que des mains baladeuses étaient en train de vider mes poches de tout l'argent qu'elles contenaient. Charlie et moi commençâmes alors à nous défendre et à vitupérer contre les filles, mais plus nous nous débattions et plus elles semblaient prendre le dessus. Lorsque j'entendis Charlie hurler de douleur, je paniquai pour de bon : sa putain était en train d'enfoncer son talon dans sa main blessée, alors je mordis la fille la plus proche de moi à travers sa robe, enfonçant mes dents dans les répugnants bourrelets de son ventre. Fulminant, elle se saisit de mon pistolet et le pointa sur ma tête juste au-dessus de mon sourcil. Je m'immobilisai, silencieux, et la haine était si intense dans ses yeux que je m'attendais à tout moment à voir l'éclair blanc surgir du trou noir et sans fond du canon de l'arme. Mais rien de tel ne se produisit, et les putains, assouvies, nous laissèrent là, sans un mot, emmenant avec elles nos pistolets et notre argent, à l'exception des cent dollars que nous avions glissés dans nos bottes, où, par chance, elles n'avaient pas pensé à regarder.

INTERMÈDE II

Je m'endormis par terre en plein soleil dans la ville de Mayfield à moitié morte. Je me réveillai au crépuscule, et la petite fille étrange que j'avais rencontrée lors de mon dernier passage se tenait devant moi. Elle portait une nouvelle robe, et ses cheveux frais lavés étaient maintenus par un gros nœud rouge. Les mains délicatement croisées devant sa poitrine, elle avait l'air d'attendre quelque chose avec appréhension. Elle regardait Charlie, qui était à côté de moi. «C'est toi», dis-je. Elle me fit signe de me taire, puis désigna du doigt mon frère, qui tenait une cruche en verre pleine d'eau au fond de laquelle tourbillonnait une poussière noire. Je m'aperçus que la petite fille avait des traces de poison sur la main, comme la dernière fois. Charlie porta la cruche à sa bouche, mais d'un geste je l'envoyai valser, et elle atterrit dans une flaque de boue sans se briser. L'eau se répandit par terre, et la fillette me jeta un regard menaçant. «Pourquoi avez-vous fait ça?»

Je dis, « Je voulais te parler de ce que tu m'as raconté l'autre fois. »

Elle regarda distraitement la cruche, et demanda, « De quoi vous ai-je parlé la dernière fois ?

— Tu as dit que j'étais un homme protégé, tu te souviens ?

— Je m'en souviens.

— Peux-tu s'il te plaît me dire si je le suis toujours ? »

Elle me regarda, et je savais qu'elle connaissait la réponse, mais qu'elle n'allait pas parler.

« À quel point suis-je protégé ? insistai-je. Est-ce que ce sera toujours le cas ? »

Elle ouvrit la bouche et la referma. Elle secoua la tête. « Je ne vous le dirai pas. » Le bas de sa robe tournoya autour d'elle telle une roue alors qu'elle faisait demi-tour, puis elle s'éloigna. Je cherchai un caillou à lui lancer, mais je n'en trouvai aucun à portée de main. Charlie regardait toujours la cruche, dans la boue. « J'ai terriblement soif, dit-il.

— Elle voulait te tuer, lui dis-je.

— Quoi, elle ?

— Je l'ai vue empoisonner un chien.

— Cette jolie petite. Pourquoi diantre ferait-elle une chose pareille ?

— Par pure méchanceté, je crois. »

Charlie scruta le ciel, qui s'empourprait. Il laissa tomber sa tête à la renverse, ferma les yeux et dit, « Et qu'est-ce qui nous attend maintenant ? » Puis il rit. Une minute ou deux ne s'étaient pas écoulées qu'il dormait.

FIN DE L'INTERMÈDE

Un docteur amputa la main de Charlie à Jacksonville. Entre-temps, la douleur s'était atténuée, mais sa chair avait commencé à se gangréner, et il n'y avait d'autre recours que de l'enlever. Le docteur, du nom de Crane, était un homme âgé, quoique calme et agile. Il portait une rose à la boutonnière, et il me parut d'emblée être un homme de principe. C'est ainsi que lorsque je lui fis part de nos difficultés financières, il balaya ma remarque d'un geste, comme si cette question d'argent lui importait peu. Lorsque Charlie sortit une bouteille d'eau-de-vie en disant qu'il voulait se griser avant l'opération, le docteur s'y opposa, expliquant que l'alcool provoquerait des saignements excessifs. Mais Charlie rétorqua qu'il s'en moquait, qu'il agirait à sa guise et que rien au monde ne pourrait le dissuader de faire ce dont il avait envie. Finalement je pris Crane à part et lui suggérai de donner à Charlie l'anesthésiant sans lui dire ce que c'était. Il comprit mon subterfuge, et après avoir endormi mon frère, tout se déroula aussi bien que possible. Crane opéra à la lueur des bougies, dans son propre salon.

La gangrène s'était propagée au-delà du poignet, et Crane dut couper au milieu de l'avant-bras avec une scie à grandes dents spécialement fabriquée, précisa-t-il, pour trancher les os. Lorsqu'il eut terminé, son front luisait de transpiration, et il se brûla par mégarde à la lame, qui avait chauffé. Il avait pris soin d'installer un seau pour que la main et le poignet y tombent, mais ils atterrirent par terre, car il l'avait mal positionné. Il ne prit pas la peine de s'interrompre pour ramasser, tant il était affairé à s'occuper de ce qui restait de Charlie, et je traversai la pièce pour le faire moi-même. C'était étonnamment léger ; le sang coulait de la main, que j'attrapai par le poignet et soulevai au-dessus du seau. Je n'aurais jamais touché ainsi le bras de Charlie s'il avait été attaché au reste de son corps, et j'en rougis, tant la sensation me fut étrange. Je passai mon pouce sur les poils noirs et rugueux. Je me sentis à ce moment très proche de mon frère. Je déposai la main debout dans le seau, que je portai hors de la chambre, car je ne voulais pas qu'il le voie à son réveil. Après l'intervention, alors que Charlie était allongé sur un grand lit de camp au milieu du salon, bandé et drogué, Crane m'encouragea à aller prendre l'air, en m'expliquant qu'il faudrait encore plusieurs heures avant que Charlie reprenne conscience. Je le remerciai et partis. Je marchai jusqu'aux limites de la ville, pour me rendre au restaurant dans lequel j'étais allé lors de mon dernier passage. Je m'installai à la même table et fus servi par le même garçon, qui me reconnut et me demanda sur un ton ironique si je revenais pour un plat de carottes et de fanes. Mais après avoir assisté à l'opération, et le pantalon encore maculé des taches du sang de mon frère, je n'avais pas faim le moins du monde, et lui demandai juste un verre de bière. «Vous ne mangez plus du tout?» dit-il en gloussant dans sa moustache. Son outrecuidance m'offensa, et je lui dis, «Je m'appelle Eli Sisters, fils de putain, et je vais te fumer sur-le-champ si tu ne te dépêches pas un peu de m'apporter ce que je viens de te demander.» Le garçon cessa immédiatement de me regarder avec effronterie et afficha dès lors à mon endroit un respect précautionneux ; sa main tremblait, même, lorsqu'il posa devant moi mon verre de bière. Cela ne me ressemblait pas du tout, de m'en prendre à quelqu'un de façon aussi vulgaire ; et plus tard, en sortant du restaurant, je songeai qu'il fallait que je réapprenne le calme et la paix. Je me dis, Je vais me reposer pendant une année entière. Telle était ma décision, et je suis très heureux de pouvoir dire que je l'ai mise en œuvre, et que je me suis délecté de ces douze mois passés à me reposer, à réfléchir et à retrouver tranquillité et sérénité. Mais avant que cette vie de rêve ne devienne réalité, je savais que j'avais encore une affaire à régler, et tout seul.

Il était dix heures du soir lorsque nous arrivâmes enfin à notre cabane, à l'extérieur d'Oregon City. Je trouvai la porte défoncée. Nos meubles étaient sens dessus dessous, ou fracassés ; j'allai dans la pièce du fond et ne fus pas surpris de découvrir que l'argent caché derrière le miroir avait disparu. Nous avions dissimulé pour plus de deux mille deux cents dollars dans le mur, mais il ne restait plus rien à présent, si ce n'est une feuille de papier, que je pris, et sur laquelle je lus :

Cher Charlie,

Je suis un salaud. J'ai pris tous tes $. Je suis ivre mais je ne crois pas que je te les rendrai quand j'aurai dessaoulé. J'ai également pris les $ de ton frère, et je suis désolé, Eli, je t'ai toujours aimé, sauf quand tu me regardais de travers. Je vais partir loin avec ces $. Vous pourrez toujours essayer de me retrouver, bonne chance. De toute façon, vous en gagnerez beaucoup *d'autres, vous avez toujours su gagner de l'argent. Je sais que c'est une drôle de façon de dire au revoir, mais j'ai toujours été comme ça, et je ne m'en voudrai même pas, après. Quelque chose ne tourne pas rond en moi. Je ne sais si c'est dans mon sang ou dans ma tête, mais en tout cas, dans ce qui me permet de prendre des décisions.*

Rex

Je pliai le mot et le replaçai dans le renfoncement. Le miroir était brisé sur le sol, et je poussai les éclats du bout de ma botte. Je ne pensais à rien ; j'attendais qu'une idée ou un sentiment me viennent. Mais rien ne se produisit, et je sortis pour aider Charlie à descendre de Nimble. Crane lui avait donné un flacon de morphine, et il était resté en état de léthargie pendant presque tout le voyage. J'avais même dû l'attacher à Nimble à plusieurs reprises, et le tirer au bout d'une corde derrière moi. Il s'était réveillé brutalement à plusieurs reprises en se rendant compte que sa main n'était plus attachée à son bras. C'était quelque chose qu'il oubliait constamment ; lorsqu'il s'en souvenait, il sombrait dans les affres du désespoir.

Je l'accompagnai dans sa chambre et il s'allongea tant bien que mal sur son matelas saccagé. Avant qu'il ne s'endorme, je lui dis que je sortais, et il ne me demanda même pas où j'allais. Il fit claquer sa langue et leva son moignon bandé pour me saluer. Je le laissai à son sommeil narcotique, et restai un moment à l'entrée de notre maison pour faire l'inventaire de nos maigres possessions. Je n'avais jamais tellement aimé l'endroit. Tandis que je parcourais du regard les couchages tachés de vin et les assiettes et les tasses ébréchées, je sus que je ne dormirais plus jamais ici. Il fallait une heure pour aller en ville à cheval. Je me sentais résolu, disponible et concentré. Je voyageais depuis plusieurs jours, mais je n'étais pas le moins du monde fatigué. J'étais en pleine possession de mes moyens, et n'avais peur de rien.

Seules les pièces du dernier étage du manoir du Commodore étaient à demi éclairées. La lune était haute dans le ciel et brillait, et je me cachai sous les larges branches d'un vieux cèdre qui bordait la grande propriété. Je vis une jeune servante sortir à l'arrière de la demeure, un baquet vide sous le bras. Elle était contrariée pour une raison ou pour une autre et jurait entre ses dents tout en se dirigeant vers sa cabane, qui était séparée de la maison principale, J'attendis un quart d'heure qu'elle en ressorte ; ne la voyant pas apparaître, je traversai le jardin courbé en deux en direction du manoir. Elle avait omis de verrouiller la porte de derrière, et je pénétrai dans la cuisine calme, fraîche et bien rangée. Qu'avait fait le Commodore à cette fille ? Je regardai à nouveau sa cabane ; tout était paisible, et rien n'avait changé, si ce n'est qu'elle avait allumé une bougie blanche et l'avait placée à la fenêtre.

Je grimpai les escaliers recouverts de tapis et me postai devant les appartements du Commodore. Par la porte je l'entendais vitupérer contre quelqu'un. Je ne savais pas de qui il s'agissait, car l'homme ne faisait que marmonner des excuses, et je ne reconnaissais pas sa voix. Je ne parvenais pas non plus à

435

savoir ce qu'il avait fait de mal. Lorsque le Commodore en eut fini avec lui, l'homme s'apprêta à quitter la pièce. Ses pas se rapprochèrent, et je me collai contre le mur, juste à côté de la porte. Je n'avais pas de pistolet, mais seulement une petite lame émoussée que je pris dans la main ; la porte s'ouvrit alors et l'homme descendit les escaliers sans même remarquer ma présence. Il sortit par-derrière et je me glissai jusqu'à une fenêtre au bout du couloir, pour voir où il allait. Je le vis entrer dans la cabane de la servante ; il apparut à la fenêtre et lança un regard amer vers le manoir. Caché dans l'ombre, je vis à ses yeux que c'était un homme blessé. Son visage hideux témoignait d'une vie violente, et pourtant il se tenait là, dominé, asservi, et incapable de se défendre. Lorsqu'il souffla la bougie, la cabane fut plongée dans le noir. Je fis demi-tour dans le couloir. La porte était restée ouverte, et j'entrai.

Les appartements du Commodore occupaient tout le dernier étage du manoir. Il n'y avait pas de murs de séparation entre les pièces de ce vaste espace, bien que les meubles fussent disposés comme s'il y en avait eu. Seules les faibles lumières des lanternes et les flammes vacillantes de quelques bougies éclairaient la pénombre. Dans le coin le plus éloigné, de derrière un paravent chinois, s'élevait une volute bleue de fumée de cigare ; quand j'entendis la voix du Commodore, je me figeai, pensant qu'il n'était pas seul. Mais je ne perçus pas d'autre voix, et compris qu'il se parlait à lui-même. Il se prélassait dans son bain, et prononçait un discours en s'adressant à un public imaginaire. Je songeai, Pourquoi les gens parlent-ils toujours dans leur bain? La lame fermement en main, je me dirigeai vers lui en marchant sur les tapis pour ne pas faire de bruit. Je contournai le paravent en brandissant ma lame, prêt à l'enfoncer dans le cœur du Commodore, mais ses yeux étaient recouverts d'un gant de toilette, et mon bras retomba. J'avais devant moi un homme dont l'influence s'étendait aux quatre coins du pays, assis, saoul, dans une baignoire en cuivre, le corps glabre, la poitrine creuse et affaissée, tenant à la main un cigare dont la cendre était dangereusement longue et qui, d'une voix aiguë, déclamait:

«Messieurs, il s'agit d'une question que l'on me pose souvent, et je vous la soumets aujourd'hui, pour voir si vous saurez y répondre. Qu'est-ce qui fait d'un homme un grand homme? Certains diront la richesse. D'autres, la force de caractère. Certains encore prétendront qu'un grand homme ne perd jamais son sang-froid. D'autres avanceront que c'est un homme qui met toute sa ferveur en Dieu. Mais je suis ici, devant vous, pour vous dire exactement ce qui fait un grand homme, et j'espère que vous m'écouterez attentivement, que vous ferez vôtres mes paroles, et que vous comprendrez au plus profond de vous ce que je vais vous révéler. Car, oui! Je souhaite vous faire don de la grandeur.» Il hocha la tête et leva une main, comme s'il recueillait des applaudissements. Je fis un pas vers lui et levai ma lame devant son visage. Je savais que je devais le tuer tant que je pouvais encore le faire, mais je voulais entendre ce qu'il allait dire. Il baissa sa main et tira longuement sur son cigare. La cendre tomba dans le bain en grésillant; il frappa l'eau du bout des doigts, là où il pensait qu'elle avait atterri. «Merci, dit-il. Merci, merci.» Il marqua une pause, et inspira profondément. Puis il reprit son discours avec emphase, et en parlant plus fort : «Le grand homme, c'est celui qui sait repérer un vide dans le monde matériel, et le combler avec l'*essence de lui-même*! Le grand homme, c'est celui qui sait attirer la chance en un lieu qui en était dépourvu auparavant, par la *seule force de sa volonté*! Le grand homme, enfin, c'est celui qui sait faire *quelque chose* en partant de *rien*. Or, le monde qui nous entoure, chers messieurs ici réunis, croyez-moi sur parole, le monde n'est rien!»

D'un seul mouvement, j'étais sur lui. Je lâchai ma lame et poussai sur ses épaules pour enfoncer sa tête sous la surface de l'eau. Il se mit à gesticuler dans tous les sens ; il toussa, s'étouffa et fit un bruit qui ressemblait à «Esch, esch, esch!» qui résonna dans la baignoire et me parcourut tout le corps. L'instinct de vie du Commodore s'était réveillé et il se débattit avec encore plus de véhémence. Mais je l'écrasais de tout mon poids et il ne pouvait plus bouger. Je me sentais très fort, légitime et rien au monde n'aurait pu m'empêcher de finir le travail.

Son gant de toilette était tombé de son visage ; il me regardait à travers l'eau, et bien que je n'en eusse pas envie, je me dis que je me devais de le regarder dans les yeux, ce que je fis. Je fus surpris de ce que je vis, car seule la peur l'habitait, comme tous les autres qui étaient morts avant lui. Il me reconnut. J'aurais sans doute voulu qu'il regrette de ne pas m'avoir témoigné plus de respect, mais le temps manquait. Pour le dire simplement, je pense qu'il est possible qu'une explosion de couleurs ait envahi son esprit, suivi d'un vide infini, telle la nuit ou toutes les nuits en une seule.

Le Commodore trépassa. Ensuite, je remontai légèrement son corps dans la baignoire, de sorte que seule sa tête restât à moitié immergée, pour faire croire à une noyade provoquée par l'ivresse. Ses cheveux étaient collés sur son front et son cigare flottait près de son visage. Sa fin n'avait rien de digne. Je sortis par la porte de devant et regagnai notre cabane. Je trouvai Charlie endormi, et nullement disposé à voyager. Malgré ses protestations, je le levai, l'attachai sur Nimble et nous chevauchâmes en direction de la maison de notre Mère.

ÉPILOGUE

L'aube était argentée, et les hautes herbes ployaient sous le poids de la rosée. Charlie avait fini sa morphine, et ronflait sur le dos de Nimble tandis que nous remontions le chemin qui menait chez notre mère. Je n'avais pas vu la maison depuis des années, et me demandai si elle allait être en ruines et ce que j'allais faire si Mère n'était pas là. Lorsque la maison apparut, je m'aperçus qu'elle venait d'être repeinte, et qu'une pièce avait été ajoutée à l'arrière ; il y avait également un potager bien entretenu et pourvu d'un épouvantail qui me sembla familier. Je me rendis compte qu'on l'avait affublé d'un vieux manteau de mon père ainsi que de son chapeau et de son pantalon. Je mis pied à terre et m'approchai pour fouiller ses poches. Je ne trouvai rien d'autre qu'une allumette usagée. Je la glissai dans ma propre poche et me dirigeai vers la porte d'entrée. J'étais trop nerveux pour frapper et restai donc là un moment à la regarder. Mais ma mère m'avait entendu arriver et vint à ma rencontre en chemise de nuit. Elle me regarda sans la moindre surprise, puis jeta un œil par-dessus mon épaule.

« Qu'est-ce qui lui est arrivé ? demanda-t-elle.

— Il s'est blessé à la main, et il est très fatigué. »

D'un air renfrogné, elle me demanda d'attendre sous le porche, en m'expliquant qu'elle n'aimait pas qu'on la voie se mettre au lit. Mais je le savais, et je lui dis, « Je viendrai quand tu m'appelleras, Mère. » Elle s'éloigna et je m'assis sur la balustrade ; je balançai ma jambe en observant autour de moi la maison dans ses moindres détails. J'éprouvai un sentiment de tendresse si intense que j'en avais mal. Je regardai Charlie, avachi sur son cheval, et repensai à tous les moments que nous avions vécus ici. « Ils n'étaient pas tous mauvais », lui dis-je. Ma mère m'appela et je pénétrai dans la maison. Elle était étendue sous les draps de coton de son grand lit en cuivre dans la nouvelle pièce du fond. Elle tâtonna de la main sur la couverture. « Où sont mes lunettes ? demanda-t-elle.

— Sur ta tête.

— Quoi ? Oh, là. Ah, oui. » Elle les mit sur son nez et me regarda. « Te voilà donc », lança-t-elle. Elle fronça les sourcils et me demanda, « Que s'est-il passé avec la main de Charlie ?

— Il a eu un accident et il l'a perdue.

444

— Il l'a égarée, c'est ça?» Elle secoua la tête et grommela, «Comme si c'était un simple inconvénient.

— C'est beaucoup plus que ça, pour lui comme pour moi.

— Comment l'a-t-il perdue?

— Il se l'est brûlée, puis elle s'est infectée. Le docteur a dit que ça lui ferait défaillir le cœur si Charlie ne se faisait pas opérer.

— Défaillir le cœur?

— C'est ce que le docteur a dit.

— Il a employé ces mots, précisément?

— Plus ou moins.

— Hum. Et l'opération a-t-elle été très douloureuse?

— Il était inconscient pendant l'amputation elle-même. Il dit que ça lui brûle maintenant, et que le moignon le gratte, mais il est sous morphine, et ça l'aide. Ça devrait cicatriser bientôt. J'ai remarqué qu'il a déjà repris des couleurs.»

Elle s'éclaircit la gorge par deux fois, et dodelina de la tête, comme si elle pesait ses mots intérieurement; je l'implorai de me faire part du fond de sa pensée, et elle dit, «Eh bien, ce n'est pas que je ne suis pas heureuse de te voir, Eli, parce que je le suis, mais peux-tu me dire pourquoi vous revenez ici après tout ce temps?

— J'ai ressenti le besoin d'être près de toi, lui dis-je. C'était une sensation très forte, et je n'ai pas pu y résister.

— C'est ça, dit-elle en opinant du chef. Tu peux m'expliquer ce que diantre tu es en train de me dire?»

Je ris, puis m'aperçus qu'elle était sérieuse, et tentai tant bien que mal de répondre avec honnêteté : «Ce que je veux dire, c'est que tout à coup, à la fin d'une longue et difficile affaire, je me suis demandé pourquoi nous ne nous voyions plus, alors que nous étions si proches les uns des autres.»

Elle ne parut pas vraiment convaincue par cette réponse ; peut-être même ne me crut-elle pas. Comme pour changer de sujet, elle demanda, «Et où en es-tu avec tes accès de colère?

— J'y succombe parfois.

— Et la méthode pour s'apaiser?

— Je m'en sers encore de temps à autre.»

Elle hocha la tête, et prit une tasse d'eau sur la table de chevet. Après avoir bu, elle s'essuya le visage avec le col de sa chemise de nuit ; ce faisant, sa manche remonta, et j'aperçus son bras tordu. Il avait été mal remis, s'était mal ressoudé, et on aurait dit que cela la gênait. En le voyant, j'éprouvai une douleur imaginaire, ou ce que l'on appelle une douleur compatissante, dans mon propre bras. Elle me surprit en train de la regarder, et sourit. Son sourire était magnifique — ma mère avait été, jeune, une femme extraordinairement belle —, et elle lança d'un ton enjoué, «Tu es exactement pareil, tu sais?»

Je ne puis exprimer à quel point je fus soulagé d'entendre ces mots, et je répondis, «Quand je suis avec toi, je reste le même. C'est quand je m'éloigne que je me perds.

— Tu devrais rester ici, alors.

— J'aimerais bien. Tu m'as beaucoup manqué, Mère. Je pense à toi si souvent, et je crois que Charlie aussi.

— Charlie pense à lui, voilà à quoi il pense.

— Il est difficile à cerner, il esquive toujours.» Je sentis un sanglot monter dans ma gorge, mais je le refoulai. Je soupirai, et me maîtrisai. Calmement, j'ajoutai, «Je ne sais pas si je dois le laisser dehors comme ça. Puis-je le faire rentrer dans la maison?» Je gardai le silence, en attendant que ma mère dise quelque chose, mais elle se tut. Finalement, je poursuivis : «Nous avons vécu beaucoup d'aventures ensemble, Charlie et moi, et avons vu des choses que la plupart des hommes ne voient jamais.

— Est-ce si important?

— Maintenant que tout cela est derrière nous, oui, je crois.

— Pourquoi dis-tu que c'est derrière vous?

— J'ai eu ma dose. J'aspire à une vie plus calme.

— Si c'est ça, tu es à la bonne adresse.» En regardant autour d'elle, elle demanda, «Tu as vu toutes les améliorations? J'attends toujours que tu me félicites, que tu me dises quelque chose.

— C'est splendide.

— Tu as vu le jardin?

— Il est très beau. La maison aussi. Et toi? Est-ce que tu te portes bien?

— Oui et non, ça dépend.» Elle réfléchit et ajouta, «La plupart du temps, c'est moyen.»

On frappa à la porte et Charlie pénétra dans la pièce. Il enleva son chapeau et le suspendit à son moignon. «Bonjour, Mère.»

Elle le regarda longuement. «Bonjour, Charlie», répondit-elle. Comme elle continuait à le fixer, il se tourna vers moi. «Je ne savais pas où nous étions au début. La maison m'était familière, mais je n'arrivais pas à savoir laquelle c'était exactement.» Il chuchota, «Tu as vu l'épouvantail?»

Mère nous observait avec un semblant de sourire aux lèvres. Mais c'était un sourire triste et lointain. «Vous avez faim, les garçons? demanda-t-elle.

— Non, Mère, répondis-je.

— Moi non plus, dit Charlie. Mais j'aimerais bien prendre un bain, s'il te plaît.»

Elle lui dit d'y aller ; il la remercia et s'apprêta à quitter la pièce. Dans l'embrasure de la porte il m'adressa un regard candide et franc, et je me dis, Il n'y a plus la moindre trace d'agressivité en lui. Quand il fut parti, Mère dit, «*Lui,* il a l'air différent.

— Il a besoin de se reposer.

— Non.» Elle tapota sa poitrine et secoua la tête. Lorsque je lui expliquai qu'il avait perdu la main avec laquelle il tirait, elle dit, «J'espère que vous ne vous attendez pas à me voir compatir.

— On ne s'attend à rien, Mère.

— Vraiment? J'ai pourtant l'impression que vous vous attendez tous les deux à ce que je paie pour votre nourriture et votre toit.

— Nous trouverons du travail.

— Et quoi comme travail, exactement?

— J'ai envie d'ouvrir un poste de traite.»

Elle répliqua, «Tu veux dire que tu vas investir dans un poste de traite. Tu ne penses quand même pas y travailler? Recevoir les clients et répondre à leurs questions?

— Si, justement. Tu ne me vois pas en train de le faire?

— Franchement, non.»

Je soupirai. «Peu importe ce que l'on fera. L'argent va et vient.» Je secouai la tête. «Ça n'a pas d'importance, et tu le sais très bien.

— D'accord, dit-elle, déposant les armes. Toi et ton frère, vous pouvez dormir dans votre ancienne chambre. Si vous pensez vraiment rester, on pourra rajouter une autre chambre après. Et quand je dis nous, je veux dire toi et Charlie.» Elle se saisit d'un petit miroir et le tint devant elle. Elle arrangea ses cheveux, et poursuivit : «J'imagine que je devrais être heureuse de vous voir encore unis tous les deux. C'est ainsi depuis que vous êtes petits.

— Nous nous sommes brouillés et rabibochés de nombreuses fois.

— C'est grâce à votre père que vous êtes si proches.» Elle baissa le miroir. «On peut au moins le remercier pour ça.»

Je dis, «Je crois que j'aimerais bien m'allonger à présent.

— Est-ce que je dois te réveiller pour le déjeuner?

— Qu'est-ce qu'il y a?

— Un ragoût de bœuf.

— C'est bon.»

Elle marqua une pause. «Tu veux dire, C'est bon, ne me réveille pas, ou C'est bon, réveille-moi?

— Réveille-moi, s'il te plaît.

— D'accord. Va te reposer. »

Je me détournai d'elle et regardai dans le couloir. Une lumière éblouissante se dessinait dans l'encadrement de la porte d'entrée, restée ouverte. Je crus entendre sa voix en passant le seuil de sa chambre. Je fis volte-face et elle me regarda, attendant que je dise quelque chose. « Ça va ? demandai-je. Tu m'as appelé ? » Elle me fit un signe, et je m'approchai de son lit. Elle me saisit les doigts et m'attira vers elle en tirant sur mon bras avec ses mains, comme sur une corde. Elle m'enlaça et m'embrassa sous l'œil. Ses lèvres étaient humides et fraîches. Ses cheveux, son visage et son cou sentaient le sommeil et le savon. J'allai dans notre ancienne chambre, et m'étendis sur un matelas par terre. C'était confortable et propre, même si c'était petit. Cela nous irait très bien pour le moment, ce serait même parfait à sa façon. Je n'arrivais pas à me souvenir de la dernière fois où je m'étais trouvé à l'endroit précis où j'avais envie d'être, comme c'était le cas en ce moment, et c'était un sentiment très satisfaisant.

Je m'endormis, et me réveillai en sursaut quelques minutes plus tard. J'entendis Charlie dans la pièce d'à côté en train de se laver dans la baignoire. Il ne disait rien, et ne dirait rien, je le savais, mais le bruit que faisaient les éclaboussures ressemblait à une voix, qui jacassait puis se calmait ; je ne distinguais plus alors que quelques rares gouttes tomber, comme si la voix avait soudain été absorbée dans une silencieuse contemplation. J'avais l'impression de pouvoir évaluer la tristesse ou la joie de celui qui produisait ces sons. J'écoutai attentivement, et me dis que mon frère et moi étions, du moins dans l'immédiat, à l'abri de tous les dangers et de toutes les horreurs de l'existence.

Et oserais-je dire à quel point cela m'enchanta ?

REMERCIEMENTS

Leslie Napoles
Gustavo deWitt
Gary deWitt
Nick deWitt
Mike deWitt
Michael Dagg

Lee Boudreaux
Abigail Holstein
Daniel Halpern
Sara Holloway
Sarah MacLachlan
Melanie Little
Peter McGuigan
Stéphanie Abou
Daniel McGillivray
Hannah Brown Gordon
Jerry Kalajian

Philippe Aronson
Emmanuelle Aronson
Marie-Catherine Vacher

Azazal Jacobs
Monte Mattson
Maria Semple
George Meyer
Jonathan Evison
Dave Erikson
Dan Stiles
Danny Palmerlee
Alison Dickey
John C. Reilly
Carson Mell
Andy Hunter
Otis le chien

DÉJÀ PARUS CHEZ ALTO
(extrait du catalogue)

Composition : Isabelle Tousignant
Conception graphique : Antoine Tanguay et Hugues Skene (KX3 Communication)

Éditions Alto
280, rue Saint-Joseph Est, bureau 1
Québec (Québec) G1K 3A9
www.editionsalto.com

ACHEVÉ D'IMPRIMER
CHEZ MARQUIS IMPRIMEUR
EN AOÛT 2012
POUR LE COMPTE DES ÉDITIONS ALTO

L'impression des *Frères Sisters* sur papier Rolland Enviro100 Édition
plutôt que sur du papier vierge a permis de sauver l'équivalent de 87 arbres,
320 342 litres d'eau et d'empêcher le rejet de 4 852 kilos de déchets solides
et de 12 613 kilos d'émissions atmosphériques.

EcoLogo   100 %

Dépôt légal, 3ᵉ trimestre 2012
Bibliothèque et Archives nationales du Québec